① 알기 쉬운 한국고전문학선

인현왕후전

황국산 編著

● 인현왕후전(仁顯王后傳)
● 별주부전(鼈主簿傳)
● 호질(虎叱)
● 양반전(兩班傳)
● 허생전(許生傳)
● 임경업전(林慶業傳)
● 홍계월전(洪桂月傳)

太乙出版社

♣ 차 례 ♣

- 인현왕후전(仁顯王后傳) ——————— 7
- 별주부전(鼈主簿傳) ——————— 91
- 연암소설(燕岩小說) ——————— 131
  - 호질(虎叱) ——————— 133
  - 양반전(兩班傳) ——————— 140
  - 허생전(許生傳) ——————— 146
- 임경업전(林慶業傳) ——————— 161
- 홍계월전(洪桂月傳) ——————— 215

인현왕후전
仁 顯 王 后 傳

───장희빈 사건

◇ **작품 해설** ◇

　이조(李朝) 숙종(肅宗) 때 왕과 장희빈(張禧嬪)을 둘러싼 갈등, 반목, 모해, 그러면서도 정열적인 사랑과 모험, 그리고 간신의 음모등 궁중의 여러가지 사건을 여실히 표현한 궁중소설의 일대 걸작품.
　숙종은 비교적 처복(妻福)이 없었다. 처음의 중궁 인경왕후(仁敬王后)는 서른의 젊은 나이로 자식도 없이 세상을 떠났다. 계비(繼妃)로 맞이한 인현왕후(仁顯王后) 역시 오래토록 태기가 없었다. 이에 숙종은 아들을 낳기 위하여 후궁(後宮) 장씨(張氏＝장희빈)를 깊이 사랑하여 왕자를 얻었고, 장희빈은 왕후를 폐하고 왕후 자리를 찾이하려 온갖 계략끝에 왕후까지 올랐으나 뒷날 질투가 심한 장희빈에게 싫증을 느낀 왕께서는 과거를 뉘우치시고 장희빈을 내치게 한 궁중사실의 이야기이다.
　이 작품은 궁중의 역사적 사실을 소재(素材)로 삼았으나 사실적 수법을 쓰지 않고 서술적(敍述的) 표현법을 썼음이 특색이다.
　작자는 알 수 없으나 내간체(內簡體)의 궁중소설로 미루어 궁녀가 쓴것이 아닌가 한다.
　또한 이「인현왕후전」은 다른 궁중작품, 이를테면「한중록」,「계축일기」와 같이 독특한 궁중용어, 궁중문체로 되어 있어 우리 고전 서사문학(敍事文學)상에 특이한 향기를 떨치고 있다.

인현왕후전(仁顯王后傳)

 조선국 숙종대왕(肅宗大王)의 계비(繼妃)이신 인현왕후(仁顯王后) 민씨(閔氏)의 본은 여흥으로 병조판서(兵曹判書) 여양부원군(驪陽府院君) 둔촌(屯村) 민공의 따님이시며, 영의정(領議政) 둔촌 송선생의 외손이시다.
 모부인 되시는 송씨가 기이한 태몽(胎夢)을 꾸고 정미(丁未) 사월 이십삼일 탄생하시니 집 위에 서기가 일어나고 산실(産室) 안에는 향기로운 냄새가 은은하여 부모들이 소중히 생각한 나머지 집안 식구들로 하여금 이런 말을 절대로 밖으로 내지 않게 하셨다.
 점점 장성하심에 남달리 재주가 뛰어나고 용색(容色)이 찬란하시니, 고금에 방불하여 비할 데 없고 여공(女功;여자들이 하는 길쌈질)과 몸의 거동 하나 하나가 민첩하기 이를 데 없어 마치 귀신이 돕는듯 하되, 그런 내색을 하는 일이 없고, 마음 쓰심이 언제나 한결같이 변동이 없으셨다. 희노(喜怒)를 타인이 아지 못하고 무심무념한 듯하고 성질이 유한(幽閑)하고, 덕도가 빈빈하고 효성이 남달리 뛰어나고 마음됨이 겸손하시어 모든 면에서 뛰어난 분이어서 종일 단정히 앉아 있는 모습이 위연한 화기가 봄볕과 같으되, 단엄 침중하신 기상(氣象)이 감히 우러러 뵈옵기 어렵고, 청아한 골격은 설중매(雪中梅)와 같고 높고 곧은 절개는 한천송백(寒天松栢)같으니 부모와 집안 어른들이 사랑하고 소중히 여기시며 원근 친척이 기이함에 놀라고 탄복하여 어릴적부터 동경치 않는 이 없어 꽃다운 향명(香名)이 세상에 널리 알려졌었다.

어느해인가 세숫물 위에 붉은 무지개가 찬란하게 비침을 보고 아버님 민공(閔公)께서 반드시 귀하게 될 줄 짐작하고 심중에 염려하여 범사(凡事)를 교훈함을 각별히 하여 더할 나위가 없고, 그 둘째 아버님되시는 노봉 민선생이 경학(經學)에 통달하여 엄중한 성품임에도 불구하고 지극히 사랑하며 이르기를, 제 자질(資質)이 뛰어나 항상 변함이 없지만 인물이 지나치게 훌륭하면 귀신이 시기를 하여 싫어하는 법이니, 저 애가 너무 현명하고 아름다우니 수명이 길지 못할까 근심이 되노라고 하였다.

어머님의 상을 다하여 기중(忌中)이 되어 의행(義行)을 하셔 세월이 오래 되었으나, 예의 넘고, 계모 조씨(趙氏)를 봉양하는데 있어서도 지효지성(至孝至誠)으로 하고 병이 위중해서 데려다 앞에 두실 적이 많고 일러 말씀하시기를, 이미 국모(國母)의 덕이 있다 하니 거의 문중(門中)에서 성학지도(聖學之道)와 절부(節婦)의 규중(閨中)의 예행(禮行)을 모두 습득케 하니, 설사 타고난 천성이 때를 만나지 못해 다 이룸이 없다 하더라도 고어(古語)에 산고유출(山高流出)이요, 회심생취(回心生取)라 하니, 명가지문(名家之門)의 성인지성(聖人之性)이 어찌 범용할 것이겠느냐.

경신년(庚申年)에 인경왕후 김씨가 승하하자, 대왕대비께옵서 곤위(坤位;王妃의 자리)비었음을 근심하여 간택(揀擇)하는 영을 내리시어 숙녀를 구하니 청성부원군 김공이 후비(后妃)가 될 만한 덕색(德色)을 지녔다는 이야기를 자세히 들은바 있었으므로 대비께 아뢰고 영의정 우암(尤菴) 송선생이 상전에 아뢰되,

 "국모(國母)는 만민의 복이라 당금 병판(兵判)의 여식이 매우 현숙함을 신이 아옵나니, 바라옵건대 전하께서는 번거로이 간선(揀選)치 마옵시고 대혼(大婚)을 완정하소서."

 상감께서 칭선(稱善)하시고 대비께 아뢰니 대비께서 크게 기뻐하여 비망기(備忘記)를 나리어 민공께 전교(傳敎)하셔 지실(知悉;잘 알아서 처리하라는 뜻)하라 하시니, 민공이 황공소연(惶恐疏然)하여 즉시 상소(上疏)하여 지극히 사양을 하니, 그 사절하는 뜻이 간절하나 상감의 뜻이 이미 굳게 정해지신 터라 허락하지 아니하고 세 번 상소를 거듭하매 엄지(嚴旨-엄한 분부)를 내리사 책망을 하고 좌의정(左議政) 노봉 민공을 대궐에 들게하여 임금의 뜻을 거슬려 공손치 못함을 꾸중하니, 신자(臣子)의 도리에 사양할 말이 없어 대궐에서 물러나 집에 돌아와 형제자질이 서로 대하여 황송해 하고 천은(天恩)을 감축하여 충의(忠義)의 눈물이 저절로 떨어짐을 깨닫지 못하였다고 한다.

 내시와 궁인을 보내어 후(后)를 어의동(於義洞) 본궁으로 모실때에 궁인이 상감님의 명(命)을 받잡고 후를 뵈옵고 놀라고 탄복한 나머지 부부인께 사뢰되,

 "궁인이 천은을 입사와 궁궐에 들어갔음에 대행(大幸) 성덕(聖德)을 뵈옵고 여린 안목이 팔십이 넘사오되 이와 같으신 영광스러

운 성덕을 처음 뵈오니 국가의 만행이 올 뿐더러 궁인이 오래 산 것이 영화로소이다."
하니, 부부인이 이불감을 선사하고 성은(聖恩)이 과도하심을 누누히 말씀하니 그 대하는 몸가짐 용모와 예절이 법도(法度)를 다하였으므로 상궁(尙宮)이 찬탄(讚嘆)하고 입궐하여 본대로 아뢰니 대비께옵서 크게 기뻐하시어 길일로 정한 날을 날마다 기다리며 어찌 날이 이리 더디 가는가 하셨다.

길일이 이르매 민공이 위의(威儀)를 갖추어 대례(大禮)를 행하니 이때 상감의 춘추가 이십 일세라, 좌우 신하들을 거느리고 별궁에 거동을 하여 유상의 홍안을 전하고 후(后)의 상교를 재촉하여 황금 봉연(鳳輦)을 친히 봉쇄하여 대대로 환궁하니 이 모두가 세자빈(世子嬪) 가례(嘉禮)와 달라 대전(大殿) 기개라, 농봉기치와 황금절월이며, 만조백관이 시위하고 칠보단장(七寶丹粧)한 궁인 시녀가 큰 길을 덮어 십리에 즐비하게 늘어서고, 향취 은은하고, 가는 풍류(風流)소리 점차 후홍하였으니, 웅장 화려함은 가히 짐작키도 어려웠다.

성안에 사는 모든 백성이 길을 메워 천만세(千萬歲)를 축원하였다.

교배지례(交杯之禮)를 행하니 예도가 눈이 부시고 성덕이 출어의 묘하며, 찬연한 색광(色光)은 명월이 추천(秋天)에 비껴 있는 듯, 조용한 맑은 광채 용상 앞에 보이니 궁궐의 본색이 한꺼번에 탈색하고 천금보물(千金寶物)이 빛과 힘을 발하지 못하는듯 하니 궁안에 있는 사람들이 크게 놀라 황홀하고 두분 전대비 크게 기뻐하고 대견해 하시어 애중함이 비할 데 없었노라고 하였다.

이달에 왕비를 책봉하여 곤위(坤位)에 오르고 비빈(妃嬪) 공주와 삼백 궁녀의 조하(朝賀)를 받으니 일기 화창하여 바람은 산들산들 불어 오고 상운(祥雲;상서로운 구름)이 봉궐(鳳闕)을 둘러쌌으니, 짐짓 태평 국모(國母) 즉위하는 날인 줄 알만하였다.

후(后)께서 즉위한 뒤, 두분 전대비마마를 효양(孝養)함이 하늘에 빼어난 효성 동동촉촉(洞洞燭燭-삼가고 조심하다)하고, 상감을 받들어 궁안을 다스림에 덕으로써 인도하여 유순하고 정정(井井;조리가 바르다)하며 비빈궁녀(妃嬪宮女)를 거느리는 데 있어서도 은애(恩愛)가 병행하여 선악과 친소(親疏)를 사이 두지 않으시고 사람을 아끼고 사랑하는 화기가 봄동산 같아 만물이 다시 살아나는듯 하였다.

법도가 엄숙 강명(剛明;성실히 강직하고 두뇌가 명석함) 씩씩하매, 감히 우러러 뵈옵지 못하고 대궐 안에 있는 사람들이 모두 성덕을 흠선(欽羨;공경하여 부러워함)하여 예도가 숙연(肅然;삼가 어려워 하는 모양)하며 입궐하신지 지삼사삭에 교회대치하여 화기가 아려(雅麗)하니 두 분을 대비께서 극진히 애중하게 여기어 국가의 복이라 축수하고 상감께서도 공경중대하며, 조야(朝野)가 모두 흠복하였다.

두 분 대비께서 수도(受渡)를 우암(尤菴)께 나리고 중궁(中宮)의 성덕을 못내 기리고 충공(忠功)을 표창하며, 부부인에게도 각별히 상사(賞賜)를 많이 하여 대대로 그치지 않으니 은영(恩榮;임금의 은혜를 입는 영광)이 형특함이 민부(閔府)에서 승황함을 마지 아니하였다.

계해년(癸亥年) 겨울에 상감께서 두환(頭患)으로 미령하여 증세

위독하니 후(后) 크게 염려하여 주야의 때를 가리지 아니하고 정성이 아니 미친 곳이 없고, 대비께서 또한 조심하고 우민(憂悶)하여 후(后)로 더불어 찬물에 목욕하고 엄동설한에 후원(後苑)에 단을 모으고 친히 올라 주야로 축원하니 후는 대비의 옥체(玉體) 상할까 염려하사 몸소 대행하여 치성할 바를 아뢰고 간절히 애원하나, 대비 듣지 아니하고 주야로 정성을 한가지로 하더니 창천(蒼天)이 감동한듯 가만한 가운데 도움이 있어 상감께서 회춘하니 신민이 열락(悅樂)하기 측량할 길이 없었다.

　대비께서 상감이 미령하신중 한설(寒雪)을 무릅쓰고 많이 근로하신 고로 옥체 자못 상하시어 신음하더니 점점 위중하니 상감과 후께서는 어찌할 바를 모르고 곁에 모시어 주야로 시측하여 간병(看病)함을 마지 아니하고, 대신에게 명하여 동문(東門)하고 있는 절에 빌라 하며, 조서(詔書)를 내려 통개 옥문(獄門)하고 사죄인(死罪人)을 모두 놓아 주며, 모든 어의(御醫)로서 시탕(施湯)을 배설하여 의약은 지정으로 하되 조금도 효험을 보지 못하니 상감과 후(后) 망극하여 효행(孝行)하니 신민이 황황(惶惶 ; 마음이 급하여 허둥지둥함)하였다.

　섣달 초닷새 인시(寅時)에 창경궁(昌慶宮) 저승전(儲承殿)에서 대비께서 승하하니 춘추가 사십 이세이었다.

　신민이 진동하고 궁중이 경황이 없고, 곡성이 하늘에 닿고 상감과 후(后)의 애통함이 지극하며 일체 육찬(肉饌)을 들지 아니하니 궁중이 상감과 후의 그 성효(誠孝)를 탄복치 않는 이 없었다.

　이러구러 삼년을 지내고 혼전(魂殿)를 파함에 상감과 후, 새로이 영모애통 하였다.

궁인 장씨(張氏) 비로소 후궁에 참예하여 희빈(嬉嬪)을 봉(封)하니, 간교하고 민첩혜일하여 상의(上意;임금의 뜻)를 영합하니 상감께서 극히 총애하셨다.

 무진년(戊辰年) 정월에 상감의 춘추가 삼십이 거의 되셨건만, 농장(弄掌)의 경사를 보지 못함을 근심하는지라 후(后) 깊이 염려하여 하루는 조용히 상감께 아뢰어 어진 후궁을 뽑아 자손 보심을 권하였으나, 상감이 처음에는 허락치 않으매 후가 날마다 힘써 권하여 한 여자의 생산할 것을 기다리노라고 막중한 종사(宗社)를 가벼히 못할 것으로 간절히 아뢰니 정정한 덕과 유화한 말씀이 진정에서 우러나온 것임이 분명하였다.

 상감께서 감탄하고 조정에 후궁 간택하는 전지(傳旨)를 내리시니 명안공주(明安公主)가 하교(下敎)를 듣잡고 놀라 고모되는 대장공주를 모시고 입궐하여 상감과 후를 뵈옵고 인하여,

 "중궁 춘추가 정정하시니 오직 생산하심을 기다릴 것이요. 후궁을 뽑으심은 불가하나이다."

하고 주(奏)하니, 후가 그 자리에 동석해 있다가 안색이 정정하여 말하기를,

 "내 박덕지질(薄德之質)로 곤위(坤位)에 올랐으나 주야로 걱정이 되는 것은 윗전(윗대) 성덕을 갚삽지 못하고 대연분을 저버리게 될까 염려하더니 덕이 없어 생산의 길을 열지 못하니 이는 종사(宗社)에 큰 염려 아니리요?"

하고 말을 마침에 안색이 정일(精一)하여 거듭 하니 공주 두 분이 감복하여 다시 간하지 못하고, 서로 정덕을 칭찬하고 대왕대비께서 애중해 하셨음을 더욱 알 만하다고 하셨다.

드디어 숙의(淑儀) 김씨를 뽑아 후궁으로 삼으니 후께서 예로 대접하고 은혜로 거느리며 덕학이 그 전날과 하나도 다를 게 없었다.

궁중이 그 덕을 외오고 선을 이루어 탄복지 않는 이 없으니, 시운(時運)이 불행하고 후의 운명이 기박하게 되니 예로부터 홍안박복(紅顏薄福)과 성인(聖人)의 궁액(窮厄)은 인력으로 어쩔 수 없는 터인즉, 그러므로서 사람들은 천도를 의심하게 되는 것이 아닐까.

무진(戊辰) 추팔월(秋八月)에 인조대왕(仁祖大王) 대비(趙氏)가 창경궁(昌慶宮) 내원에서 승하하시매, 춘추 육십오세였다.

상감과 후가 애통하여 조석으로 제전에 참례하여 슬퍼함을 과도히 하더니, 이해 동 시월(冬十月)에 희빈 장씨(張氏)가 처음으로 왕자를 탄생하니 상감이 지나치게 사랑하심은 이를 것도 없고, 후도 크게 기뻐하시어 어루만져 사랑하심을 당신이 낳으신 친자식과 같이 하시니 장씨 자기 분수를 지키고 있었더라면 영화가 가득할 것이로되, 문득 참람(僭濫—제분수를 지나서 방자스러움)한 뜻과 방자한 마음이 불 붙듯 일어나니 중궁의 성덕과 용색(容色)이 일국에 솟아나고 인망(人望)이 다 돌아가고 있음을 시기하여 가만히 남몰래 제거하고 대위(大位)를 엄습코저 하니 그 참담한 역심(逆心)이 더하여 날마다 기색을 살펴 중궁전(中宮殿)을 참소하기를, 새로 태어난 왕자를 숨을 막히게 하여 돌아가게 하려 한다느니, 희빈을 저주한다느니 하여 국모(國母)를 헐뜯고 모함하지 아니함이 없더라. 간악한 후빈(後嬪)들의 힘을 합하게 하여 소문을 퍼뜨리고, 자취를 들어내어 상감이 보시고 들으시게 하니, 예로부터 악인이 의롭지 않으나 돕는 자가 있다는 그런 흔히 있는 일이 일어난 것이더라.

중궁을 간해(奸害)하는 말이 날이 지날수록 심해지니 상감이 점점 의심하시게 되시어 중궁을 아주 박대하시고 장씨는 악한 교태로 천심(天心)을 영합하며, 왕자를 방패삼아 권세가 대단하니 상감이 점점 장씨의 사랑에 빠지시어 능히 흑백을 분별하지 못하시더라. 그리하여 전날에 엄숙하고 광명하시던 성심(聖心)이 아주 변감하시어 어진 신하는 모두 물리치고 간신을 많이 뽑아 쓰시니 조정이 그윽히 의심하고 후께서는 깊이 근심하시어 장씨의 사람됨이 반드시 변괴를 낼 줄 아시나, 왕자의 당당한 상이 있는고로 깊이 생각하시고 만행히 여기시어 사색을 나타내지 아니하시고 갈수록 숙덕성심(淑德誠心)을 행하시더라.

이듬해 기사년(己巳年)에 여양부원군이 돌아가시니, 후 망극애통하시어 장례를 지내시되 육찬(肉饌)과 맛있는 음식을 가까이 아니하시고, 애절하게 슬퍼하심을 마지 아니하시되 상감께선 이미 결정하신 뜻이 계신 고로 발설치 않으시나, 민간에 소문이 일어나 중궁을 폐위하신다 하더니, 이 해 사월 이십 삼일은 중궁께서 탄생하신 날이시라, 여러 궁(宮)과 내수사(內需司)에서 공상단자(供上單子)를 드리니 상감이 단자를 내치시고 음식을 모두 물리라 하시고, 대신과 이품(二品) 이상의 신하들을 인견하신 자리에서 폐비(廢妃)함을 전교하시니, 좌승지(左承旨) 이이만이 불가함을 간하니 상감께서 크게 노하시어 승지 이이만을 파직하시고, 또 수찬(修撰) 벼슬에 있는 이만원이 상감께서 실덕하심을 간하니 상감께선 더욱 더 노여워하시어 원찬(遠竄)하라 하시니, 이렇듯 대신 중신 사십여인을 먼 고을로 정배(定配)를 하시고, 또 비망기(備忘記)를 나리시니 조정이 깜짝 놀라 일시에 정청(政廳)을 배설하고 다하는체 하나 실정은 아니었음이라.

 이때 후(后)의 부족과 종형제 조정에 들어와 벼슬 하여 학문 도덕이 조정에 널리 알려져 벼슬과 명망이 높고 이름이 세상에 가득하나 후가 입궐하심으로부터 전전긍긍(戰戰兢兢)함이 더하고 사업을 베풀지 못하니 그를 서인들이 시기하여 기회를 엿보고 있던 터이라 적이 다행하게 여겨 색책으로 하고, 예조판서(禮曹判書) 민중은 죄목을 벗겨드리고, 대사헌(大司憲) 묵창경은 정청(政廳)을 역정하여 물리치고, 간신(奸臣)의 간언(奸言)이 방성하여 상감의 뜻을 영합하고 후궁의 간사한 기운이 상감의 총명을 가리우니 양과 같이 선량한 충신의 간언(奸言)이 효험이 있을까 보냐.

 이때에 예조좌랑(禮曹佐郎)을 지낸 바 있는 박태보(朴泰輔)가 응교(應教;弘文舘의 正四品 벼슬) 벼슬에 있어 정청에도 참가하지 못하고 달리 간(諫)할 이가 없어 이에 예조의 모든 서리들에게 사발통문을 놓아 한가지로 상소할 때에 전판서(前判書) 오두인이 벼슬품(品)이 높음에 소대(疏代)가 되어 응교가 손수 상소문(上疏文)을 짓고 서리 여러 사람들이 합소(合疏)하여 이십 오일 정원(政院)에 바치고 비답(批答)을 궐하에서 기다리더니 상감께서 상소문을 보시고 크게 노하시어 특지로서 추국(推鞫)하려 하시어 옥교를 타시고 무감과 여관내시를 다리시고 인정전(仁政殿)에 문죄어좌하시니 금부당상(禁府堂上)들과 대신 삼사(三司)들을 급히 불러 현지 진동하시어 추국기구를 일시에 차리실 때 횃불이 궐내에 가득차고 일시에 내외에 떠들썩 해 하는 소리가 진동하더라.

 그때에 참다운 신하들이 날이 벌써 어두움에 명일에 다시 상소할 양으로 각각 흩어지고 궐하에는 오직 소두 오두인, 전판서 이세화,

전참의(前參議) 신수랑, 진주목사(晋州牧使) 이돈견, 응교 박태보, 전수찬(前修撰) 김종신, 전한림(前翰林) 이인엽, 정언(正言) 김덕기, 조제수 등 몇 명 있기는 하나 그중 오두인, 이세화, 김덕기, 각각 의막에 있더니 궐내에 횃불이 왔다 갔다 하고, 떠드는 소리가 시끄러움을 듣고 가라사대,

"이것이 필경 우리들을 다스리려 하는 것이로다."

하더니, 과연 정수 기별을 듣고 일시에 한가지로 금오문밖에 가서 대죄하게 되니 사람마다 죽게 되었구나 하고 떨며 말을 못하였으나 응교만이 홀로 신색이 자약(自若)하여 말하기를,

"이 일이 이 지경에 이를 것을 두려워하지 아니하였거든 새삼스레 놀라면 어찌하겠소?"

하고, 여늬 때와 조금도 다르지 아니하더라.

이때 전참의 신수랑이 오두인더러 말하기를,

"대답하올 말씀을 의논치 아니하시나이까?"

이에 응교가 대답하여 이르기를,

"대감이 들어가시면 상감이 만일 저 상소에 대해 물으시거든 바른 대로 말씀하소서."

하니, 오판서(吳判書)가 말하기를,

"어이 차마 바른대로 말할 수 있겠소?"

하니, 응교가 말하기를,

"이 일은 임금을 속이지 아니함을 으뜸으로 삼을 것이매, 부디 일을 바로 하소서."

이세화 이에 바지와 대님을 풀고 다리를 만지며 말하길,

"삼십년 동안 국록을 먹어 살이 찌더니, 이 다리 오늘날 염정(焰

庭)에 감은 회차리 되었도다."

이윽고 대궐에서 횃불 네 개와 금부도사(禁府都事), 나졸 이치달아 나오면서 급한 소리로,

"소두 오두인이 어디 있더냐?"

하거늘 대답하여 가로되,

"예, 있노라."

하고, 큰 칼을 목에 쓰고 달려갈 때 박응교, 오두인과 김덕기를 잡고 말하기를,

"이 일을 바로 하는 것이 으뜸가는 일이매, 대감이 들어가시면 상감께서 응당 누가 제소(提疏)했느냐 물으실 것이니 부디 바른대로 말씀하소서. 이 일이 혼자 담당할 일이요, 내 실로 혼자 지어서 상소문을 쓴 것이니, 행여 바른대로 아뢰지 아니하면 화를 여러분이 당할 것이니 부디 말씀을 바로 하사이다."

하고, 새삼스럽게 당부하더란다.

인하여 묵화를 벗고 미투리를 신고 앉았더니만 이에 횃불이 또 달려와 이세화와 유현을 찾으매, 이 두 사람이 그 다음 차례더라.

이세화는 칼을 쓰고 들어가고, 유현은 이때 병이 중하여 문밖 자기 집에 있었더니 금위랑(禁衛郎)과 나장(羅將)이 급히 달려가 잡아들이더라.

이윽고 횃불이 또 달려와,

"제소(提疏)한 자는 누구인고?"

묻거늘 응교(應教-諫官벼슬의 이름) 즉시 일어나,

"내노라."

하고, 망건을 벗어 담뱃대와 한가지로 종에게 주며,

"모친께 드리라."

하고, 이어 큰 칼을 뒤집어 쓰고 들어가니 이인엽, 김몽신, 조제수 등 제신이 응교의 소매를 잡고 일러 말하기를

"어이하여 의논도 하지 않고 혼자 담당하려고 들어가시오?"

하니, 응교 웃고 대답하여 말하기를,

"내 이미 마음에 정한 바 있으니 무슨 의논할 일이 있단 말씀이시오?"

이인엽이 답하여 말하기를,

"그 글은 구태여 자네 혼자 짓지 않았네. 우리 한가지로 의논하였거든 어이하여 혼자 담당하려느뇨?"

응교가 웃고 말하기를,

"그 상소는 내 짓고 내 썼으매, 자네가 내가 지은 죄를 대신 입을 까닭이 있는가? 죽어도 내 혼자 죽고 남을 죽이지 않을 것이니, 염려 말게."

하고, 소매를 떨치고 내달으니 이돈견이 말하기를,

"여보게, 자네 어이 남기에 다르듯 경솔히 내닫느뇨?"

응교가 돌아다보고 웃고 말하기를,

"이때를 당하여 아니 달려들꼬? 다시 우스운 말 말게. 내 벌써 정하였으니 이때를 당하여 면하려고 하겠소?"

하고, 신색이 자약하여 들어가는 것이었더라.

오공(吳公)은 벌써 원정하였고, 이공(李公) 세화는 아직 당 밖에 있더니 응교가 들어가서 앉은 뒤, 이공이 말하기를,

"우리는 나이도 많고 국은을 많이 입었으니 이제 죽어도 한 될 것이 없거니와 자네는 아내 나히(처자식)와 양 노친 두고 형제없

이 나라 은혜를 우리같이 입었는가? 이제 들어가 죽을 것이매, 부디 내게 미루소."

응교 칼머리를 잡고 이르되,

"대감도 되지 못하는 말을 하시나이까? 내가 들어가서 할 말씀을 대감이 지휘하시나이까? 인신(人臣)이 이에 이르러 죽을 따름이라. 어이 차마 거짓말 하겠나이까?"

하며, 끝내 바른대로 아뢰니 사람마다 기특하게 여겼다.

이에 잡혀 들어가니 상감이 어좌(御座)에 앉으시어 크게 소리 지르며 응교더러 일러 말씀하시기를,

"내 네놈을 자식처럼 어여삐 여긴지 오래거늘 네 갈수록 이렇듯이 방자히 구는고. 전부터 나를 범하여 독살을 부리니 괘씸하게 여기면서도 여지껏 모른체 했으니 이제 죽는 줄 알아라. 이제 나를 배반하고 간악한 부인을 위하여 무슨 뜻을 받아 간특 흉악한 노릇을 하는고?"

응교 엎드려 정색하여 아뢰기를,

"전하 어이 이런 말씀을 차마 하시나이까? 군신(君臣) 부자(父子) 일체(一體)라 하오니 아비 성품이 과하여 애매한 어미를 내치고저 하면 자식이 어이 살고 싶은 뜻이 있사오리까? 이제 전하께서 연고없이 무고한 처사를 하오셔 곤위(坤位) 장차 편안치 못하시게 되오니 의신(義臣)이 망극하와 오늘날 죽사옴을 정하와 상소를 드리오니 어찌 전하를 반(叛)하올 뜻이 있사오리까? 중궁을 위하온 일이 정히 전하를 위하온 일이오니 전하를 모셔온 중궁이 아니시니이까?"

상감께서 더욱 노여워하시어 이르시기를,

"급급 결박하라. 이놈아, 네 갈수록 나를 욕하는도다. 내 여늘 쓰리라. 우선 형문을 치려니와 압슬 화형(火刑) 기구를 차리라."

하시니 응교가 아뢰기를,

"다른 말씀 할일 없사와 의신이 이 상소를 지었다 하시고 다스리려 하시면 상소를 가지시고 문묵을 내사 묻자 오시면 의신이 자세히 아뢰오리이다."

상감이 이르시기를,

"네 그중에 침윤 거간 상일 상립 교수등 어찌 말고 자세히 아뢰라."

하시니, 응교가 그 상소문 두줄을 외워 낱낱이 여쭈되,

"이 말씀은 이리 이리하온 일이요, 저 말씀은 저리저리 하온 말씀이니이다. 무릇 여염의 일처일첩(一妻一妾)을 두는 사나이라도 가장 노릇을 잘못하여 첩을 지나치게 사랑하는 일이 있으면 집안에 화목을 도모하지 못하고 상립(서로 다툼)하는 일이 있어 고이(고약하다)되는 일이 많사오니 전하 요사이 후궁을 총애하시는 일이 있으신 뒤로 하오시는 일을 뵈오니 의신이 매양 그러하오신가 의심이 있삽더니 이제 과오를 범하시오니 의신은 과연 그러하오신 줄 아옵나이다."

상감이 이르시기를,

"네 어찌 그따위 말을 하느뇨. 그러면 내가 천첩의 거짓말을 곧이 듣고 해거(駭擧)하는 사람 같다고 하는 것이냐? 네 나를 두고 하여 광한(미친 사람) 같다고 하느뇨?"

하시고, 이어 금부(禁府) 나장에게 되게 칠 것을 명하시어 '매질하라' 하시고 해묵은 쇠사슬로 두어번 얽어 무릎을 잔뜩 졸라매어 고개

를 움직이지 못하게 하고 추를 가슴에 닿게 동여 매고 일일이 살펴서 각별히 엄형에 처하시니, 좌우승지(左右承旨)와 금부당상(禁府堂上)들과 도사(都事) 나장들이 일시에 '되게 쳐라'하는 소리가 진동하매, 대궐 안에서 매질하는 소리가 천지(天地)를 진동하여 향교동까지 들리더라.

피가 낭자하게 튀기고, 살이 헤어지되 응교는 한 번 앓는 소리도 아니하고 움직이지 않고 낯빛도 하나 변하지 아니하니 마치 헛것을 치는 것 같더라.

상감께서 더욱 크게 노하시어 이르시기를,

"이놈아, 네가 몇 놈들이 부동해서 한 짓인 것을 끝내 고하지 아니할 생각이냐? 홍치상이 부동한 죄로 죽었거늘, 네 금방 보고서도 어찌 아니라고 하느냐?"

응교 소리를 높여서 아뢰기를,

"전하 어찌 신의 뜻을 그리 모르시나이까? 홍치상은 제가 가만히 한 일이옵거니와 의신의 상소는 공공지론(公公之論)으로 하였삽거든 어이 홍치상에게 비교하시나이까"

상감께서 더욱 노하여 말씀하시기를,

"음흉하고 간특한 계집을 위하여 저렇듯 강악하뇨?"

응교가 그 말씀을 듣고 각별히 얼굴 모습을 엄정히하여 다시 기침을 하고 아뢰되,

"전하, 어이 차마 이런 말씀을 하시나이까? 부부는 인륜지대(人倫之大)요, 성은 인륜지지라 하오니 무릇 여염의 사람도 부부의 의(義)를 중히 여기옵거늘 중궁이 뉘 배필이신데 상감께서 진노하시기로 성인(聖人)의 말씀을 그르치게 마옵소서. 사어(私語-사사로

운 말씀)를 이렇듯 도리에 어긋나게 하시나이까?"
상감께서 더욱 더욱 크게 노하시어 이르시기를,
"네가 하늘을 공축(恐縮)케 하려느냐? 네가 한 소행만을 아뢰지 않고 웬 딴 소리를 하느뇨?"
응교 대답하여 아뢰되,
"전하께서 근래 주역(周易)을 강하시면서 어찌 건(乾) 곤(坤)의 이치를 아지 못하시나이까? 중궁께 설사 숭허물이 있으시다 하여도 명성왕후 계실 적에는 극진히 사랑하셨을 따름이요, 과실이 계시다함을 듣잡지 못하였사온데 어이 이제 원자탄강(元子誕降)하신 후 저렇듯 허물을 하오시니 의신은 앞으로 상감께서 인연을 짓밟으시고, 인륜(人倫)을 어긋나게 하시고 착한 이를 모방했다는 비방을 듣자오실 줄 알겠나이다."
상감께서 지극히 노하시어 성음을 이루지 못하시고 이르시기를,
"이놈아, 그 말 또 하라. 그 무슨 말인고? 네 부동한 사실만을 어찌 이르지 아니하는고? 이놈의 강악이 갈수록 더하는도다. 역률로써 압슬 화형(火刑)을 하리라. 네 고놈의 말하는 주둥이를 지져라."
하시니, 나장들이 차마 그대로 못하고 그리 상하지 않게 화침(火針;화젓가락) 능장을 옆으로 비껴쥐고 지지는 시늉을 하니 '점점 치라' 하시는 것이더라.
형문 두치 맞았는데 첫채에 헤이지 않은 것이 여네번이요 둘째채에 헤이지 않은 것이 아홉이니 모두 합하면 세채를 맞은 꼴이 되매, 살이 미여지고 핏방울이 튀어 바지에 잠겨 손으로 짜게 되었건만 응교는 아픈 사색을 아니하였다. 상감이 이르시기를,
"급히 압슬하라."

하시므로 응교는 대답하여 아뢰되,

"의신은 오늘날 죽음을 정하였삽거니와 전하께서 일을 이렇듯이 하시오니 후일 망국지주(亡國之主)되올 것이니, 그를 서러워 하나이다."

상감께서 말씀하시기를,

"내가 망국하든 말든 네가 아랑곳할 것이 무엇이뇨?"

하시매, 응교 대답하여 아뢰되,

"전하께서 어찌 저런 말씀을 하시나뇨? 의신(義臣)은 교목세신(橋木世臣)이라, 나라와 더불어 목숨을 한가지로 하올 몸이오기에 서러워 하나이다."

상감께서 가라사대,

"잔말 말고 압슬하라."

하시고, 돌아다보시며 사관(史官)더러 이르시기를,

"태보의 그런 말은 쓰지 마라."

하시더란다.

압슬기구를 차려 그날 즉시 압슬할 새, 널을 놓고 자갈을 가득히 널 위에 깔고 형문 맞은 다리를 그 위에 앉히고 그 위에 자갈 모은 것을 두 섬을 붓고 좌우로 푹푹 다리를 못 드는데를 막대기로 쑤시느라고 그 널을 위에 덮고 상하 머리를 잔뜩 졸라매고 건장한 나졸이 한 머리에 셋씩 올라서서 질근질근 하는 소리, 소리치며 널 뛰듯 발을 굴러 부비기를 한 채에 열세 번씩 하여, 속이지 말고 바른대로 아뢰어라 일시에 소리를 지르나, 응교는 더욱 안색을 동하지 않고 한번도 앓는 소리를 내지 아니하니 상감께서 더욱 크게 노하시어 이르시기를,

"이놈의 강악이 되게 무섭구나. 저렇게 표독하거든 나를 욕하지 아니하겠느냐? 종시 자백을 아니하고 강악하기가 비할 데 없으니, 네 끝까지 모든 것을 실토하지 아니하려느냐? 네 끝내 다른 무리들과 부동한 사실을 자백하지 아니하려느냐? 꿈 말은 어찌된 말인고?"
응교가 대답하여 이르되,
"의신의 회포는 상소문에 다하였사오니, 무슨 다른 말을 하였다 하시나이까? 의신은 추호도 다른 무리와 부동한 일이 없사오니 자백할 것이 없나이다. 꿈 말씀도 다른 데서 알게 된 것이 아니오니 어이 알겠습니까마는 전하께서 내리신 비망기 속에 있사옵기에 보았고 아뢰었나이다."
임금께서,
"네 그렇다면 나를 거짓말을 했다고 하는 것이냐?"
응교 대답하여 아뢰되,
"궁안의 일은 의신이 자세히 아옵지 못하거니와 꿈이란 것은 본디 허망한 것이오니 어이 구태여 일일이 맞추기를 기약하겠나이까? 우연한 몽사(夢事)를 맞추지 못한 신들이 무슨 과실이오며 몽매간의 일을 우연히 부부간에 아뢰었사온들 그것이 무슨 대단하신 허물이시라고 일을 절박하게 하셔 큰 죄를 삼으시니 이 큰 과오가 아니시옵니까? 비록 중궁은 꿈을 믿는다 하오셔도 이전에는 전하께서도 현몽하신 일을 여러 번 인견(引見) 때에도 꿈 말씀을 하시오매, 의신은 전하께서 스스로 잘못하신 탓인가 하나이다."
상감께서 더욱 크게 노하여 가라사대,
"네 나를 다만 거짓말하는 광인같다 하느냐? 네 불과 간악한 계집이 네 편당(黨)이라 하고 저리 하는가?"
응교 아뢰되,
"의신이 입조하온지 열세 해온대 의신 인물이 세상 사람과 합함이 적어 어느 때나 한결같이 무디기로 이리 삼가하는 줄 모르시나이까? 만인 현당을 따라 그런 일을 하옵고 뜻 맞추기로 행세하옵게 되면 어찌 전하께 뜻을 여쭙지 못하였사오리이까? 이 상소는 일국에 공공지론(公公之論)을 하였사옵고 전하의 신자되어 전하의 실덕하심을 보옵고, 도리어 응당 죽도록 간하올 따름이오이다. 전하의 하교를 듣자오니 전하께옵서 의신을 서인(西人)이라 하오셔 이리 참형을 하옵시는가 싶으오이다."
상감께서 더욱 노하여 이르시기를,
"네 일정 날더러 서인이라 하기로는 잘 하더라."
응교 대답하여 아뢰되,
"전하! 마음을 깊이 생각하여 보소서. 아비가 어미를 아무 죄도 없이 내치려 하오면 그 자식이 어이 죽도록 간(諫)치 아니하리이까? 아시기 어렵지 않은 일이거든 전하께서는 어이 그리 생각치 아니하시나이까?"
상감께서 말마다 더욱 대로하시어 이르시기를,
"저놈이 지독하게 독살을 부리니 바삐 화형을 행하라."
시뻘겋게 달군 숯을 응교의 곁에 피우되 미처 부채를 찾지 못하여 나장이 옷자락으로 붙여 불기운이 좌우로 쪼이니 시위한 사람이 낯이 더워 견디지 못하였더라. 쇠를 불에다 달구어 지지며,
"네 이제도 자백을 하지 않느뇨?"
응교 고쳐 앉아 전교(傳敎)를 듣잡고 대답하여 아뢰되,

"의신이 부동하온 일이 없사오니, 어찌 부동하였다는 자백을 하오리까?"

상감께서 더욱 대로하시어 이르시기를,

"독하고 독하다."

팔을 들어 올리시며,

"급히 화형에 처하되 큰 나무에 높이 매달고 무릎에서부터 온 몸을 지지라."

하오시고 기둥 같은 나무를 박고, 엄지발을 노끈으로 동여매고 머리를 풀어 헤쳐 아래로 감아 매어 거꾸로 매달고 아래가 여섯치나 뜨게 달아 매었으니 진실로 다른 사람 같으면 기겁을 하여 말하기가 어려울듯 하건만 정신을 더욱 가다듬어 안정(安靜)이 아뢰어 가로되,

"의신이 듣자오니 압술 화형은 역적 물으실 적에 쓰는 형벌이라 하오니 의신이 무슨 역적의 죄가 있사오리까?"

상감 더욱 화를 내시며 이르시기를,

"너의 죄는 역적보다 더하니라."

하시는데, 나장이 바지를 추스리려고 하니 상감이 이르시기를,

"헤지고 살이 난 쪽을 못 지질까?"

하시매, 급하기 번개같고 위엄이 뇌성(雷聲) 같으시니, 미처 바지를 벗기지 못한대로 찢고 벗겨 쇠를 불같이 달구어 낯에 쏘이고 기둥에 스쳐 연기가 풀 풀 이는 기둥은 차마 눈뜨고 보기가 어려울 지경이더라.

쇠를 둘씩 달궈 지지기를 한 때에 열세 번씩하여 전후 남은 살이 다 녹아 무릎까지 다 남은 데가 없으니 검기가 숯덩이 같으되 사기자약(士氣自若)하여 말씀을 더욱 명백 정당히 하며, 한 번 아프다 소리

아니하고 눈도 찡그리지 아니하니 좌우에 시위한 사람들이 다 떨어 안절부절치 못하다가도, 응교를 보고서 잠깐 진정하곤 하는 것이더라.

상감이 이르시기를,

"이제도 부동한 사실을 자백하지 아니하느뇨."

대답하여 말하기를,

"의신이 이제 이렇듯 뜻을 고쳐 거짓 자백은 못하리로소이다."

상감께서 이르시기를,

"네가 상소한 사실 하나만 인정하고, 다른 부동한 일들은 자백하지 아니하니 무수히 지졌지만 그래 마땅하도다."

하시니 이에 대답하여 말하기를,

"의신 의절(義節)이라 하오니 의신이 오늘날 신절(臣節)을 다하려 하옴이니 무슨 다른 자백을 하라고 하시나이까? 의신이 다만 십년을 경락(京洛 ; 서울) 출입을 하되 나라에 은혜를 갚지 못하였삽더니, 오늘날 전하께 이런 실덕을 하오니 이것이 신의 죄이옵지 달리는 죄 있사올 일이 없을가 하나이다."

상감께서 더욱 노하여 사관(史官)더러 이르시기를,

"태보의 그런 말을 쓰지 말라. 인간이 저렇게 강하고 독한 놈이 어데 있으리요. 저렇거든 날더러 참혹하다고 욕을 아니할까? 사납기가 범보다 백배나 더하도다."

하시기를 열 번이나 더 하시었다 하더란다.

"화형은 무릎과 온 몸을 다 지지라."

우의정(右議政) 김덕원이 한참 머뭇거리다가 여쭈되,

"화형이 본디 할 곳이 있으니 이리하시면 각별하온 법이되리이다."

상감이 말씀하시기를,

"그렇거든 역적 다스리는 화형 규칙대로 하라."

하시니, 고쳐서 발 뒤축을 지지니 상감이 이르시기를,

"어이 발 뒤축만 지지리요. 옆과 바닥을 다 지지라."

하시니, 비로소 어디라고 정치 못하여 바닥 옆 할 것 없이 마구 꺼멓게 지졌더라.

그러나 응교는 안색을 조금도 변치 않고 정신이 조금도 흩어지지 않아 말이 조리있어 조금도 본래의 의로운 마음을 잃지 않더라.

상감께서 소리를 높여 이르시되,

"이놈 네 정 이러하기냐? 유현이 상소문을 모르노라 하니 진정 모르느냐?"

응교 대답하여 아뢰되,

"유현이 제 어찌 상소하는 것을 모르리오까마는 그때 병이 대단히 중하였삽기에 들어오게 못하여, 제 자식을 시켜 이름을 대신 적게 하였사오니 상소글이야 어찌 보았사오리까?"

상감께서 말씀하시기를,

"이세화는 너와 같이 글을 지었노라 하니 옳으냐?"

대답하여 가로되,

"글을 지어서 쓰기를 의신이 하였사오니 세화는 의신을 구하여 살리려 하옵고 제가 하였노라 하오이다. 이로써 의인(義人)이 살기를 얻었다 하나이다."

상감께서 이르시기를,

"네 마음에 부동한 사실을 말하려 하지 않는구나."

대답하여 아뢰되,

"신을 죽이고저 하오면 바로 내어 베실 것이지 억지로 자백을 구하려고 하시나이까? 신이 보오니 전하께서 지나치게 기운을 쓰시어 밤이 새도록 격노(激怒)하시오니 예사 성만 내셔도 기운이 손상하옵는 것이온즉 옥체 상하시는가 염려되옵나이다. 아무리 자백을 받으려 하여도 신의 마음이 임군을 속여 거짓 자백은 못 드리겠나이다."

하고, 다시금 우러러 아뢰되,

"신이 죽어 지하에 간들 형벌(刑罰) 못 견디어 거짓 자백한 귀신이 되어 무리로부터 홀로 떠돌게 되면 어이 부끄럽지 아니하겠나이까? 신의 어미 나이 칠십이 넘삽고 생부(生父) 나이 육십일이오니, 오늘 다시 보지 못하고 죽으면 그 정세 망극하겠거니와 벌써 나라에 몸을 맡겼으니 오늘날 죽기를 정하와 어찌 사사로운 정을 돌아보리이까? 죽이시겠거든 빨리 하소서. 다만 신은 죽어도 옳은 귀신이 될 것이오니 한이 없사오리다.

전하께서 어이 이런 거조를 하셔 국가 흥망이 이에 판가름되고 군균의 누덕(漏德)이 되는 줄 모르시나이까? 중궁이 본디 세자 아니 계심으로 민망히 여기사 상감께 후궁을 가까이 하시기를 권하시온 바인즉, 오늘날 원자(元子) 나오신 후 어찌 싫다 하실 까닭이 있사오리까? 이, 절연침윤지참언(絶緣侵倫之讒言)을 들으시고 이런 무고한 죄(罪)를 씌우시니 신이 살아서 간하여 구하지 못할지면 차라리 죽어서 모르고저 하나이다. 이제 신의 마음에 품고 있는 바를 다 아뢰었으니 빨리 죽여 주소서."

하고, 두 눈을 감고 아무리 물어도 한 말도 하지 아니하니, 상감께서

손을 두드리시며 이르시기를,

"일정 판의금 이손조는 내려가서 자백을 받지 못할까?"

하시니 이손조 온 몸을 떨며 내려와 소리를 이루지 못하며 말하되,

"죄인은 어서 자백하라."

하니, 응교 감았던 두 눈을 떠서 무섭게 부릅뜨고 흘겨보며 소리를 고래고래 질러 말하기를,

"여보소, 나에게 무슨 자백을 하라고 어이 핍박하느뇨? 난신적자(亂臣賊子)가 국록만 허비하고 임군을 어진 일로 돕지 못하고 아첨 첨영하느냐? 국모를 폐출(廢出)하되 당연한 일로 알고, 오히려 나를 꾸짖으니 짐승보다도 못한 인간이로다. 나는 죽어도 옳은 귀신의 무리에 끼이려니와 너희는 살았음에도 국적(國敵)이요 죽으면 더러운 귀신되고 앙화(殃禍;죄의 앙갚음으로 받는 온갖 재앙)가 자손에게 미치리라."

하니, 민암(이 손조의 아호인 듯)이 참기 무료하여 올라가 여쭈되,

"아무리 지져도 자백할 의사가 없는 것으로 아옵니다."

상감께서 말씀하시기를,

"미욱한 놈이로다. 자백을 하면 놓아줄 것을."

하시니 응교가 이 말씀을 듣고 말하기를,

"전하, 신을 속여서 무엇 하시리이까?"

화형을 여러 차례 하니 다리가 다 벗어지고 힘줄이 오그라져 보기에 참혹한 터이라 상감께서 오래 보심이 아니꼽게 여기사 이에 대전(大殿)으로 들어가시며,

"다시 내병조로 내라."

하시고 무감더러 이르시되,

"일찍이 흉역(凶逆) 박태보의 지독함을 알았거니와 그토록 하니 완악하기 이를데 없도다."

모든 나장이 한꺼번에 달려들어 해박하옥(解縛下獄)하고 저 하여 맨 것을 푸니 그제야 숨을 길게 쉬고 말하는데 목이 타 거의 죽게 되었더니 자비문 서원(書員)이 어디 가서 찬물 한 사발 갖다가 입에 다 부어 넣어 주니 비로소 눈을 뜨고 서원의 성명이 무엇이냐고 묻는 것이더라.

중인(中人)들에게 맡겨 내병조에 가서 다시 또 형벌을 주니 수형(受刑)한 것이 형문(刑問) 삼차에 볼기 맞은 것이 이십 번이요, 압슬 이차에 화형 이차로되 사람들은 공연히 허튼 수효를 댄 줄로 알고 믿으려 하지 않았다 하더라.

등소제인 이문, 이에 대죄하더니 응교의 중형 헤이는 소리 들림에 응교도 저러할제, 자기도 죽을 양으로 작정하고 가슴을 두드려 통곡을 해 마지 않더란다.

추국(推鞫)을 그치고 병조(兵曹)에 나와 그 다리를 싸맬 것이 없어,

"박죄인의 다리 쌀 것을 드려오라."

하니 김종신, 조자수, 이인엽이 옷자락을 잘라 들여보내니 모자라는 터라 응교가 말하기를,

"내 도포 소매로 싸라."

하고 낱낱이 기거를 하여 싸매고 부채를 내어 주며,

"이것이 걸려 좋지 않으니 내 집으로 보내소."

이에 금부(禁府)에 가두려고 호송해 가는 길에 창과 조총(鳥銃) 가진 군사가 옹호하여 가거늘 종질(宗姪)되는 박칠순이 군사를 헤치

고 달려들어 덮은 홑이불을 들추고 그 손을 잡고 말하되,

"아저씨, 참 장하옵니다. 전후 일이 어떻게 될지 모르오니 진정하소서."

"내 마음은 조금도 흔들림이 없도다."

하고 대답했다 하더라.

금부에 드니 그 부친이 교외에 있다가 갑자기 추국을 하시어 미처 보지 못하여 금부 밖 외막에 기다리고 있더니 그 아들이 살았음을 듣고 정신과 기운이 어떤가 알고저 하여,

"쓸 것이 뭣이고 있거든 글자나 적어 보내라."

는 전갈이 왔으매, 응교 이에 대답하여 이르되,

"역률(逆律; 법을 어기는 행위)로 하였다 하오니, 밖으로 숙여 논하기 미안하여 못하노라."

하더라. 다음날, 다시 추국을 할 터이나 영상(領相) 권대운이 상감께 아뢰기를,

"태보의 죄 만번 죽어 마땅하오나, 또 다시 치기는 너무 참혹하오니 감소하소서."

하니 이에 상감께서는,

"절도(絶島)에 위리안치하라."

하는 어명을 내리시더라.

응교, 부친께 글월을 적어 올려 하였으되,

〈자(子)는 혹형을 겹쳐 입었으되 오히려 살았으매, 하늘의 은덕이 큰 줄 아나이다. 지금 증세는 다리가 붓고, 음식을 받아 통하니 이로써 위로하소서. 배소(配所)는 진도(珍島)로 되나 봅니다〉

문필(文筆)이 조금도 줄지 않았고, 한편 옥졸(獄卒)들이 모두 말하

기를,

"자고로 이런 형벌을 입고 옥문 밖으로 살아나온 이 없으리다. 지금 살아 계시니 나으리 충성을 하늘이 감동하신 탓인가 하오"
하더란다.

사월 십칠 일, 적소(謫所)를 정하여 금부 문 밖에 나서니 그의 얼굴을 보고자 다투어 사람들이 에워 싸서 길을 나가기가 힘이 들 지경이었고, 응교 사람 무리들 속에 친한 친구의 얼굴들을 알아보고 손을 들어 사례를 하는 것이더라.

경중상하(京中上下 ; 서울 사람들 높고 얕은 이)에 노소할 것 없이 한결같이 충신의 얼굴을 살았을 때 보리라 하고 무수한 사람들이 모였으며 혹 통곡하여 아껴함을 마지 않았다고 하더란다.

응교의 목숨이 끊어지지 않았으매, 화열(火熱)이 급하여 목숨이 경각에 있을 듯하니 명여동 겻재에 잠깐 내려서 쉴새 그 부친을 위로하여 말하되,

"마음을 진정하옵소서. 모친의 기운은 어떠하시나이까?"

모든 사람들이 이르기를,

"날이 이미 저물었고 병(病)이 저러하니 밤을 성중에서 지내고 내일 문 밖으로 나가시오."
하고, 소매를 붙잡고 만류하나,

"내 병이 비록 중하나 죄명이 더 중하고 오히려 목숨이 멀었는지라, 어이 감히 성중에서 잠시인들 머무르리요."
하고 말하더란다.

날이 어둡기에 미처 남문으로 나오려 하는 길에 어른 시정사람들이 갓을 벗고 집둥우리채 메고 가기를 다투어 말하되,

"이 양반 타신 틀을 멘다는 것은 영광스러운 일이다."
하고, 연하여 현토록 여럿이 메니 이제 인심도 오히려 귀함이 있음을 알겠더라.

남대문 밖에 부자 한데 모여서 정신을 차리니 그 모친이 나이 칠십이 넘고 어려서부터 기른 정이 기울어 지나니 급히 나와서 아들을 보매 온몸이 참혹하게 되었으니 아무리 보아도 살아날 것 같지 아니하더라. 그 젊은 나이가 서러워 실성하여 눈물을 거두지 못하니, 응교 불효를 슬피 여겨 위로하여 말하기를,

"오늘날, 이렇듯 살아서 어머님을 뵈옵게 된 것도 성은(聖恩)이라, 죽어도 한이 없겠나이다. 어머님께서는 깊이 서러워 마시고 불효의 죄가 더 크게 하지 마십시오."

하며, 정신은 맑아 보이나 화열이 날로 올라 약간 진 미음조차도 목에 넘기지 못하여 증세가 더욱 악화되었으나, 먼 길을 떠나게 되었으니 어떤 명의라도 고칠 것이 없으니 보는 이마다 아니 서러워하는 이 없더라.

응교 말하되

"내 아마도 살지 못할 줄 아오. 지금은 죽지 않았으니 혹시 살아날까 하여, 길 떠날 차비를 차리라고 하였으니 가는 도중에 심심하여 보겠으니 책을 차려 주시오."

하니, 그 부친이 이르기를,

"책을 차린다는 것은 부질없는 일이니 하지 말라."

하므로, 보고 듣는 이 모두 참혹하게 여기더란다.

병세가 날로 더하여 즉일에 길을 떠나지 못하여 문 밖에서 병을 보아 가려고 하였더니 수일이 지나도 병이 더욱 중하고 왕명이 날로

급하신지라, 머물러 있기가 미안하여 오월 초하룻날 강(江) 건너 동막(東幕)에 가서 병세 더욱 심하여 시시로 화열이 급히 막힘에 가지 못하여 머물고 조서(詔書)를 차리게 하여 병세를 보아서 가려함을 아뢰니 비답(批答-상감의 대답)이 더디다 하시더라.

응교 스스로 가지 못할 줄 알고 온 몸이 참혹하게 붓고 아픔이 심하되, 양친이 계신 고로 침으로 화독(火毒)을 씻어내라 하여 좀 있다가 벗과 이야기를 주고 받는 것이더라.

그 종질(宗姪)이 나간 뒤 나라 일이 어찌 되었는고 묻기에 중궁이 기어이 쫓겨나셨다고 하니 차탄(嗟歎)하여 말하되 가엾으시다고 하는 것이더라.

그 벗들이 어떻게 구해 줄 수 없을까 애들을 쓰며 불쌍히 여겨 병신이 될지라도 살기를 바란다더라.

그렇듯 신고를 하되 단 한 번도 애매하게 형벌을 입었다고 나라를 원망하지 않고, 신자로서 당연히 할 일을 한 것으로 알아 그 충성이 진실로 보기 드물어 가히 믿기가 어려울 지경이었다고 한다. 곁의 사람이 거짓 웃고 말하되,

"타 죽으려다가 살면 적이 기특할까? 하지(下脂)는 특히 단단하니 살리라."

하니, 이에 응교 대답하기를,

"성상은 살리려고 놓아 주셨으나 내 기운이 내붙지 못할까 싶고, 음식을 하도 못 먹으니 산다는 건 황당한 일인듯 싶으이."

하고 회롱의 말로 대답하되 살이 날로 썩고 화열이 점점 중하여 정신이 때로 해이하여 일신이 축 꺼지니 별 도리가 있을 듯 싶지 않더라.

점점 병이 중하여 정신이 가장 없으되 그 벗 최석이 나아가 보고

악수하여 곁에 머무르니 웅교 말하기를,

"어르신네 병환이 어떠신고?"

하여, 어전에서 관찰사(觀察使), 어사(御史)들이 상감께 계문(啓聞)을 올리어, 태보의 화상을 평안도 화사 조세길에게 맡겨 주옵소서 하니, 상감께서 마지 못하여 그리하라고 하였더니 평안부사 유주인이 웅교 죽던 날 아침에 가보니 웅교가 이르기를,

"평산이 조세길 있는 데서 가깝고 왕래하기 쉬우니 나의 화상을 쉬 낫게 해 주고저 하는 뜻을 영숙은 부디 칙렴하여 수이 통하고……."

운운하니, 그 정신이 그때까지도 멀쩡하더라.

오월 초닷새날 병이 더 극함에 죽을 줄 정하고 밤에 곁에 있는 사람더러 이르기를,

"내 아무래도 살지 못할 줄 이미 알고 있었으나, 양 노친을 위하여 현약을 받고 화열을 막아 발을 놀리더니 이제 점점 병이 중하고 이내 부어 비록 배 고픈 줄 아나 진미를 알지 못하고 식사를 하지 못한지 오래 되니 이제 죽을 줄 알며, 그러니 공연히 괴로이 할 것이 아니라 이것들을 다 치우소."

하며 이제까지 다리를 매었던 것을 떼어 놓고 새 자리를 가져오게 하여 펴고 누워, 그날 밤에 아버지를 청하여 사뢰되,

"국청에 갔던 전후 사연 이야기는, 제가 아니 여쭈면 자세히 아지 못할 것이오니 처음부터 끝까지 아뢰오이다."

하고, 자초지종(自初至終)을 몇 마디 이야기하거늘 박공이 말하기를,

"네 기운이 참혹하였고나. 네 아니 하여도 들은이 많으니 자연히

알게 될 것이니 다른 할 말이 있거든 하라."

응교 대답하되,

"부친이 비명(碑銘) 짓던 글이 좋사오나, 두어 자 빠진 것은 전에 여쭙던 대로 하여 쓰십시오."

하니, 그 양부의 비명의 박 부제학(副提學)이 지었더니, 그 말을 가리킴이더라.

또 이어 사뢰되,

"형님 행장을 죄다 지었으되, 혹 빠진 것이 있어도 감사 형님(박태상)과 의논하여 극진히 하여 쓰시고, 자(子)의 후사(後嗣)는 다음 형제 중 자라는 대로 정하소서."

하니, 다음 형제란 박태유의 아들들을 말함이더라. 또 말하기를,

"자(子)의 산소는 금노땅에 자의 정한 혈처(穴處)가 있사오니, 그 혈(穴)을 혹 금할 리 있사오나 언약하였으니 부디 얻어 쓰시고 그를 두고는 부디 금노 땅에 쓰셔 부친의 산소 외로운 고을이 되지 않게 하여 주소서."

하니, 금노 양부 산소를 이름이더라.

이에 양모를 나오소서 하니 대부인이 부인을 데리고 내닫는지라 응교 사뢰되,

"이제 모친 보시는 앞에서 죽사오니 불효막대(不孝莫大)하오나 이것도 명이니 모친은 너무 서러워 마시고 마음을 진정하소서. 자(子)의 후사는 다음의 형제 중에서 나올 것이옵니다."

하니, 대부인 흐느껴 울며, 차마 그 정상을 보지 못하여 하더라.

이에 대부인이 안으로 들어가고 모든 친구들이 응교더러 이르되,

"우리한테는 할 말이 없는가."

"무슨 낱낱이 할 말이 있을꼬?"
하고 잠깐 눈을 감았다가 이르되,
"형부 왔는가?"
두세 번 물으니 이는 그 대인의 큰 사위를 말함이라.
그 매부인 제민이 이르되,
"자넨 평생 행실이 하나도 부끄러움이 없네 그려."
하니 응교 가로되,
"사람이 일생을 통해 부끄러운 일이 조금도 없기 쉬울까? 다만 대단한 부끄러움 없는가 모를세."
하니 대답하여 이르되,
"육신 부모 곁에 있음에 대하여 서로 부끄럽지 않으리라."
응교 말하되,
"젊은 사람이 어이 그런 말을 하는고?"
그의 종질 서통 진시학이 이르되,
"통진서 올라올 때, 길에서 추국하는 것을 들었던 사람을 만나 들으니 원죄(冤罪)도 너무 골똘히 하고, 여럿이 상소했으니 혼자서 담당할 일이 아니로되 혼자 당한 것이 분하다 하매, 그 말이 옳던가. 이러한 참형을 입어 죽기에 이르렀는고?"
응교 두 눈을 감았다가 고개를 들어 이르되,
"누가 그런 말을 하던가? 무슨 지언(至言)도 하던가? 그러면 최석정, 이돈에게로 미루라고 하던가? 최석정, 이돈이는 이 상소를 지어 왔으되 말의 뜻이 모호하거늘 내 고쳐 써서 하였거늘, 어이 남에게 미루며 그리 알던들 그때를 당하여 남에게 죄를 지워 무엇하리요?"
무상한 말로 하듯 시인하여 국청에서 하던 말을 이르나 화독이

오름에 침이 말라 말이 끊어지려 하니, 서동이,

"천천이 아니 들을까."

하니, 그만하여 그치더란다.

이튿날, 대부인이 고쳐 나와 보니 응교 두 눈을 감았다가 떠 보기를 세 번을 하되 오래 눈을 감았다가 여쭈되,

"모친께 다시 아뢸 말씀이 각별히 없거니와, 아마도 길이 편안하소서."

하며 두려워하고 근심하는 빛이 많이 떠도는 것이더라.

그 부인이 대부인 곁에 와서 우니 응교 두 눈을 감았다가 고쳐 떠보고 이르되,

"죽은 뒤에 어머님은 오직 그대만을 의지할 것이요. 하물며 내 후사는 그대 죽으면 더 어려울 것이니 지나치게 근심하여 마음과 몸이 너무 수척치 않도록 하시오. 내 이제 죽겠으니 그대는 들어가라."

하나, 부인이 울고 머뭇거리니 고개를 들어 꾸짖어 가로되,

"남자 죽음에 부인이 곁에 앉지 않는 법이니 곧 들어가라."

하고 조카더러 '모셔 들어가라' 하더란다.

그 부친이 이르되 또 무슨 할 말이 있느냐 물으매,

"다른 말씀은 구태여 할 말씀이 없사오나, 무준이 나이 자랐으되 글이 미거하니 부디 힘써 가르치소서."

하니, 그 부친이 이르기를,

"어이 너를 살리기를 바라리요마는, 오히려 지금 살았으니 천행으로 살려나보다 했더니 이제는 살지 못하겠으니 이도 천세(天歲)라 취사(就死)나 조용히 하라."

응교 대답하되,

"취사는 조용히 하리이다."

하니, 그 부인이 차마 보지 못하여 나가서 오열비읍(嗚咽悲泣)하니 응교 탄식하고 매부더러 말하기를,

"내 친히 부친께 사뢰려 하였더니 참혹히 여기심을 망극히 여겨 못하였더니 다시 가문을 끊고 우리 형제 다 안전에서 참경을 보시게 하니 차마 어이하리요. 과도히 상심치 마시라고 여쭙고 치상(治喪)은 내 평생(平生)에 물든 것을 입지 않았던 바요, 또 죄인으로서 죽으니 부디 제상을 죄인과 같이 검박히 하소서 여쭙소."

하더란다.

점점 담이 끓어 오름에 응교 말하기를,

"왜 이다지도 괴로운고."

하고 울며 말하더니, 오월 단오일 사시에 병석에 누워 숨을 거두니 진정 슬픈 일이 아닐 수 없도다.

자고 이래로 충신열사(忠臣烈士) 원통히 죽은 이 많지만 태보의 정충지절(貞忠之節)은 고금에 뛰어났으니, 그 아름다운 이름 금석에 새겨 유전하리니 어찌 죽었다 하리요마는 칠십이 넘은 생가(生家)와 양가(養家)에 모가 계시니 극히 참혹하고 태보의 죽음을 듣고 장안에 사는 어느 사서인(士庶人 ; 사대부와 서인)이 아니 우는 이가 없고 간신(諫臣) 노릇하기도 참으로 어려운 일이라고 차탄(嗟歎) 않는 이 없더란다.

이때 후(后)께선 부원군(府院君) 상사 뒤에 지나치게 애통하신 나머지 옥체(玉體) 종종 편찮으시더니 좌우에 모시고 있는 상궁이 말씀을 듣고 대성통읍(大聲痛泣)하여 빨리 들어와 후께 아뢰오니,

후께서 안색을 하나도 변치 않으신 채 크게 탄식하여 이르시기를,
 "또한 천재(天災)로다. 누구를 원망하리요. 그대들은 모두 명을 받들어 거행토록 하라."
하시고, 조금도 마음에 흔들림이 없으시더라.
 명안공주(明安公主) 이 변을 들으시고 여러 고모 대장공주와 함께 크게 놀라 급히 입궐하여 상감께 조현(朝見)하고 후의 숙덕선행(淑德善行)과 참언(讒言)이 간사한 것이라 밝히고 대왕대비께서 사랑하시던 바를 주(奏)하여 눈물이 좌석에 떨어지고 간언(諫言)이 지극하고 통언(痛言)이 격렬하나 상감께서 통 불윤(不允)하시어 공주들이 상감의 뜻을 보니 능히 할 일 없어 탄식하고 물러 나오는 수 밖에 없더라.
 후께 뵈옵고 오열비탄(嗚咽悲嘆)하여 옷을 잡고 흐느껴 우시어 능히 말씀을 이루지 못하니 후께서 탄식하고 위로하여 말씀하시되,
 "화와 복이 하늘의 뜻에 달려 있으니 나의 복이 없고 천한 탓인즉 다만 어명대로 받들어 모실 따름이라, 누구를 원망하리요마는 공주, 이렇듯 권연(불쌍히 여김)하시니 은혜 잊을 길이 없소이다."
 공주 그 덕망을 새삼 탄복하고 부운(浮雲)이 잠시 성총(聖聰)을 가렸으나 성상이 현명하오시니 오래지 않아 깨닫고 뉘우치실 바를 일컫고, 차마 놓지 못하여 후를 붙들고 눈물이 비오듯 하니 무수한 궁녀가 다 울고 차마 떠나지 못하더니 상감의 마음 불안해 하실 줄 알고 인하여 궁을 나서시니, 이튿날 감찰 상궁이 상명(上命)을 받자와 김천에 이르니 중궁께 하는 전교(傳敎)를 아뢰니, 후 천연히 일어나서 예복을 벗고 관잠을 끄르시고 중계에 내려오셔 전교를 듣잡고 즉시 대내를 떠나 본가로 나오실 새 궁중이 통곡하여 곡성이 낭자하

니라.

　상감께서 그 곡성을 들으시고 크게 노하시어 궁녀들을 궁중에 그 허물을 기록해 두게 하고, 급히 하교하시어 빨리 나가시라고 하니, 입아조(立我朝)하여 일찍이 이런데 예절이 없던고로 등대한 일이 없는 터라 급히 기별하여 본가로부터 탈 것을 들이라 하였더니, 이때 궁녀들이 모두 권세를 따르고 상감의 은총을 구하는 터이라 후(后)의 행세 외로움을 보고 업신 여기어 언어가 방자하고 행동이 교만하여 조금도 동정하는 빛이 없이 그것보라는 듯이 좋아라 날뛰니, 후 짐짓 모른체 하시고 좌우에 뫼시던 궁녀들은 속으로는 상감의 처사를 마땅치 않게 여기나 죄를 받을까 두려워하는 나머지 감히 말을 못하고 구석 구석 머리를 모아 소리를 죽여 울며 몹시 서러워할 따름이니라.

　한 궁녀가 장씨(장희빈을 말함)의 가르침을 들은고로 달려와 옷을 뒤지려 하거늘 후께서 문득 찬연히 웃으시고 옷을 끌러 보이시며 두 눈으로 궁녀를 흘겨 보시니 맑은 광채 햇빛과 같으시니 사람의 오장을 꿰뚫는 듯 말씀은 아니하시나 엄정한 기상이 가을 하늘 같으시니 궁녀 스스로 부끄러운 마음이 들고 송연(悚然)하여 고개를 숙이고 물러나니 좌우 더욱 어렵게 여기더란다.

　상감의 노하심이 급급하사 나가심을 재촉하시니 본가에 사람이 빨리 가 가마를 드리라 하니 빠르기 성화 같은지라 이때 본가 식구들은 모두 홰새문 밖 애오리로 나가고, 부인네들만 몇 명 남아 있더니 미처 가마를 꾸미지 못하여 벌써 운금문까지 나오셨다는 말이 들리니 황황급급(경황없고 급함)하여 여늬 가마에 흰 명주보의로 가마 위를 덮어 들어가니, 후 벌써 경묵당 앞에 나려 걸어 오시는지라, 혼연이

가마위에 올라 요금문으로 나실 때, 궁녀 칠팔 인이 통곡하며 걸어서 뒤를 쫓으니 보좌하던 사람들이 일시에 따라오며 소리하여 통곡하니 행색이 처량하고 수운(愁雲)이 둘렀으니 천지 또한 흐려 슬픔을 돕는지라, 이 참담한 모습을 어찌 다 형용할 수 있을까 보냐.

선비 오십 여명이 요금문 앞에 대령하였고 백 여명은 구파문 앞에 엎디어 상소를 드리고 호읍(號泣)하더니, 후(后)의 충궁하심을 보고 대경망극(大驚罔極)하여 미처 신을 신지 못한 채 버선발로 따라와 모여 일시에 방성대곡하니, 선비 이백 여명은 이 안동 본가 문밖까지 따라와 우니 천지가 진동하고, 백성들은 남녀노소 할 것 없이 길을 막고 통곡하여 각종 시정이 다 저자를 파하고 서려워하니 초목금수 다 서러워 수심 띤 구름이 하늘에 가득하고, 일색(日色)이 빛을 잃더란다.

이때 상감께선 궁중에서 이 말을 들으셨으나 성총(聖聰)이 막혀서 도리어 인심(人心)을 통탄하시고, 선비 상소한 자 수삼 인을 잡아 엄형 추문하시고 정배하시었다.

후(后), 본가로 나오시니 부부인(어머님)이 마주 나오시어 붙들어 통곡하시니, 후도 부원군 옛 자취를 느끼사 애원통곡 하시고 이윽고 부부인께 고하여 이르시되,

"죄인의 몸으로 친족을 보니 안연치 못할 것이니 나가소서."
전하시니, 부인과 다른 부인네들도 통곡하여 마지못해 애오리로 나가신 후, 당일 명하사 안팎 문들은 모두 봉쇄하고 본가 비복들은 한 사람도 두지 않으시고 다만 궁녀만 두시고, 정당(正堂)을 폐하시고, 아랫채에 거처하시니 궁녀들은 본가에서 들어간 궁인과 삼인은 궐내의 궁인으로서 죽기를 무릅쓰고 나온지라, 후 가라사되,

"네 본시 궁중시녀라, 어찌 외람히 거느리리요. 들어가라."
하시나, 삼인이 머리를 두드려 울며 대답하여 아뢰기를,
"신첩 등이 낭낭 성은을 갚지 못하오리니 어찌 일시인들 슬하를 떠날리 있겠사오이까? 낭낭을 따라 죽으리로소이다."
후, 그 정성에 감동하시어 그냥 내버려 두니 집은 크고 사람은 적고 각 방이 다 비어 봉하고, 휘휘고적하여 인적이 끊쳤으니, 궁궐 옥전(玉殿)의 영화부귀만을 보아 오다가 슬프고 한심함을 이기지 못하나 괴로운 줄 생각치 않고, 후를 지성으로 모시고, 슬퍼 매양 서로 대하여 탄식하며 흐느껴 울다가도 후의 천연정숙하신 양을 뵈오면 감히 슬픈 사색을 내지 못하곤 하더라.
이때 후의 삼촌 되시는 좌의정 민공이 찬적하시고, 다섯 종형 모두 멀리 정배당하여 애오리 집 부인네만 있으니 조석에 수제라를 안동으로 나르는 터이라, 칠팔 일이 지난 뒤 후께서 좌우더러 이르시기를 식반(食飯)을 먼데서 날으기 어려우니 차후로는 물건으로 받아드리라 하시어, 궁중에서 하여 드리고 하루에 한 끼도 잡수지 못하시니 좌우 더욱 애닯게 울고 조카님네 지친(至親)들이 문밖에서 찾아오되 보지 않으시고 또한 오지 말라 하시오니 감히 찾아가 뵙지도 못하더라.
이러저럭 하는 동안에 가을이 되어 칠월을 당하여 본가에서 송이를 들여오거늘 후께서 보시고 천연히 안색이 변하시고 옥루(玉淚)를 흘리시니 꿇어 묻자오되,
"낭낭이 웬만한 어려운 일을 당하셔도 태연하시더니 오늘날 새로이 서러워하심은 어쩐 일이옵니까?"
후, 눈물을 흘리며 말씀하시기를,

"내 이리 죄를 얻어 백옥무하하니 시운(時運)만 한탄할 뿐 무엇을 서러워하리요마는 내 대대에 있을때 본가에 기별하여 송이를 무역하여 들이면 양 대비전께서 즐겨 진어하시던고로, 위하여 수라에 쓰더니 오늘날 송이를 보니 마음이 저절로 척감하도다."

말씀하심에 따라 눈물을 흘리시니 좌우가 모두 흐느껴 울고 우러러 뵙지를 못하였다 하니라.

창호(窓戶)와 새벽을 바르지 않으시고 넓은 동산과 집에 풀을 매게 아니하니 사람 한길만큼 자라 인적이 끊겼으니 귀신과 망령이 나르고, 저물면 예사 사람과 같이 다니니 궁인이 움직이지 못하고 두려워하더니, 하루는 난데없는 큰 개 한 마리가 들어오니 거동이 추한지라, 궁인들이 쫓으되 또 들어오고 다시 쫓으되 또 들어오는지라.

"그 개 출처없이 들어와 쫓아도 가지 않으니 고이한지라 내버려 두어 그 하는 양을 보라."

하시매, 궁인들이 밥 먹이며 두었더니 십여일 뒤 새끼 셋을 낳으니 가장 크고 모진지라, 이후는 날이 저물어 망령의 불과 도깨비의 자취 있으면 네 마리의 개가 함께 짖으니 잡귀 급히 물러나가 종적을 감추니 그로 인하여 집안이 편안하지라. 무지한 짐승도 도움이 있거든 하물며 신민을 잊으랴만 후 폐출하신 뒤로 조정에선 기뻐하는 소인이 많으니 도리어 금수만 못하리로다.

후, 집안에 가만히 앉아계셔 하는 바 없으시나 매양 급한 풍우에 뇌성(雷聲)을 두려워하시어 뜰에 계시다가도 빨리 방속으로 들어가시곤 하시더라.

날마다 지적함을 이기지 못하시어 오라버님 민경자 딸이 여덟살이라 데려다가 두시고, 소학(小學)과 열녀전(烈女傳)을 가르치시고 여공방직을 가르쳐 소일하시고 신세구차하고 확낙하되 일찍이 사람을 탓하고 귀신을 원망하는 바 없이 천연자약(天然自若)하시니 좌우가 더욱 마음 속으로 탄복해 마지 않았다 하더라.

부원군의 삼년상(三年喪)을 마침에 후께서 더욱 애처롭게 서러워하시어 옥체가 자주 편찮으시었다.

본가에서 채복(彩服)을 드려오되 받지 아니하시고 이르시기를,

"죄인이 어찌 채복을 입으리요. 무명으로 의복 금침을 만들도록 하라."

하시어, 무명 치마와 순색 저고리를 들여오니, 입으시고 보물과 진찬을 가까이 아니하시더라.

이때에 상감께서 민후(閔后)를 폐출하시고, 희빈 장씨를 왕비로 책봉하여 곤위(坤位)에 오르게 되어 궁중의 조하(朝賀)를 받게 하니 궁내에 있는 모든 사람들이 궁중이 이렇듯이 됨을 서러워하고 장씨의 참혹한 처사를 분하게 생각하되 조정 안에 어진 사람이 없으니 누가 감히 말할 것이겠는가.

그윽히 원분(분하고 원망스러운 마음)을 품고 눈물을 머금고 조하를 마치니, 희빈의 아비를 옥산부원군으로 봉하고 빈의 오라비 장희재를 훈련대장을 시키시니 나라 백성들이 모두 한심하게 여기고 기강(紀綱)이 흩어져 팔도(八道)의 인심이 산란하여 벼라별 소문이 다 도니, 대개 예로부터 성제명왕(聖帝明王)이라도 한 번은 침소하는 말을 귀담아 듣기가 쉬운 법이거니와 숙종대왕과 같은 문무를 겸하신 어진 임금으로도 장씨에게 빠지시어 국가의 체면을 손상하심은 실로 뜻밖의 일이 아닐 수 없더라.

이듬해 경오년(庚午年)에 장씨의 생자로써 왕세자를 책봉하시니 장씨 양양자득하여 방약무인하니 이러므로 불악을 일삼아 비빈을 절제하며 중녀를 엄형하며 포악한 말과 교만한 행실은 말로 다 할 수 없었다.

 궁중에 기강이 없어지고 원망이 하늘을 찌르는 터라, 장희재 욕심이 많고 고약하여 팔도에서 제물을 긁어들이나 말 할 이가 아무도 없어더란다.

 이렇듯, 삼사 년이 지나니 천운이 순환하여 흥진비래(興盡悲來)에 고진감래(苦盡甘來)라, 부운(浮雲)이 점점 걷히고 태양이 다시 밝아오니, 성총(聖聰)이 깨달음이 계시어 민후의 억울하심을 알고, 장빈의 요음간악(妖淫奸惡)함을 깨치시어 의심이 가득하시니 대하시는 기색이 전과 다르시고 서인(西人)들이 후의 삼촌 숙질을 다 처벌하시라고 날마다 아뢰기를 수년에 이르렀으되 상감께서 마침내 불윤(不允; 허가치 않음)하시니 이러므로써 민씨 일문이 보존이 되었던 것이더라.

 장씨 적이 상의(上意)를 스치고 크게 두려워 오라비 희재와 더불어 꾀하여 갑술년(甲戌年)에 무옥(誣獄; 죄없이 사람을 무고하여 일으킨 옥사)을 다시 일으켜 무술이를 죽이고 폐비(廢妃)에게 사약(賜藥)하라고 하여 변이 크게 나니 상감께서 짐짓 하는 양을 보시고 궁중 기색을 살피사 망연히 간인(奸人)의 흉모를 깨달으시어 즉일, 당각(堂閣)의 국유(國有)을 뒤지시게 하고, 비위만 맞추는 신하들을 다 물리시고 옛 신하들을 불러 쓰실새 갑술년 삼월에 대전 별감이 세번이나 안동 본가 궁을 둘러보고 들어가더니 사월 초구일에 비망기를 나리시어 폐하신 중궁의 무죄하심을 밝히시고, 별궁으로 모시게

하라 하시고, 어찰(御札)을 나리사 상궁별감과 중사를 보내시니 후께서 사양하사 이르시기를,

"죄인이 어찌 외인(外人)을 인접하여 감히 어찰을 받으리요."

하시고, 문을 열지 않으시매, 연 삼일을 별감이 문 밖에서 밤을 새우고 문 열어 주시기를 청하되 마침내 요동치 않으시니 이대로 복명하니 상감께서 어렵게 여기시고 또한 답답하시어 예조당상(禮曹堂上)으로 문 열기를 청하게 하나 종시 허락치 않으시니 예조와 승지(承旨), 국체 그렇지 않음을 아뢰나 듣지 아니 하시는고로 상감께서 민부(閔府)에 엄지(嚴旨)를 내리시어,

"이는 임금을 원망하는 일이라, 빨리 문을 열게 하라."

하시니, 민부에서 황공하여 서간(書簡)을 올려 수 없이 간하되 종시 열지 않으시는고로, 또 수일 후에 일작 이품 벼슬하는 신하를 보내시어 '문을 여소서'하니 중신(重臣)이 말씀을 아뢰되 사세 그리 못하신 줄로 누누히 밝히고 개문을 청하니, 후 궁녀를 시켜 전하여 이르시기를,

"죄인이 천은을 입어 일명이 살았을 적 이 집이 죄인의 뼈를 감출 곳이라. 어찌 국명(國命)을 받자오며 번화이 사람을 인접하리요. 사명이 여러 번 나리시니 더욱 불안하여이다."

사관(史官)이 절하여 명을 받잡고 재삼 간청하여 민부에 두 번 엄지를 나리시니 후는 큰 오라버님 되시는 판서(判書) 민공이 황송하여 간절히 권하니 겨우 '바깥 문만 열라'하시니 사월 이십일에야 비로소 대문을 여니 초목이 무성하여 사람의 키와 같은지라, 상명으로 일꾼을 시켜 풀을 베며 들어가니 풀 이끼 섬돌 위에 가득하고 먼지와 창호(窓戶)를 분별치 못하니 사관이 탄식하여 눈물을 흘리더란다.

외당을 깨끗이 치우고 사관과 군사들이 들어 앉으니 하나의 황락(荒落)하던 집이 번화해진 고로, 궁인들이 문틈으로 보고 한편 기쁘고 한편 슬퍼서 눈물을 흘리며 즐겨하나 후는 조금도 기쁜 사색이 없으시고 오히려 불안히 여기시는 것이더라.

바깥 문이 열림에 민씨 일가에서 가마가 수 없이 들어가고 바깥문이 열렸음을 복명하니 상궁 넷을 보내시어 어찰(御札;임금의 편지)을 내리매, 상궁이 왔음을 아뢰되 중문을 열지 않으시니 반나절을 밖에 있는지라, 그 사이 별감(別監)이 길에 이어 연하여 어찰 보심을 청하신지라, 후의 오라버님 내인이 연하여 국체 불경하심을 누누이 간권하시고 체면에 불안히 여기시어 문을 열라 하시니 상궁이 섬돌 아래에서 머리를 조아려 청죄하고 눈물을 흘리며 우러러 뵈오매, 용모백색이 초췌무색한지라, 슬픔을 이기지 못하여 소리남을 깨닫지 못하여 애통하게 우나 후께서는 두 눈을 나려뜨시고 못 보시는체 하시고 어찰을 드리니 북향 사배(四拜)하고 양구후 펴보시니 길이가 칠촌이요 폭이 삼척이라, 만지(滿紙)에 가득한 사연이라, 전과를 뉘우치시고 시운(時運)을 슬퍼하시며 대내로 들어오실 것을 청하신 내용이시더라.

후께서 간필(편지) 넣는 궤에 넣으시고 묵연히 단좌하오셔 말씀을 아니하시니 상궁이 땅에 엎드려 아뢰되,

"성상께옵서 신첩에게 편지를 하사 하시고 부디 답서를 받아오라 하신지라, 회답을 청하나이다."

후께서 한참만에 말씀하시기를,

"너희는 다만 들어가 죄첩이 답서를 올림이 옳지 못하여 못하는 줄로 아뢰어라."

상궁이 감히 정(正)히 정하지 못하고 하직하고 입궐하여 뵈온대로
아뢰니 상감께서 추연히 감동하시어 더욱 뉘우치시고 다음날 아침에
또 어찰을 내리시며 의복 금침과 반상을 내리시니 모든 상궁이 복명
하고 와서 옛말을 일컬으며 흐느껴 우나 후께서는 반겨하심도 없고,
박절하심도 없어 흡사 잔잔한 수면과 같은시더라. 상궁이 상의(上
意)를 모두 아뢰되,

"어제 대전에서 신첩 등을 인견하사 물으시되'중궁전에 의복금침과
반상이 있느냐?' 하시니 대답하여 아뢰기를 '하나도 없나이다' 하온
즉 대전께서 노하셔 이르시기를 '내 일시 분결에 과오를 범하였거
늘 일궁이 그 후 끝이 없게 하니 가히 해괴한 일이로다'하시며
즉시로 준비하라 하시니 내수사(內需司)에서 아뢰되 '의복 금침은
오늘 안으로 하겠거니와 반상 만들기는 금일 안으로 못할 것으로
아옵니다'하니 대전께서 능행(陵幸)적 쓰시려고 새로이 만든 은반
상을 올리라 하사 친히 감별하시고 보내시며 '금침 만들기 더딘
가?'하시어 대전 금침 새로 한 것을 감하시고 베갯수는 봉황 수로
바꾸어 왔사오며 하룻밤에 의복을 짓삽는데 치마빛이 무색하다
하시고 진노하셔서 내수사를 가시고, 다른 남초를 바꾸어 신이
보는 앞에서 급급히 지어 친감하시고 보내셨나이다."

하고 은영(恩榮)이 호탕하심을 이와같이 종횡으로 말씀드리나 후께
선 그리 못 듣는듯 하시고 인하여 잠깐 몸을 굽혀 이르시기를,

"천은이 망극하시니 어찌 감히 거역하리요마는 천궁귀몰(天宮貴
物)을 여염에 두는 게 옳지 못하고, 더욱이 대전의 반상 금침을
잠시인들 어찌 사가(私家)에 두리요. 외람하여 감히 받지 못할
것이니 도로 가져가라."

하시매, 상궁이 재삼 간청을 하나 듣지 않으시고 돌려보내시며,
"범사(凡事) 외람하니 분수를 전하게 하소서."
하시더란다.

상궁이 할 수 없이 그대로 복명을 하매, 상감께서 그 예절에 집착하심을 아름답게 여기시나, 오래 고하심을 답답하게 여기시어 다시 어찰을 나리사 후의 마음을 위로하고 국체 그렇지 못할 줄을 밝히시고 '이 일은 위를 원망하여 종용해 과인의 허물을 드러나게 한다.' 하시고 도로 다 보내시며 상궁에게 죄 있으리라 하시니 후께서 어찰을 받자와 그 억울하심을 아시고 불안히 여기시어 봉한채 두라 하시고 답서를 아니하시니 형제숙질(兄弟叔姪)이 간절히 권하고 궁인들이 번갈아 청하니 인하여 종이를 내와 쓰시니 대여섯 줄이더라.

봉하여 상궁을 주니 상궁이 복명한즉 상감께서 반겨 급히 떼어보시니 말씀이 은공하여 무수히 정죄하심이라, 상감께서 추연 감탄하시고 이튿날 이십삼일은 중궁전 탄일(誕日)인 줄 아시고 어찰과 수라를 내리시고 각궁 공상(共上)을 예와 같이 하라 하시니 영광이 이렇듯 하였는지라, 인민이 기쁘고 즐거워 뛰놀며 즐기고 민씨 일문이 감읍하되 후께서 크게 불안하사,
"죄인이 어찌 공상을 사가에서 받으리요."
하시고 물리쳐 받지 않으시니 상감께서 재삼 권유하시고 조정이 다 청하나 마침내 받지 않으시니 일국이 다 정행처신(正行處身) 하심과 예의 엄숙하심을 거룩히 여겨 흠모하여 칭송함을 마지 아니하더라.

이때 부부인이 들어가시니 후께서 모시고 성효가작하사 슬퍼하시며 일가 부인네 가마가 날마다 들어오니 이때 내관이 입번하고 액정 소속과 궁속이 호위하여 예절이 엄한지라 문금을 엄히 하니 후께서

명하사,

"들어올 이를 금하지 마라."

하시고, 비로소 친척을 만나 반기시되 한결같이 천하고 귀함을 가리시지 않으시더란다.

상감께서 입궁 택일하라 하시니 사월 이십칠일로 아뢰니 상감께서 명현중사로 입궐하심을 전하시니 후께서 크게 놀라 사양하시며 이르시되,

"천은이 망극하여 천일(天日)을 보고 부모와 동생을 만나보게 된 것도 바랄 수 없던 노릇이려니. 어찌 감히 궐내에 들어가 천안(天顔)을 뵈오리요."

굳게 사양하시고 예물을 받지 않으시니 상감께서 엄지를 민부에 내리시고 대신이며 중신들이 문 밖에 청대하고 어찰을 하루에 사오차씩 내리시매, 후께서 그윽이 현을 예락하사 입지(立志)를 세우지 못하실 줄 아시고 읍연탄식하시고 마지 못해 예복을 입으시고, 입대하실 새 작은 오라버님 민경자의 따님 여덟 살에 들어와 이미 열세 살이 되니 후의 가르치심을 받아 언어 행동과 성행품이 아름다운 고로, 차마 떠나지 못하사 손을 잡고 우시니 민소저 또한 엄읍하여 능히 참지 못하는지라, 좌우 다 눈물을 뿌려 위로하는 것이더라.

황금채연을 드리니 물리치시고 여늬때 쓰는 교자를 들이라 하시니 상감께서 듣지 않으시리라 하고 사관이 청대하고 모든 일가들이 떠들어 권하니 마지못하사 연에 듭시니 사람들이 대로를 덮어 칠보단장한 궁녀 벌여 섞고 각 군문 대장이 어림군 수천을 거느려 호위하고 대신과 백관이 시위하여 입궐하니 예의 규모 존중하여 복위하실 줄 알아 향취 웅비하고 광채 찬란하며 천기 화창하여 해풍이 날으며 일어나고

상운(祥雲)이 하늘에 일어나니 장안 백성이영낙하여 굿 보는 이 길이 메게 즐겨 뛰놀고 한편 옛일을 생각하고 눈물을 흘리며, 재상 명사부인이 의막을 잡고 굿 보니 틈없이 도리어 가례하실 때보다 더하고 낭연의 가마의 흰보 덮어 나오실 때 궁인과 선비 통곡하고 따라가던 일을 생각하고 어찌 오늘날이 있을 줄 알았으리요.

이는 전혀 민후의 원여와 덕망으로 덕을 본디 깊이 쓰시고 고초중 처신을 아름답게 하사 천의 감동하심이라. 여러 부인네들 기쁘고 한편 슬퍼 혹 울고 혹 웃더란다.

후의 지밀(침실) 상석기구를 갖추고 이날 아침부터 이당 뜰에서 거닐으시며 전중 고친 것을 고쳐 보시더니 내인을 불러 물어 이르시기를,

"어찌 소첩이 없느뇨?"

궁인이 황공하여 아뢰기를,

"미처 생각지 못하였나이다."

상감께서 진노하사 빨리 가져오라 하시매, 소첩 내인 황망히 하여 숙의대 꺾은 것을 모르고 가져오니, 상감께서 손수 펴보시고 진노하사 다른 것을 들이라 하시고 소첩 내인을 궐내에 부과하라 하시니 좌우 상감의 마음 자상명찰 하시니 전혀 중궁을 위하신 진정이신 줄 감탄하더란다.

입궁 때 몸소 높은 누상에 오르사 만민의 즐겨하심을 보시고 천심(天心)이 기쁘사 이미 봉연히 궐문에 들어와 지밀나인이 아뢰기를 '애놋자이니' 상감께서 명하사 '난간 아래 모셔라' 하니 궁녀 연 아래 나아가 대전께서 계심을 아뢰니 후께서 가라사대,

"죄인이 무슨 낯으로 전하를 감하오리요."

하시며 덩문밖을 즉시 나오지 않으시니 상감께서 친히 덩문을 열어 주렴을 걷우시고 쥐신 부채로 연속에 바람을 내시고 물러서시니 후께서 성은이 망극하여 연에서 나오셔 난간에 엎드리사 청죄하오니 상감께서 궁녀를 명하사,

"빨리 모셔 전각 안에 드시게 하라."

하시니 궁녀 일시에 붙들어 전각 안으로 모시되 감히 방석에 앉지 않으시고 엎드려 예와 이제를 생각하심에 희비가 엇바뀌어 청산화미의 슬픈 안개 일어나고 효성 쌍안에 눈물이 맺히시니 안색이 처연하사 애원하신 거동이 만좌에 나타나시더라.

상감께서 한편 반기시고 옛일을 생각하시고 강창하심을 이기지 못하사 봉안에 눈물이 떨어져 용포소매를 적시니 좌우 일시에 눈물 흘려 감히 우러러 뵈옵지 못하더란다.

이때 세자의 나이 일곱 살이시라, 체지 장성하여 어른 같더라.

이에 들어오셔서 후께 사배하고 슬하에 모셔 앉으니 후께서 그 숙성하심을 아름다이 여기시고 심히 비창하사 그 손을 잡고 어루만져 회허장탄하실 뿐이더라.

상감께서 좌(座)를 가까이 하사 전일을 뉘우치시고 지금을 위로하사 말씀이 관욱하사 금석이라도 녹일듯 하시었다.

후께서 불감함을 일컬으시고 조금도 태홀함이 없으셔 한결같이 유순정정하시니 상감께서 더욱 경복하시고 좌우 모두 감탄하더란다.

후께서 입궐하심에 심신이 불안하사 아무것도 잡숫지 못하신지라 수족이 궐냉하시니 상구이 염려하여 수라라도 재촉하여 올리매, 상감께선 잡수시나 후는 잡숫지 않으시니 상궁더러 진어하심을 물으시니

대답하여 아뢰되,

"낭낭이 전날 신기불안하사 현명후로는 진어하신 일이 없나이다."

상감께서 인하사 친히 수저를 들어 권하시니 후께서 성은을 감사하사 마지못해 받으시고 두어 번 진어하시고 상을 물림에 이때에, 희빈이 오래 대위를 차지하여 천만세나 누릴 줄로 알았다가 혼연히 상감께서 일각에 변하여 국유를 뒤엎고 폐후(廢后)께 상명히 연락하여 즉일 복위하오셔 들어오심을 듣고 청천 벽력이 일신을 분쇄하는듯 놀랍고 앙앙분통함이 흉중에 일천 잔나비 뛰노니, 스스로 분을 이기지 못하여 시녀에게 전하여 말하되,

"내 오히려 곤위(坤位)에 있거늘 폐비 민씨 어찌 문안을 아니하리오. 크게 실례하여 방자함이 심하도다."

궁녀 이말 아뢰니 후께서 어이없이 못 들으시는듯 사기 태연하시고 안색이 정정하사 답언이 없으시니 이때 상감 후와 더불어 나란히 앉아 계시다 후의 기색을 살피고 지난날이 다 맹랑하여 스스로 혼암함을 부끄럽게 여기시고, 장씨의 방자함을 통탄하사, 즉시 외전에 나오사 그날로 전지하여 후를 복위하시고 여양부원군을 복관작하시고 후의 삼촌 좌의정 벽동 적소에서 졸(卒)하신고로 복작 추증하시고 그 자손에 옛벼슬을 주시고 새 버슬을 높이시며, 장녀 아비는 삭탈관직하시고 빈의 옥책을 깨치시고 장희재를 제주 안치하라 하시고, 내시에게 전교하사 빈을 소당으로 나리우고 큰 전각을 수리하라 하시니 궁인과 중시가 전지를 전하고 바삐 나리라 하매, 장씨 대로하여 고성대질(高聲大叱)하며 말하되,

"내 만민의 어미요 세자 있거늘, 어찌 너희가 무례히 굴리오. 내 부득이 폐비의 절을 받고 말리라."

악독을 이기지 못해 세자를 난타하니 상감께서 들으시고 친히 납시니 바야흐로 장씨 수라를 받았더니, 상감을 뵈옵고 독악이 폭동하여 얼굴이 푸르락 붉으락 하여 말하기를,

"하루라도 내 위(位)에 있거늘 폐비 문안을 아니하며, 내 무슨 죄로 하당에 나리라 하시나이까?"

상감께서 용안이 진열하사 이르시기를,

"어찌 감히 문안 받으며 또 어찌 이 자리를 길게 누리리요?"

장씨 문득 밥상을 박차고 발악하여 말하되,

"세자 있으매, 내 어찌 이 자리를 못 가지리요. 나려도 부디 민씨의 절을 받고 나리리라."

수라상을 산산이 헤쳐 방안에 흩어 놓으니 좌우가 악착한 담을 어이없이 여기고, 상감께서 해연 대로하시어,

"빨리 장씨를 끌어 내리라!"

하시니, 궁중이 다 절부하던 차 상감의 뜻을 알고 황황히 달려들어 장씨를 총총히 단에 내려 소당으로 가매, 장씨 발악하며 중궁전을 훼욕함을 마지 않으니 상감께서 즉시에 내치시고 싶으되 전후의 일이 너무 편벽하고 세자의 낯을 보아 내버려 두시니라.

다시 길일(吉日)을 택하여 예의를 갖추어 후를 청하여 곤위에 오르시게 하니 후께서 세 번 사양하시다 마지 못하여 법복을 갖추시고 남면하여 곤위에 오르신 후 상의 내려 상기 사은하시니 법도가 숙련하시고 광채 찬란하사 전자로 배승하시더란다.

상감께서 용안에 기쁨이 가득하사 붙들어 탑에 오르시어 한가지로 어좌를 이루시고 비빈 궁녀의 조하를 받으시고 조정이 새로이 진하하니 화충은 수막을 침노하고 상운이 유누를 둘러 화기알연하고 궁중이

환열하여 뛰놀며 즐기는 소리가 양양하고 조정이 숙련하고 일국의 신민이 뉘 아니 기쁘게 여기지 아니하리요.
　대장공주와 명안공주 들어와 조현하고 일희일비하여,
"성상 천은이요, 중전 성덕이시라."
하고, 못내 즐기며, 후께서는 천은을 감축할 뿐이시고 육년 동안의 고초를 일컫지 않으시니 공주 더욱 어렵게 알고 성상의 총명성덕이 장하심을 무수히 일컫고 사오일 묵어 나가려 하니 상감께서 각별히 명하사 중궁에 잔치하사 공주 대척들을 모아 즐기시게 하니 중궁에 화기 가득하시더라.
　상감께서 성품이 엄하시고 천위 묵묵하시나 그윽히 살피시고 고집하사 후께서 추궁하실 때 방자하고 박대하던 궁인들을 다 원찬하시고, 모시고 가던 궁인은 벼슬을 높이고 녹을 후히 주어 평생을 한가롭게 놀게 하시니 모든 궁녀들이 도리어 부러워 하더란다.
　폐비 간쟁하던 신하를 적서에 역마로 불러 회직을 주시니 죽은 자는 정충을 생각하여 감수를 나리와 후회하시고 복관작추(復官爵追)를 증하시며 친히 제문(祭文)을 지어 제사를 지내시며 서신을 지어 봄 가을로 제사하여 그 충절을 포장하여 후세에 이름이 빛나게 하시고 그 자손에게 승직을 주시고 녹봉을 주사 그 부모처자를 살게 하시고 수조로써 일문을 위로하시니 은혜 형특하신지라 조애감축하고 열복하는 것이더라.
　희빈의 간악함은 분하기 그지없으시나 세자의 안면을 보사 희빈을 존봉하시고 무릇 공상범절을 영녕 버금으로 하고 궐내 영숙궁 취선당에 거처케 하시니 은영이 자못 호탕하시니 사갈시랑이라도 제 죄를 짐작하고 지극히 감격할 바로되 장씨 외람히 곤위에 있어 일국이 추존하고 상총이 온전하다가 졸지에 폐출하여 희빈으로 나리니 앙앙분노하고, 화심이 대발하여 전혀 원심이 곤전에 돌아가니 불순한 언사 포악하고 불승분화하여 세자를 볼적마다 무수히 난타하여, 마침내 골병이 드니 상감께서 대로하사 세자를 영숙궁에 가지 못하게 하시고 정전에서 놀게 하시니 세자 이따금 아뢰기를,

"어이 어미를 보지 못하게 하시나이까?"

눈물을 흘리매, 상감께서 위로하사 중전 슬하에 두시니, 후께서 심히 사랑하시는고로 생각지 않으시더란다.

장씨 세자를 유세하다가 세자도 보지 못하고 대전의 자취 돈절하시고 아무도 불쌍히 여겨 들이 밀어 보는 이 없으매, 형세 외롭고 고단함이 당연 민후보다 더 심하니 슬프다.

복선화음이 윤회보응이 분명하여 하늘 높으시나 낮춰 들으시는지라, 민후 폐출당하실 때는 나라 안의 모든 백성이 다 청원하여 도리어 몸이 괴로우나 이름이 빛나셨거니와, 장씨는 폐출함에 만성이 다 좋다 하고 궁중이 쟁그라와 은근히 비웃으니 더욱 분노하고 부끄러워 원망악담이 공연히 중궁께로 돌아가니, 전 후원을 배회하며 귀를 기울여 들은즉 중궁전 자비에서 즐기는 소리와 번화한 거동이 간담이 보아지는듯 외론으로 소문을 들으면 민씨 일문은 혁혁히 조정에 벼슬하고 상감의 총애가 지극하시고 조애추복하고, 제 오라비 형제 죄인이 되어 하나도 불쌍해 하는 이 없으니, 보고 듣는 것이 다 가슴 가운데 염원이 뛰노니 주사야탁하여 불같은 흉심(凶心)이 구름 모이듯 하니 어찌 능히 끝을 누리리오.

평생 탐혹한 보물을 흩어 궁인을 매수하고 독약을 구하여 중궁 수라에 넣으려 하되, 후께서 짐작하고 궁인을 신칙하사 조석 수라를

다 심복나인을 시키사 변이 없게 하시매, 궁중이 다 교하여 습복하여 흉사를 행할 자 없는 고로 할 일 없어 저주 방정을 무수히 하여 궁모국계 아니 미친 곳이 없었던 것이더라.

장씨 회사수덕하여 공손히 있었으면 세자의 당당한 세도있고 중궁의 성덕을 의지하면 천심도 감동하사 영화를 끝까지 누릴 것이로되 족한 줄 모르고 자작지멸로 대역(大逆)을 도모하여 필경 앙급기진하니 어찌 두렵지 않으리요.

이때 시절이 흉황하니 상감과 후께서 염려하사 피 영전하시고 수라를 반감하사 비망기를 나려 구원지책을 돈절하사 정성이 지극하시니 신민이 감동치 않는 이 없더라.

병자(丙子)년에 동궁의 나이 아홉 살이시라, 관례를 행하시고 세자빈을 간택하사 상감과 후께서 친히 뽑으시니 재덕이 겸비한 첨성 심호의 따님이시매, 가례를 행하여 세자빈을 책봉하시니 나이 열두 살이시라. 덕성이 아름답고 슬기로우시니 상감께서 크게 사랑하사 상감이 조정국사 여가에는 주야에 중궁을 떠나지 않으시고 화언(花言)을 한담하시고 세자빈과 왕자를 알되 두사자미를 보시니 이때 숙인(淑人) 최씨, 왕자를 탄생하여 바야흐로 삼 세라. 기상이 비범하시니 상감과 후께서 사랑하사 슬하에 무애하시니 후께서는 친히 나으신 자손처럼 대하시더라.

빈은 숙덕이 근하고 후께 지성이라, 숙의 김씨는 마침내 무자(無子)하니 불쌍히 여기오사 각별 은휼하시니 궁중 화기(和氣) 가득하매, 습복하여 악한 자 없으되 장씨의 마음은 도척같아 고치는 기색이 없음에 세자의 나이 기출이로되 빈을 얻어 무색하고 한 번 보고 무궁한 영화와 극심한 효성으로 중궁전이 효자 보는도다.

오매로 교아 절치하여 원수를 갚으리라 하고 요사스런 무녀와 흉악한 술사(術師)를 얻어 주야로 모의하여 영숙궁 서편에 신당(神堂)을 배설하고 각색 비단으로 흉악한 귀신을 만들어 앉히고 후의 성씨(姓氏) 생월 생시를 써서 축사를 만들어 걸고 궁녀에게 화살을 주어 하루 세 번씩 쏘아 종이가 헤지면 비단으로 엄습하여 중전 신체라 하고 못가에 묻고 또 다른 화상을 걸고 쏘아 이리한지 삼년이 되나 후의 신상이 만석 같으시매, 더욱 앙앙하여 희재의 첩 숙정은 창녀로 요약한 자라, 죄가 극심하니 정실(正室)을 모살하고 정처가 되었던 것이라.

장씨 청하여 의논하니 이는 유유상종(類類相從)이라, 궁흉 극악한 저주 방정을 다하여 흉(凶)한 해골을 얻어들여 오색비단으로 요귀(妖鬼) 사귀(邪鬼)를 만들어 밤중에 정궁(正宮) 북벽(北壁) 섬돌 아래 가만히 묻고 또 채단으로 중전의 옷 일습을 지어서 해골을 가루로 만들어 솜에 뿌려 두었으니 누구라 그런 흉모를 알았으리요.

옷 사이와 실마다 극악히 방자를 하여 거짓 공손한 체 하고 현지하고 중전께 들이니 간곡하신 말씀으로 그 정성을 위로하시고 받지 않으시거늘 할 일 없이 기회를 얻으려고 두고 날마다 신당축원과 요술 방정의 천만가지로 그칠 적이 없으매, 이른바 사불범정(邪不犯定)이요 요불승덕(妖不勝德)이라 하였으되 예로부터 손빈이 방년을 해하였는 고로, 액운이 불행한 때를 당하여 요얼이 침노하니 중전께서는 경진년(庚辰年) 중추부터 홀연히 옥채 편찮으시어, 각별히 극중(極重)하심도 없고 때때로 한열(寒熱)이 왕내하고 야반이면 골절을 진통하시다가는 명석 같은 때도 있고 진퇴무상 하신 것이더라.

궁중(宮中)이 크게 근심하고 상감께서 깊이 염려하사 민공(閔公)

등을 내전으로 인견하시어 병증을 이르시고 치료하심을 극진히 하시되 조금도 효험이 없고 겨울을 지내고 다음해 봄이 되니 후의 백설같던 기상이 많이 손색되시어 때때로 누른 질이 엉기였다가 없어졌다가 하니 의사들이 다 병을 측량치 못하더란다.

상감께서, 적연 심혈을 적상하시어 고질이 되심인가, 더욱 뉘우치시고 차석하사 후의 기상이 너무 맑고 빼어나시니 행여 단수(短壽)하실까 염려하사 용심이 능히 편치 못하시니 후께서 불안하사 매양 아픈 것을 굳이 나타내지 않으시려고 하더라.

장씨, 후의 이러하신 줄 알고 요행히 여겨 못된 짓 더욱 더하더니, 여름 사월에 후의 탄일이 되시니 상감께서 하교하사 대연을 배설하시어 민씨 일가 부인네를 불러 즐기게 하시니 이는 후의 병환이 진퇴하심에 여한이 없게 하고저 하심에서더라.

후께서 불안히 여기시어 재삼 사양하시되 상감께서 고집하시니 천은을 황감해 하시고 세자의 효성을 막지 못하시어 여러날 연작을 베풀어 양전하께서 세자와 빈의 효성은 어여삐 여기시고 민씨 부인네들을 청하시니 민부(閔府)에서는 대내 출입을 외람히 여기나 후의 병환이 진퇴하시고 상감의 은혜 각별하심을 감축하여 모두 들어와 조현하니 후의 은은한 병색을 뵈옵고 깊이 근심하는 고로, 후께서 척연히 옥누(玉淚)를 흘리시어 이르시기를,

"내 무자박덕(無子薄德)으로 성상의 은총을 입어 갚을 길이 없거늘, 근래로 몸이 노곤하며 정신이 때때로 아득하고 운무 속에 있는 사람같으니 의심하건대 이 세상에 있는 날도 머지 않을 것 같으니 위로 성상께 심려를 끼치고, 버거 동생 자매와 연락이 다시 쉽지 않을까 하노니 원컨대 제 자매는 자녀를 교훈하여 덕을 쌓고 복을

심어 후손까지 영화가 미치게 하소서."

말씀을 마치심에 흐느껴 우시매, 궁중이 다 후의 비참한 말씀을 듣고 놀라고 의심하여 누쉬여우 하고 본가의 부인네 심회가 요동하여 눈물이 줄줄 흐르나 강작하여 억지로 참고 위로하여 말하기를,

"춘추 정정하시니 일시 병환에 어찌 이런 하교를 하시나이까?"
하여 하직하고 나올 때 후께서 측연 탄식하시고 부인네들은 다 가마 속에 들어가 흐느껴 울며 나가더란다.

대장공주 육궁(六宮) 비빈(妃嬪)이 진작하셔 의복을 하여 올리니 후께서 일제히 받지 않으시니 공주 재삼 간청하시니 그 정성을 능히 물리치지 못하시어 받으시고 장빈의 올린 의복도 물리치심에 세자 모시고 있다가 간권하시니, 후께서 세자의 효성과 안면을 박질하사 받으시니, 슬프다 간인(奸人)의 해 궁극한대 이토록 흉참한 줄 뉘 알며, 동궁은 추호나 알 리 있었으리요. 친모의 허물을 낮추지 못하신들 어이 권하여 받으시게 하리요마는 비록 장씨의 몸에서 낳았으나 온전하온 자애지정을 중궁께 받자와 친생의 정이 있거늘 다른 후궁들은 전중에 왕래 잦아 화기와 은혜 온전하되 친모는 자작지멸로 스스로 용납지 못하니 모자지간(母子之間)이라도 간언(諫言)이 아무 소용없으니 평생에 무안무색한지라, 어미 행여나 공손한 뜻에선가 하고 권하심이어니 이로 말미암아 종신지한(終身之恨)이 되시고만 것이더라.

후께서 장씨의 옷을 입지 않으시나 전중(殿中)에 있는지라, 요얼이 밖으로 침노하고 또 방안에 살기(殺氣) 성하니 이해 오월부터 병환이 중하게 되시어 옥체를 가누시지 못하시니, 약청을 배설하고 상감께서 크게 우려하사 후의 형님 민판서 형제 약을 잡고 병측에 뫼신즉, 후

보실적마다 서러워 느껴 우시며 아우와 조카에게 조심하라는 뜻으로 이르시기를,

"너희 벼슬이 높고 명망이 중함을 근심하나니, 직임을 명찰하며 행신을 수엄하며 선인의 청덕을 첨옥치 말고 보신지책(保身之策)하여 효도(孝道)로써 끝을 맺도록 하라."

하시며 병환 중에는 더욱 일일이 떠나기를 어려워하시니 민공형제 척연 감읍하여 지성으로 치료하며 의관을 밖에서 등대하고 안에서 백가지로 다스리되 추호도 효험이 없고 점점 더하시니 이는 신상으로 솟아나신 병환이 아니기 때문이다.

사질(邪疾)이 왕성하고 저주의 독이 골수에 스몄거늘 백초(百草)의 물로 어찌 제어 할 수 있을까 보냐!

낮이면 맑은 정신이 들으셨다가도 밤마다 더욱 중하시어 헛소리를 무수히 하시매, 증세 고이하나 능히 그 연유를 알지 못하니 이 또한 후의 역수 불행하신 연고라 할 수 있을 것이로다.

칠월에 별증을 빌어 위독하심이 명이 조석에 달려있는지라, 일궁이 진동하고 조애망극하여 천신(天神)께 빌며, 사찰에서 제를 올리되 세자께서 친림하시니 이토록 그 정성이 아니 미친 곳이 없으나 병환은 더욱 중해지실 뿐이더란다.

상감께서 침식을 폐하시고 근심하사 용안이 초췌하시니 후 미력하신 경황 중에도 몹시 염려하사 간(諫)하시더란다.

후(后), 스스로 회춘(回春)하지 못하실 줄 아시고, 의녀를 물리치시고 의약을 들지 않으시니 상감께서 임엄하사 들으시고 놀라시고 약을 친히 권하시며 말씀하시기를,

"병중에 어찌 약을 그치리요. 억지로라도 약을 드시고 빨리 회복하

여 과인의 바라는 바를 저버리지 마오."

후께서 정신을 겨우 차리사 말씀하시기를,

"첩이 아직 나이 적고 영화제미하오니 무어 죽고저 하리요만 날로 아픔이 극심하니 어서 죽느니만 못하오이다. 약을 써도 효험이 없고 오장이 더 아프오나 전하의 염려하심을 저버리지 못하와 강잉하와 먹겠습니다만, 첩이 반드시 오래 살지 못할 것이온즉 먹고 괴로운 것은 권치 마소서."

상감께서 청필에 옥루 흘리시며 척연히 이르시기를,

"후는 어찌 이런 불길한 말씀을 하여 과인의 심사를 요동하시느뇨? 만일 정히 괴로우면 수일만 끊고 심사를 편안히 하여 조양하소서."

친히 미음을 권하시며 병전(病前)에 계셔 떠나지 않으시더니 과연 약을 그치심으로부터 조금 감세 계신듯 하시더니 궁중에 잠깐 다행히 여기더니 하루는 스스로 미음을 찾아 진어하시고 좌우 시탕하던 시녀를 돌아보아 이르시기를,

"내 이제 살지 못하리니 너희 지성을 무엇으로 갚으리요? 너희들은 내 삼년상 후 각각 돌아가 부모 동생을 보고 인륜을 갖추어 살다가 구천타일(九泉他日)에 지하에서 모이기를 기약하자."

좌우 천만 뜻밖의 하교를 듣고 망극하여 일시에 낯을 가리워 체읍하고 눈물이 쏟아져 목이 메어 능히 대답을 못하더라.

후께서 명하사 전각(殿閣)을 소제하고 향을 피우고 궁인에게 붙들려 세수를 정히 하시고 양치질을 하시고 새옷과 새 금침을 갈아 입으시고 궁녀를 시켜 상감을 청하시니 상감께서 들어오심에 후께서 의상을 정돈하시고 좌우로 붙들려 앉아계심에 궁인들이 다 망극하여 슬픈

빛이더라.

천심(天心)이 당황하사, 후 곁에 가까이 다가 앉으시며 이르시기를,

"어이 이렇듯 실섭하시느뇨?"

후께서 문득 눈물을 흘리며 아뢰기를,

"신이 곤위(坤位)에 있어 성상 천은으로 영복이 극진하오니 한하올 바 없으나, 다만 슬하에 골육이 없으니 그림자 외롭고 성상의 큰 은혜를 만분지 일도 갚지 못하여 오히려 천심을 손상하시게 하고 오늘날 종천 영결을 짓사오니 구천지하에서도 눈을 감지 못하오리다, 원하옵건대 성상께서는 박명한 신을 생각지 마시고 백세 안강하소서."

상감께서 크게 서러워 눈물을 줄줄 흘리며 이르시기를,

"후께서 어찌 이런 말씀을 하시느뇨?"

말씀을 이루지 못하사 용포 소매가 젖으시니 후께서 정이 황어난하시나 어찌 상의 과상하심을 모르시리요. 눈물 흘리시고 길게 한숨지며 말씀하시기를,

"성상은 옥체를 보중하사 돌아가는 첩심을 평안케 하시고 만인의 폐를 덜으소서."

세자와 왕자를 어루만지시고 후궁과 비빈을 나오라 하사 가로되,

"내 명운이 불행하여 육년 고초를 겪고 다시 성은이 망극하사 곤위에 올라, 세자와 왕자와 더불어 조용히 여생을 마칠까 하였더니 오늘날 돌아가니 어찌 박명하지 않으리요? 그대들은 나의 박명을 본받지 말고 성상을 모셔 만수무강하라."

연인군이 이때 팔세이시니, 손을 잡고 서러워하여 말씀하시기를,

"이 애 영특하여 내 극히 사랑하였더니, 그 장성함을 보지 못하니 한이로다."

하시고 비빈을 물러가게 하시고 오라버님 내외와 조카내 사촌들을 인견하사 오열 비창하심을 금치 못하니 민공 등이 배복(拜伏) 오열하여 능히 말을 못하는지라, 상감께서 이 거동을 보시고 현심이 미어지고 꺾어지는듯 차마 보지 못하시는 것이더라.

좌우 미음을 올리니 상감께서 친히 받아 눈물을 머금고 권하시니, 후께서 크게 탄식하시고 두어번 마시고 상감께서 친히 부축하여 베개를 바로 누이시니, 이윽고 창경궁 춘천에서 엄연 승하하시니 세 신사 추 팔월 십사일 사시이요, 복위하신지 팔년이요 춘추 사십 오세이시더란다.

궁중에 곡성이 진동하여 귀신이 다 우는듯 궁녀 서로 머리를 맞대어 망망히 따르고저 하니 하물며 상감께서는 오죽하시랴.

상감께서 과도히 슬퍼하사 손으로 난간을 두드리시며 하늘을 우러러 방성통곡하시니 용안에 두 줄기 눈물이 비오듯 하사 용포가 마치 물을 부은 것 같이 젖었으니 궁중이 차마 우러러 뵈옵지 못하였다 하더라.

조정과 사서인(士庶人)의 슬퍼함이 심산공곡(深山空谷)에 이르니 다 부모상 보다 더하니 후의 숙덕성행이 아닌들 어찌 어대도록 하리요.

왕 예로 입관(入棺) 성복(成服)을 지내고 사시 제전에 친림 곡배하사 애통하심이 날로 더 하시니 궁중 신하들이 모두 근심들을 하더란다.

구월 초사일 상감께서 친림하시어 친히 제사를 지내실 때 제문을

지어 예관에게 읽히시니 대강 제문에 이르시기를,
〈모년 모월에 국왕은 비박지전으로 대행왕비 민씨지 영에 고하노니.
오호라 /
현후가 돌아가심이, 이 사실인가, 꿈이런가, 달이 가고 날이 바뀌되, 과인이 황난하여 능히 깨닫지 못하니 속절 없이 천기 막막하고 음양이 그쳤으니 그 돌아감이 반듯한지라.
옛사람이 실우지탄(失友之嘆)과 고분지통을 일렀으나 과인의 지통과 유한은 고금에 비겨 방불한 자가 없도다.
오, 슬프도다 /
현후는 명문(名門)의 생출(生出)이요, 현부형(賢父兄) 교훈을 받았도다.
뛰어난 자질과 아름다운 성덕이 갈담규목에 극진하지 않음이 없으되 시운이 불리하고 과인이 불민하여 육년 손액은 차마 어찌 이르리요. 위태한 때에 처신을 더욱 곧게 평안하시고 어지러운 때에 덕행을 더욱 보로하여 과인으로 하여금 과실을 많이 감춤은 현후의 성덕이라. 꽃다운 효절과 규참하는 덕이 국풍에 순이하여 한가지로 이도를 임하여 태평을 누릴까 하였더니, 창천히 어찌 숙인 앞길을 빨리 하여, 과인이 내조를 다시 바랄 수 없이 되었고녀 /
슬프도다 /
현후는 평안히 돌아가 만사를 잊었거니와 과인은, 길고 먼 세상에 지한과 설움을 어찌 견디리요.
오호라 /
현후의 맑은 자품으로 하나의 혈육이 없고 어진 성덕으로 장수를 누리지 못하신고!

하늘도 무심하신지라. 이는 반드시 과인의 실덕묘복을 하늘이 념히 여기사 과인으로 하여금 무궁 실탄이 되게 하심이로다.

통명전을 바라보니 현후의 덕있는 모습과 온화한 음성이 들리는듯 하건만 이제 길이 막힘이 몇 천리인고!

과인이 중간에 실덕함이 없이 지금까지 무고하시다 돌아가셔도 슬프다 하려든 하물며 과인의 허물로 육년에 걸친 고초를 생각하매, 골돌한 유한이 여광 여취로다.〉

(제문이 너무 장황하니 이에 그치노라)

읽기를 마침내 방성 통곡하시니 곡성과 눈물이 영인 감창이시더라.

좌우에 모시는 신하들이 다 체읍하고 감히 우러러 뵈옵지 못하더라.

인현왕후(仁顯王后)라고 추존 하시고 능호(陵號)는 명능이니 고양이라. 능전(陵殿)을 경영전이라 하시고 대신을 명하사,

"능력을 지성으로 감찰하라 하시고 능묘 우편을 비워 타일 종첨하라."

하시고, 섣달 초팔일로 인산 택일하시니 오 슬프다!

사람의 수요는 인력으로 못한들 후의 현철성덕으로 마침내 무자(無子)하시고 단수(短壽)하심이 더욱 간인(奸人)의 참화를 입으시니 어찌 순탄한 일생을 누리셨다 하리오마는 어진 사람도 복을 누리지 못하거든 하물며 악인이 종시를 안향함을 얻으리요.

장희빈이 후의 병환 때 두 어번 뵈옵고 칭병하고 문후치 않으니 후께서 그 심정이 곱지 못한 줄 아시나, 알고도 모르는 체 하시니

후를 중궁전이라 않고 민씨라고 부르며 중궁 이야기를 할양이면 말머리에 반드시 이를 갈며 잡귀 요귀로써 세상에 용납지 못하나라, 하고 날마다 무당과 점쟁이를 시켜 축원하더니 마침내 승하하시매, 크게 기뻐하여 합수축원하고 이수가 애애하여 양양 자득하고 신당(神堂)을 즉시 없앨 것이로되 여러 해 동안 위하였으니 갑자기 거처 없애는 것이 세자와 빈에게 해롭다하고 무당 점쟁이들이 상의하여 구월 초칠일 굿하고 파하려 그대로 두었더니 이 또한 제 인력으로 못할 일이었던가 하더라.

이때 상감께서 왕비를 생각하시고 모든 후궁을 찾지 않으시고 지나치게 슬퍼하사 조석(朝夕)으로 애통하사 현광이 환탈하시니 제신이 간유하온즉 추연히 탄식하시며 말씀하시기를,

"과인이 부부지정으로 슬퍼함이 아니라 그 덕을 생각하고, 성품을 잊지 못하여 서러워함이로다."

하시니, 제신(諸臣)이 모두 감창(感愴)해 마지않다 하더라.

구월 초칠일 석전에 참례하시고 돌아오시니 추기(秋氣)는 서늘하고 초생달이 희미한데 귀뚜라미 소리조차 일어나니 심사 더욱 처량하시어 측을 대하여 눈물을 흘리시다가 안석을 의지하여 잠깐 조시니 비몽사몽간에 죽은 내시, 앞에 와서 아뢰되,

"궁중에 사악한 잡귀와 요귀가 성하여 중궁이 비명에 참화하시고, 앞에 큰 화가 불 일어나는듯 할 것이오니 바라옵건대 성상은 깊이 살피소서."

하고 손을 들어 취선당을 가리키며 상감을 모시고 한 곳에 이르니 후의 혼전이라, 전중에 중궁이 시녀를 거느리고 앉아 계신데 안색이 창담하사 애연히 통곡하시며 상께 고하여 말씀하시기를,

"신이 명이 비록 단하오나 독한 병에 잠기어 올해 죽을 것이 아니로되 장녀 천백가지로 저주방자하여 요얼의 해를 입어 비명사한(悲命死恨)하니 장녀는 불공대천의 원수라. 원혼이 운간(雲間)에 비껴 한을 품었으니 당당히 장녀의 목숨을 끊을 것이로되 성상께서 친히 분별하사 흑백을 가려 원수를 갚아 주심을 바라고 요사를 없이 하여야 궁내가 평안하리이다."

상감께서 크게 반기사 옷을 잡아 물으려 하시다가 놀라 깨달으시니 침상일몽이시더라.

추영은 휘황하고 좌우 내시들은 장지 밖에 모여 앉았으니 크게 슬퍼 일장을 통곡하시고 좌우더러 때를 물으시니 초경이라 이에 옥교를 타시고 우의를 다 떨으시고,

"인적과 헌화를 내지마라."

하시고 영숙궁으로 가시매, 이 궁에 행차하신지 칠팔년 만이시더라.

누가 상감께서 행차하실 줄 알았으리요!

이날이 장희빈 생일이라, 숙정이 들어와 하례하고 중궁 죽음을 치하하여 모든 궁인들이 공을 다투고 옛말을 이르며 신당에서는 무당 점쟁이들이 촛불을 밝히고 설법하더니 부지불식간에 대전의 옥교 청사에 이르사 들어오시니 궁녀들이 놀라 급급히 일어나 맞아 어떻게 할 줄 몰라 하더라.

상감께서 그 쟁공(爭功)하는 말을 들으시고 마음속에 크게 노하시어, 묵연히 관형찰색하시니 궁녀들이 생각하되, 희빈 생일이오, 중전이 아니 계셔서 찾아 오신 줄만 알고 야반 수라를 성비하여 들이니 상감께서 냉소하시고 멀리 살펴보시매 마침 전당에 등촉이 조요하더니 다 끄고 괴괴한 것이더라.

의심이 동하사 몸을 일으켜 청사를 나오니 맞은편에 병풍을 쳤거늘 '치우라' 하시니 궁녀 황겁하였으매, 할 수 없이 걷으니 벽상에 한 화상을 걸었는데, 자세히 보시니 완연한 민후로 다름이 없는 터에 화살을 맞은 구멍이 무수하여 다 떨어졌는지라 물어 이르시기를,

"저것은 어인 것이뇨?"

좌우 황황하여 아무 말도 못하거늘 장씨 내달아 고하되,

"이는 중궁전 화상이라, 그 성덕을 감격하와 화상을 그려 두고 시시로 생각하나이다."

상감께서 비로소 진노하사 이르시기를,

"후를 생각하여 그랬으면 저렇듯 화살 맞은 곳이 많느뇨?"

장씨는 대답치 못하거늘 데리고 온 내관에게 명하사 축을 잡히시고 서년당에 가 보시니 흉악한 신당이라, 천뇌 진첨하사 청사에 앉으시고 궁노를 불러 모든 궁녀를 다 잡아내어 길게 결박하고 엄치하사 이르시기를,

"내 벌써부터 짐작하고 알았으니 궁중의 요약한 일을 추호라도 숨기면 경각에 죽이리라."

하시니, 천뇌 진첩하사 급한 뇌성같고 엄하신 기운이 상별같으시니 어떻게 감히 은휘하리요마는 시영 간악하여 처음은 모르노라 하더니, 피육이 떨어지며 여러 시녀 일시에 응성하여 주초하여 전후 사연을 역력히 다 아뢰니 상감께서 새로이 모골이 송연하여 이르시기를,

"범을 길러 화를 받는다는 말이 과연 이번 일 같도다. 내 장녀(張女)를 내치지 않고 두었다가 큰 화를 자취(自取)였으니 이도 불가 사문 어국이라."

하시고, 상궁 시녀들을 금부(禁府)로 나리와 내일로 친국하려 하시고

외전에 나오시어 능히 잠을 이루지 못하시고 이튿날 중외에 반조하시어,

"중궁이 비명원사하심과 장빈의 대역부도와 흉교 간악이 불가사문어인국이라. 모든 죄를 다스리고 죄인 장희재를 급급 몽도나래하고 역률 죄인 숙정을 한가지로 모역한 유(類)니 정형(定刑)하라."

하시고,

"내수사 출상 철향시영을 금부에 가 잡아 인정문에서 친국리하라."

하시매, 승지 윤이 부복하여 머리를 조아리고 아뢰기를,

"희빈의 죄악이 중하오나 세자를 보아 성상의 진노하심을 가라앉히시옵소서."

상감께서 크게 노하시어 이르시기를,

"장씨 처음에 중궁을 간해하되 세자(世子)의 낯을 보아 두었지만 궁중에 신당을 만들고 저주를 묻어 국모를 모살하니 궁흉 극악한 대역부도는 천고에 없는지라. 내 친히 국문하여 죄를 밝혀 중궁 영혼을 위로하려 하거늘 승지, 역적을 두호하여 금부로 추국하자 하니 신자로 국모를 모살한 원수를 어찌 이렇듯이 하리요. 극히 한심한 일이로다. 윤을 삭탈관직하여 문밖으로 내어 쫓으라."

하시매, 국청 죄인 철향은 형문 삼장에 문초하여 자백하여 말하기를 올해(乙亥)년부터 신당을 배설하고 무녀 술사로 축원하여 중궁이 망(亡)하시고 장씨 복위(復位)하게 빌던 말과 화상을 걸고 쏘아 임염하여 묻은 말이며, 절절이 아뢰고 이밖의 일은 시향 등이 알고 소인은 모르나이다, 하여 시향을 엄문하시니 나이 이십삼이라. 복초(服招) 끝에 말하기를,

"희빈의 오라비 장희재 첩 숙정으로 서간왕래하되 빈이 숙정에게 한 편지를 본즉 소화하니 그 연고를 모르고 숙정을 불러들여 구구 후 의논하고 작은 동고리를 치마 속에 싸가지고, 철향과 소인을 데리고 황혼에 통선전 연못가에 여러곳에 묻고, 또 무엇인지 봉한 것을 봉지 봉지 만들어 상출각 부중 섬돌 아래 곳곳이 묻고, 신은 돌아다니며 사람의 기척을 살피고 신은 철향 등과 함께 다니오나 그 속에 든 것은 모르옵고, 하루는 취영이 빈께 고하여 말하기를 '행사를 다 하였나이다' 한즉 빈이 말하기를 '시영 철향이 다 그 곳을 아느냐?' 하거늘 '함께 다니며 하였사오니 어찌 모르오며 철향 등이 신복이오나 명목이 다르오니, 기는 것이 좋지 않으니 알게 하소서' 하였나이다. 신은 그 속을 모르오되 이해로 다래가 계(計)를 두 녀(女)가 모역한 것이 적실하오이다."

시영은 사십 일세라, 요악하나 감히 숨기지 못하여 복초하기를, "해골을 오색비단 옷을 입혀, 중전 생년 생월 생시를 써 묻고 의복 지은 곳에 해골 가루를 솜에 뿌리고 또 해골을 싸서 염습하여 묻었다가 들여가니, 중전이 받지 않으시더니, 이듬해 탄일(誕日)에 올리매, 또 받지 않으시다가 춘궁전하(春宮殿下)의 낯을 보사 받으시던 일을 아뢰고 축사와 요얼을 만든 것은 숙정의 조화로소이다."

즉시 숙정과 무녀 술사를 잡아들이며 엄형 국문하시니 무녀술사가 초사에 말하기를,

"일찍 장희재를 사귀었삽더니 귀양갈 때 은자를 많이 주며 빈께 천거하니 천한 것이 무지하와 보화를 탐하여 대역을 지었사오니 지만이로소이다."

숙정을 국문하시니 주초 왈,

"희빈이 매양 궁녀를 보내어 어린 아이 옷을 지어달라 함에 지었노라 하고, 시시로 보물을 많이 보내고 또 이르되 취선당이 절로 울고 희빈 병환이 계시니 굿을 하겠다고 청하거늘 들어오니, 무녀 술사를 시켜 중전 망하심을 축수하는데, 빈이 실정을 일러 모의하니 죽을 때라 동참하옵고 중전의 의대를 지은 것도 신이 하고 해골은 희재의 청직이 철명이 얻어 들였나이다."

철명을 잡아 들이라 하시매, 도망하였으나 워낙 용모가 특이한고로 수일 안에 잡아 들이니 희재와 사생의 의(義)가 있어 귀양갈 때 은자(銀子)를 이의 주며 희빈이 부리는 일이 있거든 진심으로 하라 한고로 팔도에서 몹쓸 해골을 다 얻었던 것이었다. 초사 여출 일구하니 만조 시신(侍臣)이 모골(毛骨)이 송연하여, 곳곳이 묻은 것을 파내니 그 모양이 흉한 것도 있고 요사한 것도 있어 차마 대하지 못하고 중전의 의복을 꺼내어 솜을 터니 푸른 가루가 날으므로 상감께서 진노하시고 이윽고 추연히 장탄하여 이르시기를,

"다시 과인이 불명하여 궁중에 이런 변이 나니 어찌 누구를 나무라리요. 구천 타일에 무슨 면목으로 중궁을 볼 것인고."

그날로 죄인 십여인을 군기사에 몇몇 궁인 마직은 멀리 귀양보내시고 전교에 이르시기를,

"국모를 모살하니 이 막대한 옥사로되, 대역부도의 신(臣)이 연인제사하여 드러날까 두려워 친국함은 임군의 체면이 아니라 하고 거역하니 너희 뜻을 쫓아 중궁 모살한 원수를 잡지 않음이 옳더냐? 이런 신하를 두면 반드시 후환이 있을 것이매, 영의정 최석정으로 병원에 전배하고 기녀는 삭탈관직하노라."

하시고, 장빈을 본궁에 가두었더니 처지를 생각하실새 경각에 부월처로 참하시고 싶으되 부자는 오상의 대륜이라, 세자의 낯을 보지 못하사 중형을 못하시고 이르시되,

"옛 한무제(漢武帝)도 무죄한 구익 부인을 죽였거니와 이제 장녀는 오형지참 할 것이요. 죄를 속이지 못할 바로되 세자의 정약을 각별히 신칙하노라."

궁녀를 명하여 보내시며 전교하사,

"네 대역부도의 죄를 짓고 어찌 사약을 기다리리요. 빨리 죽음이 옳거늘 요악한 인물이 행여 살까 하고 안녕히 천일을 보고 있으니 더욱 죽을 죄노라. 동궁의 낯을 보아 형체를 온건히 하여 죽음이 네게 영화라. 빨리 죽어 요괴로운 자취로 일시도 머무르지 말라."

장씨는 이때 온갖 죄상이 다 탄로나서 일국 만성이 훼자하되 조금도 두려워하는 빛과 부끄러워함도 없고 중궁을 모살한 것만 쾌(快)하고 세자의 형세를 믿고 설마 죽이기야 하랴 하고 두 눈이 말똥말똥하여 주살만 부리더니 약을 보고 고성발악하며,

"내 무슨 죄가 있어서 사약하리요. 구태여 나를 죽이려거든 내 아들을 먼저 죽이라."

하고, 약그릇을 엎고 궁녀를 호령하니 궁녀 위력으로 핍박지 못하여 이대로 상달하니 상감께서 진노하사,

"내 앞에서 죽일 것이로되 네 얼굴 보기 더러워 약을 보내니, 네 염치 있을진되 스스로 죽어 자식이 편하고 남의 손에 죽지 않음이 옳거늘 자식을 유세하여 뉘게 발악하느뇨? 이 약이 네게는 상인 줄 알고 죄 위에 죄를 더하여 삼척지율을 받지 말라."

궁녀가 어명을 전하니 장씨 발을 구르며 손뼉을 치고 발악하여

말하기를

"민씨 단명하여 죽음이 내가 아랑곳이더냐? 너희들이 감히 나를 죽이매, 후일 세자의 손에 살까 싶더냐?"

불순 포악한 소리가 악착같으매, 상감께서 들으시고 분연하사 좌우에게 '옥교를 가져오라' 하사, 타시고 영숙궁으로 친림하사 청사에 앉으시고 좌우를 호령하사 장씨를 끌어내려 당에 나리우고 꾸짖어 가라사대,

"네 중궁을 모살하고 대역부도함이 현기에 단연하니 반듯이 네 머리와 수족을 베어 천하에 효시할 것이로되 자식의 낯을 보아 특은(特恩)으로 경벌을 쓰거늘 갈수록 태만하여 죄 위에 죄를 짓느뇨?"

장씨 눈을 독하게 떠 천안을 우러러 뵈옵고 높은 소리로 말하기를,

"민씨 내게 원망을 끼치어 형벌로 죽었거늘, 내게 무슨 죄가 있으며 전하께서 정체를 아니 밝히시니 임군의 도리가 아니옵니다."

살기가 자못 등등하니 상감께서 진노하사 두 눈을 치켜 뜨시고 소매를 걷우시며 여성하여 이르시기를,

"천고에 저런 요악한 년이 또 어디 있으리요? 빨리 약을 먹이라."

장씨, 손으로 궁녀를 치고 몸을 뒤틀며 발악하여 말하기를,

"세자와 함께 죽이라. 내 무슨 죄가 있느뇨?"

상감께서 더욱 노하시어 좌우에게 '붙들고 먹이라' 하시니 여러 궁녀 황황히 달려들어 팔을 잡고 허리를 안고 먹이려 하매, 입을 다물고 뿌리치니 상감께서 내려보시고 더욱 대로하사 분연히 일어나시며 막대기로 입을 벌리고 '부으라' 하시니 여러 궁녀 숟가락 청으로 입을

벌리는지라 장씨 이에는 위급한지라, 실성 애통하여 말하되,

"전하 내 죄를 보지 마시고 옛날 정과 자식의 낯을 보아 목숨만은 용서해 주옵소서."

상감께서 들은 체도 않으시고 먹이기를 재촉하시매, 장씨는 공교한 말로 눈물을 비같이 흘리며 상감을 우러러 뵈오며 참연히 빌며 말하기를,

"이 약을 먹여 죽이려 하시거든 자식이나 보아 구원의 한이 없게 하여 주소서."

간악한 소리로 슬피 우니 요악한 정리는 사람의 심장을 녹이고 처량한 소리는 차마 듣지 못할 것 같으니 좌우 도리어 불쌍한 마음이 있으되 상감께서는 조금도 측은한 마음이 아니 계시고 '빨리 먹이라' 하여 연이어 세 그릇을 부으니 경각에 크게 한 번 소리를 지르고 섬돌 아래 꼬꾸라져 유혈이 샘솟듯 하니 한 그릇 약으로도 오장이 다 녹는데 하물며 세 그릇을 함께 부었으니 경각에 칠규(七穴)로 검은 피가 솟아나 땅에 고이니, 슬프다 자그마한 궁인의 몸으로 천상 국모(國母)를 모살(謀殺)하고, 여러 인명이 모두 검하(劍下)에 죽게 되니 하늘이 어찌 앙화를 나리시지 않으리요.

상감께서 그 죽은 모습을 보시고 외전으로 나오시며,

"시체를 궁 밖으로 내라."

하시고 이튿날 하교하시기를,

"장씨의 죄악이 중하여 왕법(王法)을 행하였으나, 자식은 모자지 정이라 세자의 정리를 보아 초초히 예장(禮葬)하라."

하시고, 장희재를 극형에 처하여 육신을 갈라서 죽이시고, 가재를 몰수하시니 나라 안의 온 백성들이 상쾌히 여겨 아니 즐기는 이가

없었다 하더라.

　장씨의 죽음을 뉘라서 정성으로 슬퍼하리요. 피묻은 옷의 사이마다 소금장을 덮어 궁 밖으로 내어 방안에 누이고 상감의 명령을 기다리더니 '염장하라' 하심에 들어가 입관하려고 하니 하룻밤 사이에 시체가 다 녹아 검은 피가 방안에 가득하니 신체가 뜨게 되고 흉악한 냄새는 차마 맡지 못하니, 차라리 형벌로 죽는 것만 같지 못하니 보는 이가 차탄(嗟嘆)하여 윤회응보(輪廻應報)를 눈 앞에 본다고 하더라.

　희재의 신체는 찾을 이 없고 인심(人心)이 다 절치(切齒;분을 못이겨 이를 감)하는고로 군기사 앞에 사람마다 막대에 꿰어 들고 효시(梟示)하니, 슬프다 사람이 자기의 근본을 생각지 않은즉 앙화가 나리는 법이니 제 불과 한 천인(賤人) 궁속으로 다니다가 제 누이 경궁(京宮)에 깃들여 옥궐(玉闕)에 귀인(貴人)이 되니 분에 족하는 영화를 족하게 생각해야 할 터인데 만족할 줄을 모르고, 참담한 뜻을 두어 대역을 행하다가 이 지경이 되니 세상 사람들에게 경계하여 조심하라는 뜻이 아니리까?

　상감께서 친국옥사(親鞫獄事)를 다 결단하시고 시월 십삼일을 당하시어 혼전(魂殿)에 친히 임하시어 제문을 지어 제사를 지내시니 그 대강 내용을 살펴본즉, 이르시기를,

　〈현후(賢后)께서 운간(雲間)에 오른지 이미 해와 달이 여러 번 갔는지라, 음용(音容)이 깊고 깊었으나 과인이 생각하고 슬퍼함은 날로 더하고 달로 더하여 전일을 뉘우치고 이제는 느껴 한이 골수에 사무쳤거늘 누가 오히려 현후(賢后)로 하여금 간인(奸人)의 작해(作害)를 입어 비운에 추명하실 줄 알았으리요.

대역간인이 국모곡계(國母曲計)할 양으로 신당을 베풀고 안으로 요사(妖邪)를 묻어 흉한 넋의 해가 후의 신상에 미칠 줄 뉘 알았으리요?

증별을 참지 못하시던 일을 생각하면 심장이 뛰는지라, 후의 현덕과 지선(至善)한 성품으로 어찌 간인의 해를 입으며 민씨의 집 은덕이 깊고 후하거늘, 어찌 여음이 무심한지고.

이는 과인이 덕이 없고 총명하지 못하여 간흉을 미리 방지할 줄 몰라 큰 화를 스스로 얻음이로다.

뉘우친들 무슨 소용이 있으리요. 후는 비명에 돌아가고 간인은 화당에 안거하니, 후의 영혼이 원소에 비껴 있어 과인을 한함이 깊었더라.

오, 슬프도다—

누가 죽으면 아는 게 없다고 하드뇨? 후의 일월 같은 정신에 흩어지지 않아 혼(魂)이 밝고 혼(魂)이 투철한지라, 혼몽(魂夢)을 빌려 가르침이 분명한지라, 이 어찌 돌아갔다고 하리요?

맹연히 깨달아 간흉을 잡아 요사스러운 얼을 숙청하니, 요약한 허리와 간사한 머리를 부월과 짐약으로 죽이도다, 후의 원통하고 억울한 수한을 갚음이 분명하되 사자(死者)는 불가부생(不可復生)이라.

후를 일으키지 못하니 지통함이 더하고 실분함이 쾌하지 못하도다.

오, 슬프도다—

후의 영령도 유명간(幽明間)에 더욱 슬퍼하리로다.

석일(昔日)에 후의 지인지감(知人之感)이 영특하사 간인을 근치지 말라 하시되 과인이 어두워서 깨닫지 못하고 큰 화를 자취하였으매, 오히려 후의 명령(明靈)의 가르침이 없었던들 반드시 원수를 갚지 못하고 도리어 요얼이 궁중에 헤어져 위압을 볼 것이로되 명령의 가르침을 입어 궁내를 숙청하고 과인의 어두운 매명(賣名)을 면하게 되었도다. 요인(妖人)이 후의 생전 해인(害人)이요, 사후 원수로 후의 체모가 높고 덕이 두터워 세자 애휼함이 기출(己出)에 지나고 세자를 고염하여 화를 자취(自取)함이로다.

현재(賢才)라 !

후의 명철한 덕경이 생전 신민(臣民)에 들리고 사후 밝은 정령(精靈)이 일국의 원을 풀었도다.

오 ! 슬프도다 !

후의 정령이 영영히 살피는지라. 과인이 이렇듯 슬퍼함을 유념치 않으시느뇨?〉

읽기를 마침에 곡성이 절절애애(切切哀哀)하시니 좌우 우러러 눈물을 금치 못하고 궁중이 새로이 골몰망극해 하되 세자가 계신 고로 감히 말을 못하나 인사를 아신 후, 당신 어머니 때문에 한이 되시나 중궁전 성모(聖母)의 은애(恩愛)를 받자와 지성이 극진하시더니 뜻밖의 화변을 만나사 처신을 어떻게 하실 줄 모르사 죄인을 자처하고 여러번 상소하시어 청죄하시고 동궁의 자리를 사양하시니 상감께서 추연히 감동하시어 이르시기를,

"어미의 죄로 무죄한 자식을 폐하리요. 이런 말은 다시 마라."

세자께서는 오히려 두문불출(杜門不出)하시고 자리에 임하지 않고 사양하시매, 상감께서 불러 자리에 앉히시고 손을 잡아 타이르시며 한탄하여 이르시기를,

"네 어미의 앙화가 자식에게까지 미쳐 골수에 병이 들고 진퇴가 무안하여 말이 이러니 네 어미의 죄는 다시 죽을만 하고 내 마음은 아프니라.

부자(父子)는 천성지친(天成至親)이라 아예 용서하니 그리 알아라. 자식이 어찌 거슬리리요. 다시 이런 말을 마라."

하시니, 세자께서 머리를 조아려 흐느껴 우시고, 성은(聖恩)에 감격하시어 마지못해 위(位)에 서시나 평생 무관한 자리로 아시더란다.

섣달에 장차 발인(發靷)하실 때 또 제문을 지어 가라사대,

〈오! 슬프도다.

현우는 명가현원(名家賢媛)이요, 학자교훈(學者教訓)을 얻었도다.

가례후(嘉禮後) 입궐함에 위로 대비께 대희심(大喜心)하심을 받잡고 아래로 만궁을 축복함을 입었도다.

성사에 기틀이 완전해서 내조로도 덕이 빈빈하도다.

국운이 불행하고 과인이 박덕하여 후의 덕성(德性)으로도 수를 누리지 못하시니 오! 애닲도다.

후의 자취를 어느 곳으로 향하여 따라가 반기며 과인의 의심된 곳을 누구와 더불어 해석하리요.

혼전(魂殿)을 찾아와 영구(靈柩)를 대한즉 오히려 후의 음용(音容)을 대한듯 하더니 일월이 유매하여 장례 박두하니 후의 음용과 영대 기리 궐중을 떠나게 되니 과인이 스스로 잃은듯 하며 취한듯 하니 후의 영(靈)이 있을진대 또한 유념하여 느끼리로다.

후는 돌아가매, 생전 꽃다운 덕이 빛나고 사후 슬퍼하오니 만천하에 영명이 더욱 빛나니 비록 세상에 없으나 있는 것 같고 과인은

길고 긴 세상에 없으나 있는 것 같거니와, 과인은 길고 긴 세상에 전과를 뉘우치고 유한히 골똘하니 이 아픔을 어떻게 하여 견디리요. 이 세상에서의 산해(山海) 같은 은의(恩義)를 느끼어 영결하며 능의 우편을 비여 놓고 훗날 동점하기를 꾀하오니 천추만세에 폐백을 한 가지로 누리리로다.〉
하더라.

인산하신 후엔 슬퍼하심을 더욱 참지 못하시고 민문(閔門)에 은영(恩榮)을 자주 내리사 영이하심을 나타내시되 민부(閔府)에서 더욱 송구하고 황송하여 겸손히 사퇴하여 긍긍입입하며 갈충보국하더라.

나라 체면에 곤위(坤位)를 비우지 못하므로 조정이 아뢰되, 상감께서 슬퍼 듣지 않으시더니 대신이 여러 번 아뢰니 마지못하여 중궁 간택을 하시어 경은부원군(慶恩府院君) 김주신(金柱臣)의 따님을 뽑으사 임오년(壬午年)에 책봉 왕비 하시고, 조하를 받으실 때, 옛일을 추고하시어 용루(龍淚) 떨어져 용포를 적시니 비빈 궁녀 다 서러워 흐느껴 울었더니라.

훌훌이 삼년상을 마치심에 슬퍼하심이 세월이 갈수록 그치지 않으사 후의 유언을 좇아 후를 모시고 육년고초(苦礎)를 한 상궁과 가깝게 모시던 궁녀 십여인에게 통은으로 상금을 많이 하사하시고 민간에 돌아가서 인륜(人倫)을 차리라 하시니 여러 궁녀 황공감읍하여 대내를 차마 떠나지 못하더니라.

무술년(戊戌年)에 창덕궁 장춘헌(長春軒)에서 세자빈 심씨(沈氏) 훙하시니(돌아가시니) 장손이 없으셨고, 그 해에 다시 간선하여 함종(咸從) 어씨(魚氏)로 세자빈을 책봉하시나 또 생산을 못하시고 경자(庚子) 유월 초파일 묘시(卯時)에 경희궁(慶熙宮) 융복전(隆福

殿)에서 상감께서 승하하시니 재위 四十六년이오, 춘추 육십세이시더라.

일국 신민이 다 망극하여 그 성덕 태도와 성신문무하심이 만대(萬代)의 명문이셨다. 예로부터 참소에 속은 임금이 많으시되 우리 숙종대왕처럼 오래지 않아 확연히 깨달으시어 광명정대하신 분은 역대(歷代)에 걸쳐 오직 한 분 뿐이시더라.

왕세자께서 즉위하시고 빈전(嬪殿) 어씨를 책봉 왕후하시나 상감께서 병환이 계시사 농장의 경사를 못 보실 줄 아시고 이듬해 신축년(辛丑年)에 연인군(英祖大王을 일컬음) 왕세자로 책봉하시고 군부인 달성 서씨로 세자빈을 책봉하시어 우애가 지극하시더니 갑진년(甲辰年) 창경궁 환취정(環翠亭)에서 승하하시니 재위 사년이오, 춘추 삼십 칠세이시더라. 양주능(楊州陵)에 어사하옵고 왕세자께서 즉위하시니 이 어른이 곧 영조대왕(英祖大王)이시다.

효의(孝意)가 출천하시며 요순(堯舜)의 도덕이 계시어 오십여년 태평을 누리시니 숙종대왕의 성덕여음이시라, 어려 계실 때부터 민대비(閔大妃) 무애(撫愛)하시던 은혜를 잊지 못하시어 추고하심을 세월과 함께 더하시고, 명철성덕을 지니셨음에도 무자하셨음을 크게 슬퍼하시어 뒤로 안국동 본궁(本宮)에 거동하시어 육년고초를 하시던 당을 둘러 보시고 대성통곡하시고 현판을 들여 어필로 감고당(感古堂 ; 옛일을 느낀다는 말)이라 하시고, 술위골 민판서 집은 여양원군 형님집이라 인현왕후 탄생하시던 집이니 또 거동하시어 둘러보시고 돌비를 세워 '인현성후 탄강주기'라고 어필로 쓰시고 민씨 일문에 은혜를 형특히 나리시니 이 또한 인현왕후 겸공비약하신 덕으로 천심(天心)을 감동시킨 때문이더라.

'주(周)나라 임금의 성덕이 천주만대에 유전하고 아조(我朝)의 인현성비(仁顯聖妃)의 성덕이 주나라 성군 다음에 처음이시라 어찌 아름답지 않으리요.'

술위골 집과 안국동 집으로 민씨 대를 물리어 옮기지 못하느니라. 민후께서 출궁하신 후 장빈이 안으로 내응하고 간신이 밖으로 모의하여 후에게 사약(賜藥)하고 민씨 일문을 멸하고저 기회를 엿보다 현심이 허락치 않으시더니 수년 후부터 깨달음이 계셔 만단 의심스러운 일에 대하여 고요히 생각하시더니 임신년(壬申年)에 일몽을 얻으시니 명성대비(明聖大妃) 안색이 진노하시어 상감을 책망하여 이르시되,

"중궁은 동국(東國)의 성례로 과인의 사랑하는 바이거늘 폐출하고 소악한 천인(賤人)을 대위(大位)에 올리니 종묘사직이 욕된지라, 제향도 흠향도 아니로라."

하시고, 노색(怒色)으로 떨쳐 일어나시어 옥교를 타시고 후원문으로 하여 중궁을 보러 가노라 하시거늘, 상감께서 황황하시어 따라가시니 앞 뒤 문을 꼭꼭 봉하고 집 가운데 풀과 먼지가 무성하거늘 한곳 소당에 다다라 보시니 민후께서 무색한 의복으로 천애(天涯)를 바라고 앉아 계시다가 대비를 뵈옵고 눈물을 흘려 사은하시니, 대비 붙들고 애연 통곡하시며 말씀하시기를,

"이는 다 전생의 원수로 액운이 태심하나 오래지 않아 천운(天運)이 필시 완전할 것이니 스스로 보중하여 간인의 뜻을 모색지 말라."

하시니, 중궁을 모신 궁인이 일시에 통곡하는 소리에 놀라 깨시니 침상의 일몽이셨다 하더란다.

대비전의 용안이 완연 명백하시고 민후의 거처하고 계신 집과 근신하사 죄인 겸양한 모습이 처량하시거늘, 도리어 슬퍼하사 감창함을 종일 정하지 못하시고 애연한 마음이 계시니 즉시로 환필하고저 하시나, 국체 중난하여 경솔하게는 못하시는 고로 묵묵히 참으시고 기색을 액정에 근시하시고 측근자를 놓아 염문하시니 이때 액정 소속은 다 궁인의 족속이라, 중궁은 그네들의 한이 되었더니 이 때를 타서 폐후의 사처 폐인하시고 인적이 그친 말씀과 민씨의 충공정연하여 근신하는 바를 천심(天心)이 감동하시도록 아뢰니 상감께서 꿈과 같으신 줄 아시고 간인의 참소하는 바는,
　"중궁이 참복난의 외인(外人)을 상종하고 인심을 모아서 대역을 도모하고 신령께 축원하여 상감을 방자하더라."
하니, 상감께서 들으시는체 하시고 현위 묵묵하사 민씨를 두호하시게 된 것이더라.
　갑술년(甲戌年)에 환필하시어 급급히 복위하시고 국사 여가에는 중궁전을 떠나지 않으시더니 하루는 상감께서 이르시기를,
　"입궁하심을 그토록 고집하여 과인으로 하여금 답답하게 하셨나뇨? 과인의 성질이 급하여 참지 못하니 사리를 깊이 생각지 못한게 희장하급이라. 내가 장녀(張女)를 먼저 폐하고 과인이 친림하동하여 후를 맞아 왔더라면 체모도 극진가고 중궁께도 영화와 체위 차중할 것을 내후 미처 생각지 못하였으니 애닯으오이다."
　후께서 손사하사 성심(聖心)이 이렇게 미치심을 사려하셨다 한다. 세자께서 매양 앞에서 놀 때 아름다운 실과와 빛난 꽃을 갖다가 후께 드리고 상감께 아뢰시기를,
　"영숙궁 모친은 어진 기운이 없고, 새로 오신 모비(母妃)는 얼굴조

차 착하셔요."
하셨다 하더이다.
　하루는 산호수로 꾸민 칼 한 자루를 갖다가 후께 드리며,
"이것이 곱사오니 차옵소서."
하셨다 하더라.
　복위하시던 날, 상감께서 내전에 들어오시어 부원군 작호를 친히 써서 나리시면서 후께 이르시기를,
"전 부부인 작호는 생각나되, 지금 부부인 작호는 생각지 못하니 무엇이뇨?"
하시니 후께서 아시면서 대답하시어,
"상께서 생각치 못하시니 또한 생각지 못하나이다."
　상감께서 미소 지으시며,
"탁사라, 어찌 생각나지 못하시리요?"
하시매, 깊이 생각하시다가 깨달으시고, 작호를 써서 조정에 내리시니 후께서 척연히 슬퍼하시나 나타내지 않으시더니라.
　조정에서 친필로 하교하시는 은영(恩榮)을 감축 흠복할 따름이더라.
　민씨 집안의 여러 사람에게 새 벼슬을 시켜 부르시나.
　황공불감하므로 사양하고 입조치 않으매, 상감께서 여러 번 은혜 형특하신고로 마지 못해 입조하니 충렬(忠烈)이 새로이 늠연한고로, 상감께서 예우(禮遇)하심을 극진히 하시고 후께 이르시기를,
"평생에 즐겁고 기쁜 일이 없더니, 중궁이 다시 복위하시매, 그보다 더 기쁜 일이 없도다."
하시더란다.

별주부전
鼈主簿傳

◇ 작품 해설 ◇

　토끼와 자라를 위시한 여러 동물들을 등장시켜 인간성의 결여(缺如)를 풍자(諷刺)한 소설로서 작자는 알 수가 없다.
　용왕의 중병(重病)을 고치는 약으로 쓰일 토끼의 간을 얻어 오겠다는 충신 자라가 육지로 나와 토끼를 온갖 감언이설로 꾀어 용왕앞까지 데리고 왔으나 토끼의 기지(機智)로 놓치고 만다는 줄거리인데, 토끼와 자라가 첫 대면하는 대목은 유우머와 위트가 섞이어 웃음을 자아내게 한다.
　이 작품은 소설로서보다는 토끼타령등 판소리로 널리 이용되었으니 판소리는 한사람의 창자(唱者)가 북(鼓手)의 장단에 맞추어 사설(辭說)을 노래하는 문학형태로서 광대들이 그 연출자이다.
　이조 숙종때는 소설이 성행하던 때이고 여기에 영향을 입어 광대들은 사람들을 모아놓고 노래와 재담을 섞어 이야기한 판소리에 많이 이용된 것은 이 별주부전이 그 표현방법이 풍자, 감언이설, 가지. 우직(愚直)한 대담등 재미나는 문장의 기교가 많기 때문이다.

별주부전(鼈主簿傳)

천하에 큰 바다가 넷이 있으니 동해와 서해와 남해와 북해라.

이 네 바다에는 각각 용왕이 있으니 동해에는 광연왕(廣淵王 ; 동해의 용궁을 다스리는 용왕)이오, 남해에 광리왕(廣利王)이오, 서해는 광덕왕(廣德王)이오, 북해는 광택왕(廣澤王)이라. 사해 용왕 중 다른 세 용왕은 무사하되 오직 남해 광리왕이 우연히 병을 얻어 백약이 무효하여 거의 사경에 이른지라, 하루는 모든 신하를 모아 의논하여 가로되,

"가련하다 과인의 한 몸이 죽어지면 북망산 깊은 곳에 백골이 진토되어 세상의 영화와 부귀가 다 허사로구나. 이전에 육국을 통일하던 진시황도 삼신산에 불사약을 구하려고 동남동녀 오백인을 보냈었으나 소식이 망연하고 위험이 사해에 떨치던 한무제도 백량대를 높이 모으고 승로반에 이슬을 받았으며 여산의 새벽달과 무릉의 가을바람 속절없는 일부토(一坏土)가 되었거든 하물며 나같은 조그만 임금이야 일러 무엇하리. 대대로 성전하는 왕가의 기업을

영결하고 죽을 일이 망연하도다. 고명한 의원이나 널리 구하여 자세히 진맥하고 약을 씀이 마땅하도다."

하고 인하여 하교하여 이르되,

"과인의 병세 이렇듯 위중하니 경등은 충성을 다하여 명의를 광구하여 과인을 살려서 군신이 동락케 하라."

하니 한 신하 출반(出班)하여 가로되,

"신이 듣사오매 월나라 범상국(范相國)이며 당나라 장사군(張使君)이며 초나라 육처사(陸處士)는 우리나라와 초나라 사이에 사는 세 호걸이오니 이 세사람을 청하여 문의하옵시면 좋은 도리 있을까 하나이다."

하거늘 모아보니 선조로부터 충성이 극진하던 수천년 묵은 잉어라. 왕이 들으시고 옳게 여기사 즉시 사신을 명하여 예단을 갖추어 삼인을 청하라 하시니 수일 후 모두 이르렀거늘 왕이 수정궁에 정좌하고 삼인을 인견하실새 옥탑(玉榻)에 비겨 삼인에 사례하여 가로되,

"제위 선생이 과인을 위하여 천리를 멀다 아니하시고 누지에 왕림하시니 감사함을 마지 않노라."

삼인이 공경 대답하여 가로되,

"신 등은 진세의 부생으로 청운과 홍진을 하직하고 강상풍경을 사랑하와 오초강산 궁벽한 땅에 임의로 왕래하며 무정한 세월을 헛되이 보내옵더니 천만 의외에 대왕의 명초(命招)하심을 듣삽고 외람히 용안을 대하오니 황공감격 하오이다."

왕이 크게 기꺼워 하며 가로되,

"과인이 신수 불길하와 우연히 병을 얻은지 이미 수년에 병이 골수에 잠겨 많은 약을 쓰되 일본의 효험이 없사와 살길이 망연하오니

바라건대 선생들은 대덕을 베푸사 죽게된 목숨을 살리시면 하늘같은 은덕에 만분지 일이라도 갚을까 하나이다."
삼인이 듣기를 다하고 묵연 양구에 가로되,
"대처 술은 사람의 마음을 미치게 하는 광약이오, 색은 사람의 수명을 줄이는 근본이거늘 이제 대왕이 주색을 과도히 하사 이 지경에 이르삼이니 이는 스스로 지으신 죄이라, 수원수우(誰怨誰尤)하시오리까. 혹은 이르되 사람이 연소한 시절에 예사라 하오나 이렇듯 중한 병이 한번 들으오면 화타(華陀)와 편작(扁鵲)이 다시 오더라도 용수(容手)할 길이 전혀 없사옵고 금강초 불사약이 뫼같이 쌓였으되 특효할 수 없사옵고 인삼과 녹용을 주야로 장복할지라도 아무 유익 없사옵고 재물이 누거만(累巨萬)인을 대속할 수 없사옵고 용력(用力) 절윤한들 제어할 수 없사오니 이리저리 아무리 생각하여도 국운이 불행하고 천명이 궁진 하심인지 대왕의 병환은 평복 되시기 과연 어려소이다."
왕이 듣기를 마치고 크게 놀라 가로되,
"그러하면 어이 할꼬 슬프다. 과인이 한번 이 세상을 하직하고 적막강산 돌아가면 하일하시 다시올꼬, 춘삼월 도리화개(桃李花開), 사오월 녹음방초, 팔구월 황국단풍,동지섣달 설죽매(雪竹梅)며 삼천궁녀 아미분대(미인의 화장한 교태) 헌 신같이 다 버리고 황천객이 될양이면 그 아니 슬픈손가,아무거나 제위 선생은 신통한 재주를 다하여 비록 효험이 없을지라도 약명이나 가르쳐만 주옵시면 죽어도 한이 없을까 하나이다."
하며 눈물이 비오듯 하는지라, 이 때 삼인이 용왕의 말씀을 듣고 미미
"대왕의 병환은 심삼치 아니한 증세라, 대저 온갖 병에 대증 투제

로 말씀하오면 상한에는 사호탕이요, 음허화통에는 보음익기전이요, 열병에는 승마갈근탕이요, 원기부족증에는 육미지환탕이요, 체증에는 양위탕이요, 각통에는 우슬탕이요, 안질에는 청간명목탕이요, 풍증에는 방풍성산이라. 이러한 약들이 대왕의 병환에는 하나도 당치 아니하오되, 신효한 것이 오직 한가지 있사오니 토끼 생간이라 그 간을 얻어 더운 김에 진어하시면 효험을 보시리이다."
왕이 가로되,
"토끼의 간이 어찌하여 과인의 병에 좋다 하시나이까."
삼인이 대답하여 가로되,
"토끼라 하는 것은 천지개벽 후 음양조화(陰陽造化)로 된 짐승이라, 병은 오행(五行)의 상극(相剋)으로도 고치고 상생(相生)으로도 고치는 법이라 산은 양이요, 물은 음이올 뿐더러 그 중에 간이라 하는 것은 더욱 목기로 된 것이온즉 만일 대왕이 토끼의 생간을 얻어 쓰시면은 음양이 서로 화합함이라 그러하므로 신효하시리이다."
하고 말을 마치매 하직하여 가로되,
"우리는 녹수청산 벗님네와 무릉도원 화류차(花柳次)로 언약이 있삽기로 무궁한 회포를 다 못 펴옵고 총총히 하직하옵나니 바라옵건대 대왕은 옥체를 천만 보중하옵소서."
하고 섬돌에 나리더니 백운산을 향하여 문득 온데 간데 없더라.
이 때 용왕이 세 사람을 보내고 즉시 만조를 모아 하교하여 가라사대,
"과인의 병에는 아무러한 영약이 다 소용 없으되 오직 토끼의 생간이 신효하다 하니 뉘 능히 인간에 나아가 토끼를 사로 잡아 올꼬."

문득 한 대장이 출반하여 아뢰되,

"신이 비록 재주 없사오나 한번 인간에 나아가 토끼를 사로잡아 오리다."

하거늘 모두 보니 머리는 두루주머니 같고 꼬리는 여덟 갈래로 갈라진 수천년 묵은 문어라. 왕이 대희하여 가로되,

"경의 용맹은 과인이 아는 바라 충성을 다하여 급히 인간에 나아가 토끼를 사로잡아 오면 그 공을 크게 갚으리라."

하고 장차 문성장군을 봉하려 할 즈음에 문득 한 장수 뛰어 내달으며 크게 외쳐 문어를 꾸짖어 가로되,

"문어야, 아무리 기골이 장대하고 위풍이 약간 있다 하나 언변이 없고 의사(意思) 부족하니, 네 무슨 공을 이루겠다 하며 또한 인간 사람들이 너를 보면 영락없이 잡아다가 요리조리 오려내어 국화송이 형형색색 아로새겨 혼인잔치에 큰상에 어물접시 웃기로 긴요하고 제자가인(諸子佳人)의 노름상과 명문거족 주물상과 어른 아이 그들과 남서한량 술안주에 구하느니 네 고기라, 무섭고 두렵지 아니하냐? 나는 세상에 나아가면 칠종칠금하던 제갈량이 신출귀몰한 꾀로 토끼를 사로 잡아오기 여반장이라."

하거늘 모두 보니 이는 수천년 묵은 자라니 별호는 별주부라.

문어 자라의 말을 듣고 분기 충천하여 두 눈을 부릅뜨고 다리를 엉버티고 검붉은 대가리를 설설 흔들면서 벽력같이 소리를 질러 꾸짖어 가로되,

"요마(妖魔)한 별주부야 네 내 말을 들으라. 강보에 싸인 아이, 감히 어른을 능멸하니 이는 이른바 범 모르는 하루 강아지로다. 네 죄를 의론하면 태산이 오히려 가볍고 하해 진실로 얕을지라,

또 네 모양을 불작시면 괴궤망측(怪詭罔測) 가소롭다. 사면이 넙적하여 나무접시 모양이라. 저대도록 적은 속에 무슨 의사 들었으랴, 세상 사람들이 너를 보면 두손으로 움켜다가 끓는 물에 솟구쳐 끓여 내니 자라탕이 별미로다. 세가자제(勢家子弟) 즐기나니 네 무슨 수로 살아 올꼬."

자라 가로되,

"너는 우물안 개고리라 오직 하나만 알고 둘은 모르는도다. 자서의 겸인지용도 검광에 죽어지고 초패왕의 기개세(氣蓋世)도 해하성(垓下城)에 패하였나니 우직(愚直)한 네 용맹이 내 지혜를 당할소냐, 나의 재주 들어보라, 만경창파 깊은 물에 청천에 구름뜨듯 광풍에 낙엽지듯 기엄둥실 떠 올라서 사족을 바로끼고 긴 목을 뒤옴치고 넙죽이 엎디며는 둥굴둥글 수박같고 편편넙적 솥두깨라, 나무 베는 초동이며 고기 낚는 어옹들이 무언지를 몰라 보니 장구하기 태산이요 평안하기 반석이라, 남모르게 변화무궁 육지에 당도하여 토끼를 만나 보면 잡을 묘계 신통하다. 광무군 이좌거가 초패왕을 유인하던 수단으로 간사한 저 토끼를 잡아 올 이 나 뿐이라, 네 어이 나의 지모 묘략을 따를소냐."

문어 그 말을 들으니 언즉시야(言則是也)라, 할 일 없어 뒤통수를 툭툭치며 흔들흔들 물러나니 용왕이 별주부의 손을 잡고 술을 부어 권하여 가로되,

"경의 지모와 언변은 진실로 놀랍도다. 경은 충성을 다하여 공을 이루어 수이 돌아 오면 부귀영화를 대대로 유전하리라."

자라 다시 아뢰어 가로되,

"소신은 용궁에 있었고 토끼는 산중에 있사온즉 그 형상(形像)

을 알 길이 없사온지라 바라옵건대 성상은 화공을 패초(牌招)하사 토끼의 형상을 그리어 주옵소서."

용왕이 옳게 여겨 즉시 도화서에 하교하여 토끼화상(畵像)을 그려 드리라 하니 여러 화공들이 모였는데 인물에는 모연수와 산수에는 오도자와 용 그리던 이장군과 여러 화공이 둘러앉아 토기 화상을 그리려고 문방사우(文房四友) 차려 노니 금수파 거북연(벼루 이름들)과 남포청석 용연이며 마가연과 홍도연과 한림풍월 부용단과 수양매월 용제먹과 황모무심 양호필과 강엄의 화필이며 반고의 사필이며 인각필 산호필과 백릉설한 대장지며 전주의 죽청지와 순창의 선구지며 청풍의 청간지와 당주지분지며 화전지 옥판자와 설도의 채전지를 벌여 놓고 각색 물감 더욱 좋다. 다홍당주홍과 당청화청이며 땅갈매 양록이며 취월이며 석자황과 도황, 황단 석간주며 도화분 진분이며 금박(金箔) 은박 유탄(柳炭)이라, 여러 화공이 둘러 앉아 토끼화상을 그리는데 각기 한가지씩 맡아 그리되 천하 명산 승지간에 경개 보던 눈 그리고, 두견 앵무 지저귈때 소리 듣던 귀, 그리고 난초 지초(芝草) 온갖 향초 꽃 따먹던 입 그리고, 동지 섣달 설한풍에 방풍(防風)하던 털 그리고, 만학천봉 구름 속에 펄펄 뛰던 발 그리니 두 눈은 도리도리, 앞다리는 짤막, 뒷다리는 길쭉, 두 귀는 쫑긋하여 완연한 산토끼라 왕이 보고 크게 기뻐하여 여러 화공을 금백으로 상급하고 그 화본을 자라에게 하사하고 왕이 친히 천일주를 옥배에 가득 부어 거듭 삼배를 권하여 가로되,

"과인이 이제 경을 원로에 보내매 군신지간에 연연(戀戀)한 정을 이기지 못하여 병중에 정신을 강작(强作)하여 한 수의 글을 지어 경을 전별하노니 경은 과인의 이 뜻을 살필지어다."

하고 한폭 비단에 어필로 그 글을 써 주니 글에 하였으되,
"이날에 그대 감은 날로해 재촉하니,
규화는 작작히 술가에 피이도다.
흰구름 흐르는 물 멀고 먼 길에,
모로미 청산 명약을 얻어올지라."
자라 황공하여 쌍수로 받자와 돈수하고 즉시 그 운을 화답하여 또한 한 수의 글을 지어 용탑 아래 올리니 그 글에 하였으되,
"붉은 글이 나는 듯 나려 사신 길을 재촉할새,
누수 그릇에 다 하고 새벽빛이 열리도다.
이 가는 외로운 신하의 그지없는 뜻은,
영약을 못 가지면 돌아오지 않으리라."
용왕이 자라의 글을 받아 보고 희색이 만면하여 크게 칭찬하여 가로되,
"경의 깊은 충성이 시중에 나타나 있으니 요마(妖魔)한 토끼를 얻어 돌아옴을 어이 근심하리오."
하고 자라의 글을 여러 신하에게 주어 보라 하니, 모든 신하 보고 책책(嘖嘖)히 칭찬하더라.
자라 왕께 하직하고 토끼화상을 이리 접고 저리 접어 등에다 지자 하니 수침(水沈)하기 첩경이라, 이윽고 생각다가 오므렸던 목을 길게 느려 한편에 접어 넣고 도로 움츠리니 아무 염려 없는지라, 집으로 돌아와 처자를 이별할 새, 그 아내 눈물 짓고 당부하는 말이,
"인간은 위험한 곳이니 부디 조심하여 큰 공을 세워 가지고 무사히 돌아와 기꺼이 상면하기를 천만 축수하나이다."
자라 대답하되,

"수요장단(壽夭長短)과 화복길흉이 하늘에 달렸으니 임의로 못할 바라, 다녀올 동안에 늙으신 부모와 어린 자식들을 보호하여 안심하라."

당부하고 행장을 수습하여 만경창파 깊은 물에 허위둥실 떠 올라서 바람부는 대로 물결치는 대로 지향없이 흐르다가 기염기염 기어올라 벽지산간 들어가니 춘삼월 때는 호시절이라. 초목군생들이 제마다 즐기는데 작작(灼灼)한 두견화는 향기를 띠어 있고 쌍쌍한 봄나비는 춘흥을 못 이기어 이리저리 날아들고 하늘하늘한 버들가지는 시냇가에 휘늘어지고 황금같은 꾀꼬리는 고운 소리로 벗을 불러 구십춘광(九十春光)을 희롱하고 꽃사이 잠든 학은 자취소리에 자로 날고 가지 위의 두견새는 불여귀(不如歸)를 화답하니, 별유천지 비인간이라. 소상강 기러기는 가노라 하직하고 강남서 나온 제비는 왔노라 현신(現身)하고 나무에서는 피죽새 울고, 함박꽃에 뒤웅벌이오 방울새 떨렁, 물떼새 짝즉, 접동새 접동, 뻐국새 뻐꾹, 가마귀 골각, 비둘기 꾹꾹, 슬피우니 자라인들 아니 경일소냐? 천산만학(千山萬壑)에 홍장(紅粧)이 찬란하고 앞 시내와 뒷 시내에 흰비단 펼쳤는듯 푸른대 푸른솔은 천고의 절개이요, 복숭아꽃 살구꽃은 순식간의 봄이로다. 기이한 바위들은 좌우에 층층한데 절벽사이 폭포수는 이 골물 저 골물 합수하여 와당탕 퉁탕 흘러가니 경개무진 좋을씨고.

자라 산천의 무한경을 사랑하고 벽계를 따라 올라가며 토끼 좌우를 살피더니 한 곳을 바라보니 온갖 짐승 내려 온다. 발발떠는 다람쥐며 노루, 사슴, 이리, 승냥이, 곰, 도야지, 너구리, 고슴도치, 범, 주지, 원숭이, 코끼리, 여호, 담비 좌우로 오는 중에 토끼가 보이지 않아 움친 몸을 길게 느려 이리저리 살피더니 후면으로 한 짐승이 나려오는데 화본과 똑같은지라 짐승보고 그림보니 영락없는 너이구나. 자라 혼자 마음에 기쁨을 못 이기어 그 진가(眞假)를 알려할제 저 짐승 거동보소, 혹 풀잎도 뒤적이며 싸리잎도 뜯어보고 층암절벽 사이에 이리저리 뛰며 뱅뱅돌며 할금할금 강동강동 뛰놀거늘 자라 음성을 가다듬어 점잖게 불러 가로되,

"고봉준령에 신수도 좋다. 저 친구, 그대가 토선생(兎先生)이 아니신가? 나는 본시 수중호걸 이러니 양계(陽界)의 좋은 벗을 얻고저 광구(廣求)터니 오늘에야 산중호걸 만났도다. 이 기쁜 마음 그지없어 청하노니 선생은 아무쪼록 허락함을 아끼지 말으소서."

하니 토끼 저를 대접하여 청함을 듣고 가장 점잖은체 하여 대답하되,

"그 뉘라서 날 찾는고, 산이 높고 골이 깊어 경계좋은 이 강산에 날 찾는 이 그 뉘시고, 수양산 백이숙제 고사리 캐자 날 찾는가, 소부허유(巢父許由) 영천수(穎川水)에 귀 씻자고 날찾는가 부춘산 엄자릉이 밭갈자고 날 찾는가, 먼산의 불탄 잔디 개자취가 날 찾는가, 한천자의 스승 장자방이 퉁소 불자 날 찾는가, 상산사호 벗님네가 바둑 두자 날 찾는가, 굴원이 물에 빠져 건져달라 날 찾는가, 시중천자(詩中天子) 이태백이 글 짓자고 날 찾는가, 주덕 송유령이 술 먹자고 날 찾는가, 염락관민 현인들이 풍월 짓자 날 찾는가, 석가여래 아미타불 설법하자 날 찾는가, 안기생 적송자가 약 캐자고 날 찾는가, 남양초당 제갈선생 해몽하자 날 찾는가, 한종실 유황숙이 모사없이 날 찾는가, 적벽강 소동파가 선유하자 날 찾는가, 취옹정 구양수가 잔치하자 날 찾는가?"

또 이어 가로되,

"그 뉘시오?"

두 귀를 쫑그리고 사족을 자로 놀려, 가만히 와서 보니 둥글넙적 검은 편편하거늘 괴히 여겨 주저할 즈음에 자라 연하여 가까이 오라 부르거늘 아무쪼록 그리하라 대답하고 곁에 가서 서로 절하고 좌정후에 대객한 초인사로 당수복 백통대와 양초밀초 금강초와 금패밀화 옥물뿌리는 다 던져두고 도토리통 싸리순이 제격이라.

자라 먼저 말을 내되,

"토공의 성화(聲華)는 들은 지 오랜지라 평생에 한번 보기를 원하였더니, 오늘이야 호걸을 상봉하니 어찌 서로 봄이 이다지 늦으뇨."

한데 토끼 대답하되,

"내 세상에 나서 사해를 편답하여 인물구경도 많이 하였으되 그대같은 박색은 보던바 처음이로다. 담구멍을 뚫다가 학지뼈가 빠졌는지 발은 어이 몽똥하며, 양반보고 욕하다가 상토를 잡혔던지 목은 어이 길다라며, 기생방에 다니다가 한량패에 밝혔던가 등은 어이 넙적한가, 사면으로 돌아 보니 나무접시 모양이라. 그러나 성함은 뉘댁이라 하오, 아까 한 말은 다 농담이니 노여 듣지 마시오."

자라 그 말 듣고 마음이 불쾌하기 그지 없으나 마음을 눌러 참고 대답하여 가로되,

"내 성은 별(鼈)이요, 호는 주부(主簿)로다, 등이 넓기는 물에 떠 다녀도 가라앉지 않음이요, 발이 짧은 것은 육지에 걸어도 넘어지지 않음이오, 목이 긴 것은 먼 데를 살펴봄이오, 몸이 둥근 것은 행세를 둥글게 함이라. 그러하므로 수중의 영웅이오, 수족의 어른이라, 세상에 문무겸전은 아마도 나뿐인가 하노라."

토끼 가로되,

"내 세상에 나서 만고풍상을 다 겪었으되 그대 같은 호걸은 이제 처음 보는도다."

자라 가로되,

"그대 연세가 얼마나 되관대 그다지 경력이 많다 하느뇨."

토끼 대답하되,

"내 연기를 알량이면 육갑이 몇번 지났는지 모를터이요. 소년시절에 월궁에 가 계수나무 밑에서 약방아 찧다가 유궁후예의 부인이 불로초를 얻으러 왔기로 내 얻어 주었으니 일로 보면 삼천갑자 동방삭이 나에게 시생(侍生)이요, 팽조의 많은 나이 나에게 대면 구상유취(九尙乳臭)라. 이러한즉 내 그대에 비하면 진실로 무집존장(無執尊長)이 아니신가?"

자라 가로되,

"그대의 말이 차소위(此所謂) 자칭 천자로다. 지금부터 나의 왕사를 대강 이를 것이니 들어 보라. 모르면 모르거니와 아마 놀라기 십상팔구 될 것이라. 반고씨 생신날에 산곽진상 내가 하고 천황씨 등극할제 술 안주 어물진상 내가 하고 지황씨 화덕왕과 인왕씨 구주를 마련하던 그 사적을 어제같이 기억하며 유소씨(有巢氏) 나무얽어 깃들임과 수인씨(燧人氏) 불을 내어 음식 익혀먹는 일을 나와 함께 지내었고 복희씨(伏羲氏)의 그은 팔괘로 용마등에 하수도를 나와 함께 풀어내고 공공씨(共工氏) 싸우다가 하늘이 무너져서 여와씨(女媧氏) 오색돌로 하늘을 기을적에 석수편수 내가하고 신농씨(神農氏) 장기내고 온갖 풀을 맛 보아서 의약을 마련할제 내가 역시 참견하고, 헌원씨(軒轅氏) 배지을제 목방패장 내가하고, 탁록(啄鹿) 들에 치우(蚩尤)가 싸울적에 돌기를 내가 천거하여 치우를 잡게하고, 금천씨(金天氏) 봉조서(鳳鳥書)와 전옥씨(顓項氏) 제신하던 술법을 내가 훈수하고, 고신씨(高辛氏) 자언기명(自言其名)하던 것을 내 귀로 들어 있고 요임금의 강구노래 지금까지 흥락하고 순임금의 남풍가는 어제인 듯 즐거워라. 요임금 구년홍수 다스릴제 그 공덕을 내가 칭송하고 탕임금 상림들에 비빌던 일이며 주나라 문왕, 무왕과 주공의 찬란하던 예막문물이 다 눈에 역력하고 서해바다 유람갔다 굴원이 먹라수에 빠질 적에 구하지 못한 것이 지금까지 유한이라. 일로 헤아려 보면 나는 그대에게 몇백갑절 왕존장이 아니신가. 그러나 저러나 재담은 그만두고 세상 재미나 서로 이야기하여 보세."

토끼 가로되,

"인간 재미를 말할진대 그대 재미가 나서 오줌을 줄줄 쌀 것이니 저 동굴넓적한 몸이 오줌에 빠져서 선유하느라고 헤어나지 못할 것이니 그 아니 불쌍한가?"

자라 가로되,

"헛된 자랑만 말고 아무케나 대강 말하라."

토끼 가로되,

"삼산풍경 좋은 곳에 산봉우리는 칼날같이 하늘에 꽂혔는데 배산임수하여 앞에는 춘수만사택이오, 뒤에는 하운이 다기봉이라. 명당에 터를 닦고 초당 한간 지어내니 반간은 청풍이오 반간은 명월이라. 흙섬돌에 대사람이 정쇄하기 다시없고 학은 울고 봉은 나는도다. 뒷뫼에 약을 캐고 앞내에 고기낚아 입에 맞고 배부르니 이 아니 즐거운가? 청산에 밝은 달이 조용한데 만학천봉에 홀로 문을 달었도다. 한가한 구름이 그림자를 희롱하니 별유천지 비인간이라 몸이 구름과 같아 세상시비 없고보니 내 종적을 그 뉘 알랴. 추위가 지나가고 더위가 돌아오니 사시를 짐작하고 날이 가고 달이 오니 광음을 내 몰래라. 녹수청산 깊은 곳에 만화방초 우거지고 난봉과 공작새 서로 불러 화답하니 이봉저봉 풍악이요. 앵무, 두견, 꾀꼬리가 고이 울어 지저귀니 이골저골 노래로다. 석양에 취한 흥을 반쯤띠고 강산풍경 구경하며 곤륜산 상상봉에 흰구름을 쓸어치고 지세를 굽어보니 태산은 청룡이오, 화산은 백호로다. 상산은 현무되고 형산은 주작(朱雀)이라. 소상강과 팽려택으로 못을 삼고 황화수와 양자강으로 띠를 삼아 적벽강의 무한경을 풍월로 수작하고, 아미산 반달빛을 취중에 희롱하여 삼신산 불로초를 임의로 뜯어먹고 동정호에 목욕하고 산중으로 돌아드니, 층암은 집이 되고 낙화는 자리 삼아 한가히 누으니 수풀 사이 밝은 달은 은근한 친구 같고 소나무에 바람소리 은은한 거문고라 돌베개를 돋우 베고 취흥에 잠이 드니 어데서 학 소리 잠든 나를 깨울세라. 이윽고 일어나 한산석경 빗긴 길에 청려장을 의지하고 이리저리 배회하니 흰구름은 천리만리 피어 있고 밝은 달은 앞내 뒷내 비쳤더라, 산이 첩첩하니 삼산은 청천밖에 떨어지고 물이 잔잔하니 이수는 백로수에 갈리도다. 도도한 이내 몸 산수간에 두었으니 무한한 경개는 정승 주어 바꿀소냐. 동편 두던에 올라 휘파람 부니 한가하기 그지없고 앞시내를 굽어보아 글을 지으니 흥미가 무궁하다. 오동밭 밝은 달은 가슴에 비취이고 양류 맑은 바람 얼굴에 불어온다. 청풍명월이 그 아니 내 벗인가. 병 없는 이내 몸 희환세계에 한가한 백성되었으니 이 짐짓 평지의 신선이라 강산풍경을 임의로 희롱한들 그 뉘라서 시비하랴. 이화도화 만발하고 푸른버들 드리운데 동서남북 미인들은 시냇가에 늘어앉아 섬섬옥수 넌짓들어 한가로이 빨래할제 물한줌 덤벅쥐어다가 연적같은 젖통이를 슬근슬적 씻는양은 요지연과 방불하고, 오월이라 단오일에 녹음방초 우거진데 녹의홍상(綠衣紅裳) 미인들이 버들가지 그네매고 짝을지어 추천하는 양은 광한루가 완연하다. 풍류호걸 이내몸이 저러한 절대가인을 구경하니 아마도 세상 재미는 나뿐인가 하노라."

자라 이르되,

"허허 우습도다. 그대의 말은 헛된 과장이라, 뉘 곧이 들으리오. 내 그대 신세를 생각컨대 여덟가지 어려움이 있으니, 두 귀를 기울여 자세히 들으라. 동지섣달 엄동철에 백설은 흩날리고 층암절벽 빙판 되어 만학천봉 막혔으니, 어데가 접촉할까 이것이 첫째로 어려움이오. 북풍이 늠렬한데 돌구멍 찬자리에 먹을것 전혀없어 코구멍을 핥을적에 일신에 한전나고 사지가 곧아져서 팔자타령 절로나니 이것이 둘째로 어려움이오. 춘풍이 화창한데 여간 꽃송이 풀잎새나 뜯어먹자 산간으로 들어가니 무심코 저 독수리 두죽지를 옆에 끼고 살대 같이 달려들제 두눈에 불이나고 작은 몸이 꼬구라져 바위틈으로 기어들제 혼비백산 가련하다. 이것이 세째로 어려움이오. 오뉴월 삼복중 산과 들에 불이나고 시냇물이 끓을적에 살에서는 기름나고 털끝마다 누린내라 짜른 혀를 길게 빼고 급한 숨을 헐떡이며 샘가로 달려가니 그 정상이 오죽한가? 이것이 넷째로 어려움이오. 단풍이 붉어지고 산국이 만발한데 과실개나 얻어먹자 조용한 곳 찾아가니 매받은 수할치는 고봉에 높이 앉고 근력좋은 모리꾼과 냄새 잘 맡는 사냥개는 그대 자취 밟아 올제 발톱 몽글어지며 진땀이 바짝 나서 천방지축 달아나니 이것이 다섯째로 어려움이오. 천행으로 목숨을 도망하여 죽을 고비를 벗어나니 총잘쏘는 사냥포수 일자총을 둘러메고 이목저목 질러앉아 잔철탄환 재약하여 염통줄기 겨냥하고 방아쇠를 당길적에 꼬리를 샅에 끼고 간장이 말라지며 간신히 도망하여 숨을 곳을 찾아가니 죽을뻔 그댁 아닌가? 이것이 여섯째로 어려움이오. 알뜰히 고생하고 산림으로 달아드니 얼숭널숭 천근대호 철사같이 모진수염 위험있게 거스리고 웅거리고 가는 거동에 그 참말 무섭도다. 소리는 우뢰같고 대구리는 왕산덩이만하여 허리는 반달같고 터럭은 불빛이라. 칼같은 꼬리를 이리저리 두르면서 주홍같은 입을 열고 쓰레같은 이빨을 딱딱이며 번개같이 날랜 몸을 동서남북 번득이어 좌우로 충돌하여 이골저골 편답하며 돌도 툭툭 받아보며 나무도 뚝뚝 꺾어보니 위풍이 늠름하고 풍채도 씩씩하여 당당한 산군이라. 제용맹을 버럭 써서 횃불같은 두 눈깔을 번개같이 휘두르며 톱날같은 앞발톱을 엉버티고 숨을 한번 씩하고 쉬면 수목이 왔다갔다 하고, 소리를 한번 응하고 지르면 산악이 움즉움즉 할제 천지가 캄캄하고 정신이 아득하니 이것이 일곱째로 어려움이오. 죽을 것을 겨우 면코 잔명을 보전하여 평원광야 내달으니 나무베는 초동이며 소먹이는 아이들이 창과몽치 둘러메고 제잡자 달려드니 목구멍에 침이 말라 지향없이 도망하니 이것이 여덟째로 어려움이라. 그대 이렇듯 곤궁할제 무슨 경황에 경개를 구경하며 어느 여가에 삼신산에 불로초를 먹고 동정호에 목욕할고 그나마 다른 고생도 그지없음을 내 짐작하되 그대 듣기에 좋지못한 말을 구태여 다하지 아니하노라."

토끼 듣기를 다한 후에 할말이 없어 하는 말이,

"소진장에 구변인지 말씀도 잘도 하고 소강절의 추수인지 알기도 영검하다. 남의 상처 너무 이르지 마소. 듣는이도 소견있네.만고대성 공부자도 진채지액 만나시고 천하장사 초패왕도 대택중에 빠졌으니 화복이 하늘에 매어 있고 궁달이 명수에 달렸나니 힘과 지혜로 못할지라. 일러 무엇하거니와 그대의 수궁 재미는 과연어떠한가 한 번 듣고자 하노라."

자라 목청을 가다듬어 이르되,

"우리 수궁 이야기를 들어보소. 오색 구름 깊은 곳에 주궁패궐 높은 집이 반공에 솟았는데 백옥으로 층계타고 호박으로 주초하며 산호기둥 네모난간 황금으로 기와하고 유리창과 수정렴에 야광주 초롱이며 칠보로 방방이 깔았으니 광채 날빛을 가리우고 서기 공중에 서렸는지라 날마다 잔치하고 잔치마다 풍류로다. 부용같은 미녀들이 쌍쌍이 춤을 추며 포도주와 벽통주와 천일주를 노자작 앵무배에 가득히 부어있고 호박반 유리상에 금광초, 옥찬치 불사약을 소복히 담아다가 앞앞이 권할적에 정신이 쇄락하고 심신이 황홀하다. 아미산 반륜월과 적벽강 무한경개 방장봉래 영주산을 역력히 구경하고 선유하여 돌아올제 채석강, 소상강, 동정호, 팽려택을 임의로 왕래하니 흰 이슬은 강위에 빗겨 있고 물빛은 하늘을 접하였도다. 지는 노을은 따오기와 함께 날고, 가을 물은 긴 하늘과 한 빛인데 오나라와 초나라는 동남으로 터져있고 하늘과 땅은 밤낮으로 떠 있구나. 평사에 기러기 나려앉고 흰갈매기 잠들때라 구슬픈 퉁소소리 어부사를 화답하니 깊은 굴헝에 잠긴 교룡춤을 추고 외로운 배에 있는 과부 울음을 우는도다. 달이 밝고 별은 드문드문한데 가막까치 남쪽으로 날아간다. 이적에 순임금의 두 아내

아황, 여영의 비파소리는 울적함을 소창하고 강건너 장사하는 간나
희의 부르는 후전화는 이내 회포 자아낸다. 야반에 은은한 쇠북소
리 한산절이 어드메뇨, 바람결에 역력한 방망이 소리는 강촌이
저기로다. 초강에 고기 잡는 어부들은 애내곡을 화답하고 금못가
옥섬에서 연캐는 계집들은 상사곡을 노래하니 그 흥미 어떠하리
아마도 별건곤은 수궁뿐이로다."
토끼 저윽이 의혹하야 가로되,
"그대는 진실로 다복한 친구로다. 나는 본디 팔짜 기박하여 산림처
사로 산간에 부쳐있나니 부질없이 나의 호강을 부러할바 아니로
다."
자라 가로되,
"나는 친구를 위하여 좋은 도리를 권하려 함이니 그대는 조금이라
도 어찌 생각지 말라. 옛글에 하였으되 '위태한 방위에 드지말고
어지러운 나라에 처치말라'하였나니 그대는 어찌하여 이처럼 분요
한 세상에 처하느뇨? 이제 나를 만남은 이 또한 우연함이 아니로
다. 그대 만일 이 풍진을 하직하고 나를 따라 수궁에 들어 갈진대
선경에 놀아 천도 반도 불사약과 천일수 홍감로를 매일장취할 것이
오, 구중궁궐 높은 집에 무산 선녀 벗이 되어 순임금의 오현금과
왕대욱의 옥통소와 춘면곡 양양가를 시시로 화답하여 악양루 경개
도 구경하고 등왕각에 잔치하며 황학루에 글도 짓고 봉황대에 술도
먹어 태평건곤 노닐적에 세상공략 꿈속에 부쳐두고 조금이나 생각
할까."
토끼 그말을 듣고 수상히 여겨 고개를 흔들면서 가로되,
"그대의 말은 비록 좋으나 아마도 위태하다. 속담에 이르기를

'팔자 도망은 독안에 들어도 못한다'하였으니 육지에 살던 자 공연히 수궁에 들어가리오. 수궁고생이 육지고생보다 더하지 말라는데 어디 있으며 첫째 호흡을 통치 못할 터이니 세상만물이 숨 못쉬고 어이살며 또 사지는 멀쩡하여도 헤엄칠줄 모르니 만경창파 깊은 물을 무슨 수로 건너갈고? 팔짜에 없는 남의 호강 부질없이 욕심내어 이 세상 하직하고 그대 따라 수궁에 들어가다가는 필연코 칠성구멍에 물이 들어 할 수 없이 죽을 것이니, 이내 목숨 속절없이 고기배에 장사하면 임자없는 내 혼백 창파 중의 고혼되어 어화를 벗을 삼고 굴삼려로 짝을 지어 속절없이 되게되면 일가친척 자손중에 그 뉘라서 날 찾을까? 천만가지로 생각하여도 십에 팔구분은 위태하도다."

자라 웃으며 가로되,

"그대가 고루하기 심하도다. 한 가지만 알고 두 가지는 모르도다. 옛글에 하였으되 '긴 강을 한낱 갈대로 건느라' 하였으니 이러하므로 조주사인 여선문은 광묘궁에 들어가서 상량문 지어놓고 천하문장 이태백은 고래를 타고 달 건지러 들어가고, 삼장법사는 약수 삼천리를 건너가서 대장경을 내어오고, 한 나라 사신 장건이는 떼를 타고 은하수에 올라가서 직녀의 지기석을 주어오고, 서방세계 아란존자는 연잎에 거북을 타고 만경창파를 임의로 헤엄쳤으니 저의 목숨이 하늘에 달렸거든 공연히 죽을손가? 대장부로 태어나서 이토록 잔약할까? 대저 군자는 사람을 몹쓸 곳에 천거하지 아니하나니 어찌 그대를 몹쓸 곳에 지시하리오."

토끼 가로되,

"나는 본디 산중에 깊이 있어 붕우를 널리 사귀지 못하였고 또한 안토중천 할 생각이 없지 아니 하였더니 이제 그대는 옳게 가르침이 어떠하뇨?"

자라 이 말을 듣고 심중에 암희하되 이 놈이 나의 술중에 십분지이는 들어왔도다 하고 또 가로되,

"내 그대의 상을 보니 모색이 누릇누릇 햇뜩햇뜩하여 금빛을 띠었으니 이른바 금생여수라. 물과 상생되어 조금도 염려 없고 목이 길게 빼어났으니 고향을 바라보고 타향살이 할 기상이오. 하관이 뾰죽하니 위로 구하면 역리가 되며 매사가 극난하되 아래로 구하면 순리가 되어 만사가 크게 길할 것이오. 두 귀가 희고 준수하니 남의 말을 잘 들어 부귀를 할 것이오. 미간이 탁 틔어 화려하니 용문에 올라 이름을 빛낼 것이오. 음성이 화평하니 평서에 험한 일이 없을 것이라. 그대의 상격(相格)이 이와같이 가지가지 구격하니 일후에 영화부귀가 무궁하여 향락으로는 당명황(唐明皇)의 양귀비며 한 무제의 승로반이오, 팔짜로는 백자천손 곽자의(郭子儀)요, 부자로는 석숭(石崇)이오, 풍악으로는 요임금의 대황곡과 순임금의 봉조곡과 장자방(張子房)의 옥퉁소가 자재하고 부시로 사향상여(司香相如) 거문고에 탁문군이 담을 넘어 올 것이오, 또는 농락수단으로 말하고 보면 언변에는 육국종횡하던 소진장의(蘇秦張儀)에게 양두할 것 전혀 없고 경륜에는 팔진도로 지휘하던 제갈량이 바로 적수에 지나지 못할 것이니 이러한 기골 풍채와 경영배포(經營排鋪)가 천고에 제일이오 당시에 독보할 경천위지의 영웅호걸이라. 그대가 마치 팔팔뛰는 버릇이 있으므로 본토에만 묻혀 있어서는 이 위에 여러가지 복락을 결단코 한 가지로 누리지 못하고 도리어 전일과 같이 곤란한 재앙만 올 것이오, 본토를 떠나야

만사 여의할 것이로다."

토끼 가로되,

"나의 기상도 출중 하거니와 그대의 관상법도 신통하도다. 내 그대를 보매 시속사람은 아니로다. 도량이 넓고 선심이 거룩하여 위인이 관후하니 평생에 남을 속일손가 날같은 부생을 좋은 곳에 천거하니 감격하기 측량 없으나 내 수궁에 들어가 벼슬이야 쉬울소냐."

자라 이 말을 듣고 웃으며 속으로 헤오되 '요놈 이제는 내 술중에 들었도다.' 하고 혼연히 대답하여 가로되,

"그대가 오히려 경력이 적은 말이로다. 역산(歷山)에 밭 가시던 순임금도 당요의 천자위를 받으시고, 위수(渭水)에 고기 낚던 강태공도 주문왕의 스승되고, 산야에 밭갈던 이윤(伊尹)도 당임금의 아형되고, 부암에 담 쌓던 부열(傅悅)이도 은고종의 양필되고, 소 먹이던 백리해도 진목공 정승되고 표모에게 밥 빌던 한신이도 한태조의 대장이 되었으니, 수부나 인간이나 발천하기는 일반이라 이런 고로 밝은 임금은 신하를 가리고 어진 신하는 임금을 가리나니, 우리 대왕께서는 성신문무하사 어진 선비를 광구하심으로 한가지 능과 한가지 재주가 있는 자라도 모두 높이 쓰시는지라 이러하기로 나 같은 재주없는 인물로도 벼슬이 외람히 주부에 이르렀거늘, 하물며 그대같이 고명한 자질과 뛰어난 문필이야 가기만 곧 가면 공명을 구하지 아닐지라도 부귀 스스로 이룰지라. 지금 수부에서 사기를 닦지 못하여 태사관 될 인재를 구하되, 합당한 인물이 없어 근심한지 오래니, 그대의 문필이 이 소임에 십분 적당한지라. 그대 만일 중서군의 옛 붓대를 잡아 동호의 의리를 밝힌즉

비단 우리 수부의 다행 뿐 아니라 그대의 높은 이름이 사해에 진동하리니 어찌 아름답지 않으리오, 내 그대와 들어가면 곧 우리 대왕께 단망으로 천거하리라."

토끼 웃으며 가로되,

"그대의 말이 방불하나 어제밤에 내 몽사 불길하기로 마음에 저윽이 꺼림직하노라."

자라 가로되,

"내 젊어서 약간 해몽법을 배웠으니 아모커나 그대의 몽사를 듣고저 하노라."

토끼 가로되,

"칼을 빼어 배에 닿이고 몸에 핏칠하여 보이니 아마도 좋지 못한 정상을 당할까 염려하노라."

자라 책망하여 가로되,

"너무 길한 몽사를 가지고 공연히 사렴하는도다. 배에 칼이 닿았으니 칼은 금이라 금띠를 띨 것이오, 몸에 핏칠을 하였으니 홍포를 입을 징조로다. 물망이 일국에 무거우며 명성이 팔방에 떨칠지니 이 어찌 공명한 길몽이 아니며 부귀한 대몽이 아니리오. 공자의 주공을 봄은 성인의 꿈이오, 장주(莊周)의 나비된 꿈은 달관의 꿈이오, 공명의 초당꿈은 선각의 꿈이오, 그외의 누구누구의 여간 꿈이란 것은 무비관몽(無非觀夢)이오, 개시허몽(皆是虛夢)이로되 오직 그대의 꿈은 몽사중 제일 갈 꿈이니 그대 수부에 들어가면 만인 위에 거할지라, 그 아니 좋을손가."

토끼 점점 곧이 듣고 조금조금 달아들며 장상의 인끈을 지금 당장 차는 듯이 희색이 만면하여 가로되,

"그대의 해몽하는 법은 진짓 귀신이요, 사람은 아니로다. 소강절(邵康節) 이순풍이 다시 살아온들 이에서 더할손가. 아름다운 몽조가 이미 나타났으니 내 부귀는 갈데없거니와 그러나 만경창파를 어찌 득달하리오."

자라 대희하여 가로되,

"그대는 조금도 염려말라. 내 등에만 오르면 아무러한 풍랑이라도 파설될 염려없고 순식간에 득달할 터이니 무엇을 근심하리오."

토끼 심중에 기뻐하되 거짓 체모를 차려 가로되,

"그대 친구를 위하여 이렇듯 수고를 아끼지 아니하니 이는 친구를 사귀는 도리에 마땅함이나, 내 그대의 등에 오름이 어찌 마음에 미안치 않으리오."

자라 크게 웃어 가로되,

"그대 오히려 솔직하도다. 위수에 고기 낚던 여상(呂尙)이는 주문왕과 수레를 한가지로 탔고 이문에 문 지키던 후영이는 신릉군 상좌에 앉았으며 부춘산에 밭갈던 엄자릉은 한광무와 한벼개에 누었으니 지기를 위하는 자리에 존비와 귀천이 무슨 아랑곳인가, 우리 이제 한가지로 들어가면 일생 영욕과 백년고락을 한가지로 할 것이니 무슨 미안함이 있으리오."

토끼 크게 기꺼워하여 가로되,

"그대의 높은 은혜는 진실로 백골난망이로다. 내 이 세상에 살매 못 당할 일이 한두 가지 아닌 중 저 몹쓸 사람들이 일짜총을 둘러메고 암상스러히 보챌적에 송편으로 목을 따고 접시물에 빠져죽고 싶은 적이 한두번 아니었나니, 나의 큰 아들놈은 나무하는 아이에게 무단히 잡혀가서 구무밥을 먹어가며 갇힌지 이미 칠팔년에 놓일

가망 바히 없고 둘째 아들놈은 사냥개에게 물려가서 가막까지 밥이 된지 지금 수년이라. 그일을 생각하면 절치 부심하여 어찌하면 이 원수의 세상을 떠날고 하며 주사야탁하던 차에 천만의외로 그대 같은 군자를 만나 밝은 세상을 보게 되니, 이는 하늘이 지시하고 귀신이 도우심이라. 성인이래야 능히 성인을 안다하더니 나 같은 영웅이 아니면 그 뉘라서 능히 알리오. 하늘에서 내신 영웅이 그대 곧 아니든들 헛되이 산중에서 늙을뻔 하였고 내 곧 아니든들 수중 백성들이 어진 관원을 만나지 못할뻔 하였도다."

하고 의기양양하여 자라등에 오르려 할 즈음에 문득 바위밑으로 한 짐승의 내달아 토끼를 불러 가로되,

"내 너희들의 수작을 처음부터 대강 들었거니와 이 우매한 토끼야 내 말을 자세히 들으라. 대저 부귀공명이란 본디 뜬 구름과 같은 것이오, 또 명수가 있는 바이어늘 네 이제 허탄한 자라의 말을 듣고 죽을 땅에 가려하니 그 아니 가련한가. 그리고 속담에 이르기를 '고향을 떠나면 천하다' 하였으니, 내 설혹 수궁에 들어간들 무슨 부귀를 일조에 얻을소냐 너는 허욕도 내지 말고 망상도 내지 말고 나의 충고를 들을 지어다."

하거늘 토끼 그 말을 듣고 두 귀를 쫑긋하며 발을 멈추고 주저하는 빛이 외면에 나타나는지라. 자라 그 말을 하는 짐승을 바라보니 너구리라. 크게 분을 내어 생각하되 '내 이놈을 천방백계로 달래어서 거의 가게 되었거늘 저 원수놈이 무슨 일로 이렇듯 저허하노. 그러나 내 만일 사색을 조금이라도 들어내면 간사한 토끼놈이 의심을 낼 것이니 내 먼저 저놈의 말을 타박하여 토끼로 하여금 스스로 깨닫게 하리라' 하고 이어 웃으며 너구리를 가르쳐 가로되,

"그대는 누구인지 모르거니와 어이 그리 무식한고, 조주사인 여선문(潮州士人 餘善文)은 일개 한사로되 우리 수궁에 들어와서 영덕전 상량문(上梁文)을 지었기로 우리 대왕께서 야광주 열개와 통천서각 한쌍으로 윤필지자를 삼았으니 이 소문이 세상에 전파되어 모르는 사람이 없거늘 그대는 귀가 있어도 듣지 못하였는가. 더구나 태사관은 국가의 소중한 벼슬이라, 내 토선생의 문장과 필법을 아끼어 함께 가자 함이어늘, 그대 무단히 남을 의심하여 마치 친구를 죽을 땅에 인도하는 것 같이 여기니 무슨 도리 이러하며 내 남의 의심을 입어가며 구태여 토선생과 동행을 원하는 바 아니로다."

하고 다시 토끼를 돌아보아 가로되,

"내 그대와 더불어 왕일에 아무 혐의가 없는 터이라 어찌 그대에게 일호라도 해될 일을 권할소냐. 그대는 나와 불과 하루 아침의 교분이 있을 뿐인즉 어찌 옛 친구의 충고를 저바릴 수 있으리오. 나는 본디 우리 대왕의 명을 받자와 동해에 사신갔다 오는 길이라 오래 지체치 못할지니 이에 고별하노라. 그대는 길이 보증하라."

하고 인하여 소매를 떨치고 수변으로 내려가니 너구리는 무안하여 얼굴이 붉어 다시 한 마디도 말을 못하고 한편으로 서는지라 토끼──자라가 너구리를 꾸짖고 냉랭하게 떨쳐 돌아감을 보고 크게 노하여 너구리를 꾸짖어 가로되,

"네 무슨 일로 남의 전정을 저허 하는가."

하여 너구리를 꾸짖으며 일변으로 급히 자라를 쫓아가며 크게 소리하여 가로되,

"별주부! 그대는 거기 잠깐 머물러 나의 말을 듣고 가라."

하니 자라 짐짓 두어 걸음을 더 가다가 비로소 돌아보아 가로되,
"그대는 무슨 일로 나를 쫓아 오느뇨."
토끼 가로되,
"그대는 어이 그다지 용몰하는 도량이 넓지 못하뇨. 내 아무리 우매하나 어찌 무심한 자의 부질없는 말을 곧이 들으며 또 그대의 나를 사랑하는 짐을 깊이 알지 못하리오. 그대는 나의 잠깐 주저함을 혐의치 말고 함께 가사이다."
하거늘 자라 심중에 크게 기뻐하고 이에 토끼를 데리고 수변으로 나아가 토끼를 등에 업고 창파에 뛰어들어 남해를 바라보며 돌아오니, 대저 자라의 충성이 지극함을 신명이 굽어 살피사 저 간사한 토끼를 주심이니 어지 기이한 일이 아니리오.

이때 토끼 자라 등에 높이 앉아 사면을 돌아보니 소상강 깊은 물은 눈앞에 고요하고 동정호 넓은 빛은 그 갓을 모를네라. 심중에 헤아리되 '내 친우신조로 자라를 만나 세상풍진과 산중고초를 다 벗어 버리고 수궁에 들어가 부귀를 누릴지니 어찌 즐겁지 아니하리오'하며 의기 양양하여 이에 한 곡조 노래를 부르니,

"홍진을 하직하고 길이 떠남이여
물나라가 청산보다 크도다
자라 등에 올라 가고 또 감이여
흰구름의 오고감을 웃는도다.
내 장차 사기의 붓대를 잡음이여
삼천 수족이 무릎을 꿇리도다
부귀에 맑고 한가함을 겸함이여
백년의 평안함을 기약하리로다."

토끼 노래를 마치고 크게 웃거늘 자라 일변 웃으며 생각하되 '이놈이 너무도 교만한 놈이로다' 하고 또한 노래로 화답하니 하였으되,

"한 조각 붉은 마음을 품음이여
얼마나 분주히 청산에 다녔던고
이몸이 수고를 아끼지 아님이여
창랑을 박차고 갔다 돌아 오도다
간사한 토끼를 얻어 공을 이룸이여
한갓 용안의 기쁜 빛을 뵈오리로다
우리 대왕의 병환이 쾌차하심이여
종묘사직의 평안함을 하례 하리로다."

토끼 자라의 노래를 듣고 심중에 크게 의혹하여, 자라보고 물어 가로되,

"그대의 노래 속에 무슨 깊은 뜻이 있는 것 같으니 어인 곡절인고."

자라 가로되,

"내 우연히 부름이니 무슨 뜻이 있으리오."

토기 그래도 의혹이 아니 풀려 가로되,

"간사한 토끼를 얻어 공을 이루었다 함과 우리대왕의 병환이 쾌차하다 함은 무슨 말이뇨."

자라 토끼의 말을 듣고 심중에 헤아리되, '네 이미 여기에 이르렀으니 비록 나를 의심할 지라도 무익 하리라.' 하고 이에 그말은 대답지 아니하고 바삐 행하여 순식간에 남해 수궁에 득달하여 토끼를 내려 놓으며 가로되,

"그대는 부질없이 나를 의심치 말고 빨리 객관으로 가사이다."

하거늘 토끼 눈을 들어 살펴보니 천지 광활하고 일월이 명랑한데 주궁패궐(珠宮貝闕)이 반공에 솟아있고 문과 창에 서기 어렸는지라. 토끼 일변 기꺼운 마음이 다시 동하여 자라를 따라 객관에 이르니 자라 토끼에게 가로되,

"그대는 잠깐 여기 머물라. 내 입궐하여 우리 대왕께 그대와 같이 옴을 아뢰리라."

하고 총총히 나아가거늘 토끼 그 거동을 보고 심중에 다시 의심하되 '제 나를 우선 제 집으로 인도하여 멀리 온 터에 술 한 잔도 대접치 않고 황망히 궁중으로 들어가니 그 어인 일인고' 또 다시 생각하되 '아마 나의 높은 이름을 수국군신이 다 들었으매 제가 먼저 들어가 저의 임금에게 말씀하여 급히 홍문관 대제학을 제수하여 불일내로 여러해 두었던 사기를 닦으려 하기에 골똘하여 사소한 접대는 미처 생각지 못함이로다' 하고 생각하고 무료히 혼자 앉았더라.

이때 자라 궁중으로 들어가니 궁중에 근시하였던 신하들이 자라를 보고 일변 반기며 일변으로 용왕께 고하니 왕이 바삐 자라를 입시하여 용상 아래 가까이 앉으라 하며 무사히 다녀옴을 반기며 토끼의 소식을 묻는데, 자라 머리를 조아리며 아뢰어 가로되,

"신이 왕명을 받자와 오호와 삼강을 무사히 지내어 동해가에 득달하와 중산에 들어가서 늙은 토끼 하나를 백가지로 꾀이고 천가지로 달래어 간신히 업고 지금이야 돌아와 토끼를 객관에 머무르게 하고 신이 급히 들어 왔사오나, 이사이 옥체미령(玉體靡寧)하심이 어떠하옵신지 하정에 황송하오이다."

하면서, 토끼 달래던 말씀을 일일이 아뢰었더니 용왕이 듣기를 다하고 크게 기뻐하며 무릎을 치며 칭찬하여 가로되,

"경의 충성과 구변은 가히 남해 일국에 하나이니 하늘이 과인을 도우사 경같은 신하를 내심이로다."

하고 이에 백관에게 하교하니,

"과인이 상제(上帝)의 명을 받자와 삼천수족의 어른이 되어 수국을 다스리되 덕화가 만물에 미치지 못하매 항상 두려운 생각이 없지 않더니 일조에 병을 얻어 치료할 방법이 망연하던 중, 세 호걸의 가르침을 힘입고 별주부의 지극한 충성으로 인간에 나아가 토끼를 얻어오니 이제 장차 그 간을 시험하면 과인의 병이 족히 나을지니 이는 일국의 막대한 경사라, 하므로 특별히 하교하노니 제신은 영덕전에 대령할지어다. 별주부는 특별히 벼슬을 돋아 자헌대부(옛 正二品의 文官 계급) 약방제조 겸 충훈부 당상을 제수하노라."

하였더라. 이때에 여러 신하들이 이 하교를 듣고 모두 즐겨하여 서로 치하하며 일제히 궁중으로 들어가니 백관들의 좌석 차례는 이러하더라.

"영의정겸 약방도제조 종묘서 도제조의 거북이오. 좌의정겸 훈련도감 도제조의 고래요, 우의정 악어요, 이조판서 잉어요, 호조판서의 민어요, 예조판서의 가재미요, 병조판서의 농어요, 형조판서의 준치요, 공조판서의 방어요, 한성판윤 위어요, 규장각 대제학 겸 홍문관 대제학의 붕어요, 부제학의 문어요, 직제학의 넙치요, 승정원 도승지의 조기요, 성균관 대사성의 가물치요, 규장각 직각의 도미요, 규장각 대교의 청어요, 홍문관 교리의 은어요, 예문관 검열의 숭어요, 주서의 오징어요, 사헌부 대사헌의 병어요, 사간원 대사간의 자가사리요, 정언의 모래무지요, 상의원도제조의 잉어요, 훈련대장의 대구요, 금위대장의 홍어요, 어영대장의 미어기요, 총용사의 장어요, 금군별장의 고등어요, 포도대장의 갈치요, 별군의직 상어요, 선전관의 전어요, 사복내승의 남성이오, 금부도사의 명태요, 원접사의 인어요, 그외에 금군의 조개요, 오영문 군졸의 새우 송사리라."

이러한 차례로 모두 모였는데 만세를 불러 하례를 마친 후 왕이 하교하여 토끼를 바삐 잡아들이라 하니 금부도사가 나졸을 거느려 객관에 이르니 이때 토끼 홀로 앉아 자라의 돌아오기를 기다리더니 불의의 금부도사가 이르러 어명을 전하고 나졸이 좌우로 달려들어 결박하여 풍우같이 몰아다가 영덕전 섬돌아래 꿇리거늘 토끼 겨우 정신을 수습하여 전상을 우러러 보니 용왕이 머리에 통천관을 쓰고 몸에 강사포를 입고 손에 백옥홀을 쥐었으며 만조백관이 좌우에 옹위(擁衛)하였으니, 그 거동이 엄숙하고 위의가 놀랍더라.

용왕이 선전관 전어로 하여금 토끼에게 하교하여 가로되,

"과인은 수국의 천승임금이오, 너는 산중의 조그마한 짐승이라 과인이 우연히 병을 얻어 신음한지 오랜지라 네 간이 약이 된다함을 듣고 특별히 별주부를 보내어 너를 데려왔노니 너는 죽음을 한치 말라. 너 죽은 후에 너를 비단으로 몸을 싸고 백옥과 호박으로 관곽을 만들어 명당대지에 장사할 것이오. 만일 과인의 병이 나으면 마땅히 사당을 세워 네 공을 표하리니 네 산중에 있다가 호표(虎豹)의 밥이 되거나 사냥군에게 잡히어 죽느니 보다 어찌 영화롭지 아니하리오. 과인이 결단코 거짓말을 아니하리니 너는 죽은 혼이라도 조금도 과인을 원망치 말지어다."

하고 말을 마치자 좌우를 호령하여 빨리 토끼의 배를 가르고 간을

가져오라 하니 이 때 뜰 아래 섰던 군사들이 일시에 달려들려 하니 토끼 무단히 허욕을 내어 자라를 쫓아 왔다가 수국원혼이 되게 되니 이는 모두 자취(自取)한 화라, 누구를 원망하며 누구를 한하리오. 세상에 턱없이 명리(名利)를 탐하는 자는 가히 이것을 보아 징계할지 로다. 이 때에 토끼 이 말을 들으매 청천벽력이 머리를 깨치는 듯 정신이 아득하여 생각하되 '내 부질없이 영화부귀를 탐내어 고향을 버리고 오매 어찌 이 외의 변이 없을소냐, 이제 날개가 있어도 능히 위로 날지 못할 것이오, 또 축지(縮地)하는 술법이 있을지라도 능히 이 때를 벗어나지 못하리니 어찌하리오.' 또 생각하되 '옛말에 이르기 를 죽을 때에 빠진 후에 산다 하였으니 어찌 죽기만 생각하고 살아날 방책을 헤아리지 아니리오' 하더니 문득 한 꾀를 생각하고 이에 얼굴빛을 조금도 변치 아니하고 머리를 들어 전상을 우러러보며 가로되, "소토(小兔) 비록 죽을지라도 한 말씀을 아뢰리다. 대왕은 천승의 임금이시오. 소토는 산중의 조그마한 짐승이라 만일 소토의 간으로 대왕의 환후 십분 나으실진대 소토 어찌 감히 사양하오며 또 소토 죽은 후에 후장하오며 심지어 사당까지 세워주리라 하옵시니 이 은혜는 하늘과 같이 크신지라, 소토 죽어도 한이 없사오나 다만 애달픈 바는 소토는 비록 짐승이오나 심상한 짐승과 다르와 본디 방성정기를 타고 세상에 내려와 날마다 아침이면 옥같은 이슬을 받아 마시며 주야로 기화요초(奇花瑤草)를 뜯어 먹으매 그 간이 진실로 영약이 되는지라. 이러하므로 세상 사람이 모두 알고 매양 소토를 만난즉 간을 달라하와 보챔이 심하옵기로 그 괴로움을 견디지 못하와 염통과 함께 끄집어 청산녹수 맑은 물에 여러 번 씻사와 고봉준령 깊은 곳에 감추어 두옵고 다니옵다가 우연히 자라를 만나 왔사오니 만일 대왕의 환후 이러하온줄 알았던들 어찌 가져오지 아니하였으리오."

하며 또 자라를 꾸짖어 가로되,

"네 임금을 위하는 정성이 있을진대 어이 이러한 사정을 일언반사도 날보고 말하지 아니하였느뇨?"

하거늘 용왕이 이 말을 듣고 크게 노하여 꾸짖어 가로되,

"네 진실로 간사한 놈이로다. 천지간에 온갖 짐승이 어이 간을 출입할 이치가 있으리오. 네 얕은 꾀로 과인을 속여 살기를 도모하나 과인이 어이 근리치 아닌 말에 속으리오. 네 과인을 기만한 죄 더욱 큰지라, 빨리 너의 간을 내어 일변 과인의 병을 고치며 일변 과인을 속이는 죄를 다스리리라."

토끼 이 말을 듣고 또한 어이없고 정신이 산란하며 간장이 없고 가슴이 막히어 심중에 생각하되 속절없이 죽으리로다 하다가 다시 웃으며 가로되,

"대왕은 소토의 말씀을 다시 자세히 들으시고 굽어 살피옵소서. 이제 만일 소토의 배를 갈라 간이 없사오면 대왕의 환후도 고치지 못하옵고 소토만 부질없이 죽을 따름이니 다시 누구에게 간을 구하오려 하시나이까? 그때는 후회막급 하실터이오니 바라건대 대왕은 세 번 생각하옵소서."

용왕이 토끼의 말을 듣고 또 그 기색이 태연함을 보고 심중에 심히 의아하여 가로되,

"네 말과 같을진대 무슨 간을 출입하는 표적이 있는가?"

토끼 이 말을 듣고 크게 기뻐하며 생각하되 이제는 내 살아날 도리 쾌히 있도다 하고 여쭈오되,

"세상의 날짐승 가운데 소토는 홀로 하체에 구멍이 셋이 있사오니 하나는 대변을 통하옵고 하나는 소변을 통하옵고 하나는 특별히 간을 출입하는 곳이오니이다."
왕이 그 말을 듣고 더욱 노하여 꾸짖어 가로되,
"네 말이 더욱 간사한 말이로다. 날짐승 집짐승을 막론하고 어이 하체에 구멍이 셋 되는 것이 있으리오?"
토끼 다시 여쭈오되,
"소토의 구멍 셋이 있는 내력을 말씀하오리니, 대저 하늘이 자시에 열려 하늘이 되옵고 땅이 축시에 열려 땅이 되옵고 사람이 인시에 생겨 사람이 나옵고 만물이 묘시에 나와 짐승이 되었사오니, 묘라 하는 글자는 곧 소토의 별명이니 날짐승 집짐승의 근본을 궁구하오면 소토는 곧 금수의 으뜸이 되나니 생초를 밟지 아니하는 저 기린도 소토의 아래옵고 주리되 좁쌀을 먹지 아니하는 저 봉황도 소토만 못하옵기로 특별히 품부하와 일월성신 삼광을 응하와 하체에 세 구멍이 있사오니 대왕이 만일 이 말씀을 믿으시지 아니하실진대 말으시려니와 그러지 아니하오시면 소토의 하체를 적간 하옵소서."
용왕이 이 말을 듣고 이상히 여겨 나졸을 명하여 자세히 보라하니 과연 세 구멍이 분명한지라 용왕이 아직 의혹하여 가로되,
"네 말이 네 간을 구멍으로 능히 낸다 하니 도로 넣을 때도 그리로 넣는가."
토끼 속으로 '이제는 내 계교가 거의 맞아간다.'
하고 여쭈오되,
"소토는 다른 짐승과 특별히 같지 아니 하온 일이 많사오니 만일

잉태하려면 보름달을 바라보아 수태하오며 새끼를 낳을 때에는 입으로 낳아옵나니 옛 글을 보아도 가히 알 것이오. 이러하므로 간을 넣을 때에도 입으로 넣나이다."
용왕이 더욱 의심하여 가로되,
"네 이미 간을 출입한다 하니 네 혹 잊음이 있어 네 배속에 간이 있는지 깨닫지 못할 듯 하니 급히 내어 나의 병을 고침이 어떠하뇨."
토끼 다시 여쭈오되,
"소토 비록 간은 능히 출입하오나 또한 정한때가 있사오니 달마다 초일일부터 십오일까지는 배속에 넣어 일월정기를 호흡하여 음양지기를 온전히 받사옵고 십육일부터 삼십일까지는 줄기 아울러 끄내어 옥계청류에 정히 씻어 창송녹죽 우거진 정한 바위틈에 아무도 알지 못하게 감추어두는 고로 세상 사람이 영약이라 하는지라 금일은 하육월 초순이니 자라를 만날 때에는 곧 오월 하순이라. 만일 자라가 대왕의 병세 이러하심을 말하였던들 수일 지체하여 가져왔을지니 이는 다 자라의 무식함이로소이다."
대저 용왕은 본성이 충후한지라 토끼의 말을 듣고 묵묵히 말이 없으며 속으로 헤아리되 '만일 제 말 같을진대 공연한 배만 갈라 간이 없으면 저만 죽을 따름이오, 다시 누구에게 물으리오. 차라리 저를 달래어 간을 가져오게 함이 옳도다.' 하고 이어 좌우를 명하여 토끼의 맨 것을 끌르고 맞아 전상에 올라 황공함을 이기지 못하거늘 용왕이 가로되,
"토처사는 나의 아까 실례함을 허물치 말라."
하고 이어 백옥배에 천일주를 가득 부어 권하며 놀람을 진정하라

재삼 위로하니 토끼 공손히 받들어 마신 후 황송함을 말씀하더니 홀연 한 신하 나아와 아뢰어 가로되,

"신이 듣사오니 토끼는 본래 간사한 종류요. 또 옛말에 일렀으되 '군자는 가기이방이라' 하였사오니 바라옵건대 전하는 그 말을 곧이 듣지 말으시고 바삐 그 간을 내어 옥체를 보중하옵소서."

모두 보니 이는 대사간 자가사리라, 왕이 기꺼워하지 않고 가로되,

"토처사는 산중 은사라 어찌 거짓말로 과인을 속이리오. 경은 물러 있으라."

하니 자가사리 분함을 못 이기나 할일없이 물러나니 용왕이 이에 크게 잔치를 베풀고 토끼를 대접할새 금광초 불로초는 옥반에 버려있고 옥액경장은 잔마다 가득하고 전악을 아뢰며 미녀 수십인이 쌍쌍이 춤추며 능파사를 노래하니 이때 토끼 술이 반취하여 속으로 '내 간을 줄지라도 죽지 아니할 것 같으면 이 곳에서 늙으리라' 하더라. 용왕이 이에 토끼에게 가로되,

"과인은 수국에 처하고 그대는 산중에 있어 수륙이 격원하더니 오늘 상봉함은 이 또한 천재에 기이한 인연이니 그대는 과인을 위하여 간을 가져오면 과인이 어찌 그대의 두터운 은혜를 저바리리오. 비단 후히 갚을 뿐 아니라 마땅히 부귀를 같이 누릴지니 그대는 깊이 생각할지이다."

토끼 웃음을 참지 못하나 조금도 사색을 들어내지 아니하고 혼연히 대답하여 가로되,

"대왕은 너무 염려치 마옵소서. 소토 외람히 대왕의 너그러우신 덕을 입사와 잔명을 살았으니 그 은혜를 어찌 만분지 일이나 갚사

옴을 생각지 아니하오며 하물며 소토는 간이 없을지라도 사생에는 관계치 아니하오니 어찌 이것을 아끼리요."
하니 용왕이 크게 기뻐하더라. 잔치를 파한 후 용왕이 근시를 명하여 토끼를 인도하여 별전에 가서 쉬게 하니 토끼 근시를 따라 한호에 수를 놓았으니 광채영롱하고 운모병풍과 진주발을 사면에 드리웠는데 석반을 올리거늘 살펴보니 진수성찬이 모두 인간에서는 보지 못한 바라. 그러나 토끼는 마치 바늘방석에 앉은 듯 하매 생각하되 '내 비록 일시 속임수로 용왕을 달래었으나 이땅에 가히 오래 머물지 못하리라' 하고 밤이 새도록 잠을 이루지 못하고 이튿날 다시 용왕을 보아 가로되,

"대왕의 병세 미령하오신지 이미 오랜지라, 소토 빨리 산중에 가 간을 가져 오고저 하오니 바라옵건대 소토의 작은 정성을 살피옵소서."

용왕이 크게 기뻐하여 즉시 자라를 불러 이르되,

"경은 수고를 아끼지 말고 다시 토처사와 함께 인간에 나가라."
하니 자라 머리를 조아려 명을 받드는지라 용왕이 다시 토끼를 대하여 당부하여 가로되,

"그대는 속히 돌아오라."
하고 진주 이백 개를 주어 가로되,

"이것이 비록 사소하나 우선 과인의 정을 표하노라."
하니 토끼 공손히 받은 후 용왕께 하직하고 궐문밖에 나오매 백관이 다 나와 전별하며 수이 간을 가져 돌아옴을 부탁하되 홀로 자가사리 오지 아니하였더라.

이 때 토끼 자라등에 다시 올라 만경창파를 건너 바닷가에 이르러

자라 토끼를 내려놓으니 토끼 기꺼움을 못이겨 스스로 생각하되 '이는 진실로 그물을 벗어난 새요, 함정에서 뛰어쳐 나온 범이로다. 만일 나의 지혜 아니면 어찌 고향산천을 다시 보리요' 하며 사면으로 뛰노는지라 자라 토끼의 모양을 보고 가로되,

"우리의 길이 총망하니 그대는 속히 돌아감을 생각하라."

토기 크게 웃어 가로되,

"이 미련한 자라야. 대저 오장육부에 붙은 간을 어이 출납하리오. 이는 잠시 내 기특한 꾀로 너의 수국군신을 속임이라. 또 너의 용왕의 병이 나와 무슨 관계 있느뇨.진소위 풍마우 불상급이로다. 또 네 무단히 산중에 한가로이 지내는 나를 유인하여 네 공을 나타내려 하니 내 수국에 들어가 놀래던 일을 생각하면 모골이 송연한지라 너를 곧 없이 하여 분을 풀 것이로되,네 나를 업고 만리창파에 왕래하던 수고를 생각지 아니치 못하여 잔명을 살려, 이르되 사생이 다 명이 있으니 다시는 부질없이 망녕된 생각을 내지말라 하여라."

하고 또 크게 웃어 가로되,

"너의 일국 군신이 모두 나의 묘계에 속으니 가이 허무타 할 것이로다."

하고 인하여 깊은 송림사이로 들어가 자취가 사라지는지라 자라 토끼의 가는 모양을 하염없이 바라보고 길이 탄식하여 가로되,

"내 충성이 부족하여 토끼에게 속은 바 되었으니 이를 장차 어찌하리오."

또 탄식하여 가로되,

"우리 수국신민이 복이 없어 용왕이 장차 큰일이로다. 내 토끼의

간을 얻지 못하고 무슨 면목으로 돌아가 우리임금과 만조 동료를 대하리오. 차라리 이 땅에서 죽음만 같지 못하도다."
하고 머리를 들어 바위돌을 향하여 부딪치려 하더니 홀연 누가 크게 불러 가로되,
"별주부는 노부의 말을 들으라."
하거늘 자라 놀라 머리를 돌이켜 보니 한 도인이 머리에 절각건을 쓰고 몸에 자하의를 입고 표연히 자라 앞에 와 웃어 가로되,
"네 정성이 지극하기로 내 천명을 받자와 한 개의 선단을 주노니 너는 빨리 돌아가 용왕의 병을 고치게 하라."
하고 말을 마치더니 소매안으로 약을 내어 주거늘 자라 크게 기꺼워 하며 두 번 절하고 받아보니 크기 산사만하고 광채 휘황하며 향취진동 하는지라 다시 절하고 사례하여 가로되,
"선생의 큰 은혜는 우리 일국 군신이 감격하려니와 감히 묻삽나니 선생의 고성대명을 알고자 하나이다."
도인이 가로되,
"나는 패국 사람 화타로다."
하고 표현히 가더라.

연암소설
燕岩小說

— 박지원(朴趾源)
- 호 질(虎叱)
- 양반전(兩班傳)
- 허생전(許生傳)

◇ 작품 해설 ◇

　이조 영조~순조 때의 실학파(實學派) 연암(燕岩) 박지원(朴趾源)이 지은 열하일기(熱河日記) 속의 연암소설 중 대표적 작품으로 호질(虎叱), 양반전(兩班傳), 허생전(許生傳)을 꼽을 수 있다.
　유학선비인 북곽선생(北郭先生)과 가짜 정절부인(貞節夫人)을 등장시켜 당시 사회의 부패상을 범의 입을 빌어 꾸짖게 한 호질은 사람이 범을 꾸짖는 것이 아니고 범이 사람을 꾸짖게 한 문장의 기교가 천하일품이라 하지 않을 수 없다.
　「양반전」은 가난한 양반이 나라에서 꾼은 천석의 곡식을 갚을 길이 없어 부자 상놈에게 '양반'이라는 권리를 팔아 먹는다는 줄거리이고, 「허생전」은 글 읽기만 숭상하고 아무런 생산적이 못된 양반이 깨달은 바 있어 당시 천히 여기던 장사를 하여 크게 돈을 벌어 도적 떼 들을 모아 이상적인 나라를 세우게 한다는 이야기이다.
　연암소설은 한마디로 허세와 위신만으로 가득 차 있는 양반들을 풍자적으로 공격하는데 주안점(主眼點)을 두었으니 실사구시(實事求是)를 주장하는 박지원 등 북학파(北學派)들은 전통적인 낡은 사상을 버리고 새로운 혁신을 부르짖은 선구자 들이었다고 할 수 있다.

호질(虎叱)

　호랑이는 슬기롭고 용맹스러울 뿐만 아니라 모든 일에 뛰어나 감히 천하에 대적할 만한 상대가 없었지만, 기는 놈 위에 나는 놈이 있다는 격으로, 비위(脾胃) 죽우(竹牛) 박(駁) 오색사자(五色獅子) 자백(慈白) 표견(麃犬) 황요(黃要) 등은 호랑이를 잡아 먹는 사나운 짐승으로 알려져 있다.

　활(猾)이란 뼈가 없는 동물이기 때문에 동물을 호랑이가 꿀꺽 삼켜 버리면 뱃속에 들어가서 그 간을 먹어치우고, 추이(酋耳)란 짐승은 호랑이를 갈기갈기 찢어서 잡아먹는 습성이 있다. 그리고 호랑이는 맹용(猛㺜)을 만나면 무서워서 눈을 감고 감히 쳐다보지도 못한다. 그러나 사람은 이와는 반대로 맹용은 두려워하지 않고서 오히려 호랑이를 더 무서워한다. 어쨌든 그 위엄이란 굉장하다.

　호랑이가 개를 잡아먹으면 술 마신 것처럼 취하고, 사람을 잡아 먹으면 그것이 굴각(屈閣)이란 귀신이 되어 겨드랑이에 붙어서, 호랑이를 부엌으로 인도한다. 아내가 주인의 명에 의하여 밤참을 하러 들어오면 두번째로 그 사람을 잡아 먹는다. 그러면 이올(彝兀)이란 귀신이 되어서 호랑이의 볼에 붙어 다니며 모든 것을 잘 살핀다. 만약 산골짜기에 함정이 있으면 먼저 가서 위험이 없도록 차귀를 풀어 놓는다. 호랑이가 세번째로 사람을 잡아 먹으면 육훈(鬻渾)이란 귀신이 되어 늘 턱에 붙어서 친구의 이름을 많이 왼다. 하루는 호랑이가 이 세 귀신을 불러 놓고 하는 말이,

"날도 저물매 시장끼가 드는데, 무어 맛 있는 음식은 없는가."

이 말을 듣고 굴각이란 귀신이 말하기를,

"검은 머리를 하고 점잖을 빼며 상투를 한 물건이 있습니다."

그러나 이올이란 귀신은,

"동문(東門)에 맛 있는 음식이 있는데, 의사(醫師)란 놈으로, 늘 약풀만 먹으니, 살고기가 향기로울 것이고, 서문(西門)에 있는 무당이란 놈은 신(神)을 섬기며 날마다 목욕을 하니, 퍽 깨끗합니다. 이상 둘 중에서 마음대로 고르십시오."

하매, 호랑이가 화를 버럭 내며 말하기를,

"의사란 이약 저약으로 여러 사람을 시험하다 한 해에도 수 만명을 죽이며, 무당 역시 거짓이 많아 신(神)을 속이고 사람을 꾀어 푸닥거리를 하는 등 한 해에 수 만명을 죽여서 뭇사람의 원한이 뼈속과 배에 독기가 있을 것인데 어찌 먹을 수 있겠느냐?"

육훈이 말하기를,

"맛 있는 음식이 있는데, 간(肝)과 담(膽)에는 인의(仁義)가 깃들여 있고, 충결(忠潔)을 가슴에 지니고, 예약(禮樂)을 지키며, 입으로는 백가(百家)의 말을 외우고, 마음 속에는 만물의 이치를 통달하는데, 이름하여 선비라고 합니다. 온 몸에는 오미(五味)가 구비

되어 있습니다."

"그러한 거짓말은 하지도 말아라. 얼마나 고기가 잡(雜)되고 맛이 불순(不純)하겠느냐?"

하며 호랑이는 한마디로 딱 잘라 거절하고 비웃어 버리곤 들은 체도 아니하더라.

정(鄭)나라 한 고을에 북곽 선생(北郭先生)이란 사람이 살고 있었다. 나이는 불과 사십이었지만, 손수 교주(校註)한 책이 만 권이며, 경서(經書)를 풀이한 것 또한 일만 오천 권이더라. 천자(天子)는 그 행실을 칭찬하고, 제후(諸侯)도 그의 이름을 사모하더라.

한편 이 고을 동쪽에는 일찍이 과부가 된 아름다운 여자가 살고 있었는데 이름을 동리자(東里子)라 하였고, 천자는 그 절개를 칭송하고 제후 또한 그 어진 성품을 사모하여, 그 여자가 살고 있는 둘레 일대를 '동리 과부의 마을'이라 하더라. 그녀는 절개를 잘 지켰지만, 성이 모두 다른 다섯 아들이 있었다.

어느날 밤이었는데 안방에서 사람의 목소리가 들려오는데 음성이 북곽 선생과 비슷하더라. 다섯 형제는 문틈으로 들여다보았다. 동리자가 북곽 선생을 청해다 앉히고,

"오래 전부터 선생님의 덕을 사모해 왔습니다. 오늘밤 선생님의 글 읽으시는 소리를 들려주셨으면 합니다."

북곽 선생은 옷깃을 여미고 고쳐 앉으며 시를 읊었다. 이 모습을 본 다섯 아들은,

"한밤에 남자가 과부의 집에 들어오는 것은 예의가 아닌데, 이런 것을 잘 아는 어진 북곽 선생일 리는 만무하고, 들으니 성문밖에 허물어진 여우 굴이 있다는데, 그곳에 있는 천년 묵은 여우가 북곽

선생으로 변장한 것이 분명하다. 여우의 갓을 쓰면 천금의 부자가 되고, 여우의 신을 얻으면 대낮에도 자기 몸을 보이지 않게 할 수 있고, 여우의 꼬리는 사람을 아름답게 하여 사람이 따른다고 하니, 저놈의 여우를 죽여서 나눠 가지기로 하자."

이렇게 의논한 다섯 아들들은 방을 둘러 싸고 뛰어 들어가자, 북곽 선생은 혼비백산(魂飛魄散)하여 도망치다가, 그만 들 가운데에 있는 거름통에 빠지고 말았다. 허우적거리며 겨우 기어나와 정신을 차리고 보니 앞에는 끔찍하게도 호랑이가 앉아 있지 않은가? 질겁을 하여 멈칫할 즈음, 호랑이는 얼굴을 찡그리고 코를 막으며 고개를 돌리고,

"엣, 선비 녀석 추하기도 하군."

하는 것이었다. 북곽 선생은 무릎을 꿇고 머리를 숙이며 코가 땅에 닿도록 세번이나 절을 하고 우러러 빌었다.

"호랑님의 덕은 퍽 큰 바 있어, 덕망이 있는 사람은 호랑님의 몸가짐을 본받고, 임금은 그 걸음을 배우고, 애들은 그 효도를 본받으며 장수는 그 위엄을 취하고자 하오니, 참으로 호랑님은 바람과 구름의 조화를 부리는 신(神)이나 용(龍)과 같사오며, 소생은 바람에 불리우는 천한 몸이올시다."

이 말을 들은 호랑이는 꾸짖으며,

"이놈, 가까이 오지도 말라. 내 일찍이 선비놈은 간사하다는 말을 들었지만, 과연 평소에는 나에게 모든 욕을 쏟아 놓더니, 그런 일이 없었다는 듯이 지금 이르러서는 처지가 급하게 되니 내 눈앞에서 아첨을 하는 꼴이라니, 누가 너를 믿을 수 있단 말이냐. 천하의 이치는 하나인 것이다. 호랑이가 참으로 나쁘다면 사람의 성품도

나쁜 것이오, 사람의 성품이 착하면 호랑이의 성품도 또한 착한 법이다. 네가 입버릇처럼 삼강오륜을 떠들어 보았댔다, 길거리에 뻔뻔스럽게 쏘다니는 사람들은 모두가 글깨나 안다는 양반들이다. 그러나 이들은 갖은 수단으로 나쁜 일을 하지만, 호랑이는 이런 일이 없으니, 사람보다 어질지 않느냐, 우리들 호랑이는 풀, 나무, 버러지 등을 먹지 않고 술과 같은 난잡한 것을 즐기지 않으며, 모든 일에 대범하고 노루, 사슴, 말, 소 등을 잡아먹되 음식에 대한 불평을 하는 일이 없으니, 우리 호랑이 처사가 어찌 바르지 않을 바가 있으랴. 우리 호랑이가 사슴, 노루를 잡아먹는다고 시비하고 소나 말을 죽인다고 사람들이 원수처럼 말을 하지만, 사람에게 은혜를 베풀며 공이 있는 사슴, 노루, 그리고 말, 소를 살 한 점 뿔 뼈다귀 하나 남기지 않고 모조리 잡아먹어, 우리 호랑이의 먹을 것까지 침범하여 굶주리게 하면서 무슨 잔말이냐. 그리고 남의 물건을 훔치는 것을 도적이라고 하는데, 이욕(利慾)을 위하여 밤낮으로 돌아다니며, 수완(手腕)을 자랑하고, 눈을 좋잖게 뜨며 후려 갈기고 싸우는 것을 부끄럽게 여기지 않고, 심한 놈은 돈을 벌기 위하여 마누라까지 파는 형편이니, 윤리 도덕은 도대체 말할 것조차 없다. 그리고 메뚜기의 식량을 뺏고, 누에의 옷을 빼앗고, 벌의 단꿀을 훔치며, 심한 것은 개미 새끼를 소금에 절여 죽이니, 그 악독한 행위는 너희들보다 더 심할 자가 어디에 있겠느냐? 너희들 의론은 항상 하늘을 내세워 합리화시키려고 하는데, 사람이나 호랑이와 같은 조화물이 그 천지 생물의 의미를 말한다면, 사람이나 호랑이나 메뚜기나 누에나 벌이나 개미 할 것 없이 서로 생활하여 서로 해쳐서는 안되는 법 아니겠느냐. 그리고 엄밀한 의미에서 잘잘못을 따진다면, 공공연하게 벌집이나 개미집을 부숴서 가로채고, 메뚜기나 누에의 저장한 물건을 약탈하는 놈을 큰 도적이라고 안 할 수 있겠느냐 말이다. 우리 호랑이가 잡아먹는 노루나 사슴의 수효를 따져 보면, 사람들이 잡아먹은 노루나 사슴의 수효보다 많지 않으며, 호랑이가 먹은 말이나 소는 사람이 잡아먹은 말이나 소에 미치지 못할 것이다. 그리고 호랑이가 잡아 먹은 수효는 사람들이 저희끼리 잡아먹은 수효보다 많지 못하다. 지난해 관중(關中)에 큰 가뭄이 들었을 때도 서로 잡아먹은 것이 수만이오, 또한 왕년(往年)에 산동지방에 큰 홍수가 났을 때 백성들이 서로 잡아먹은 것이 수만이었다. 그러나 이까짓 것은 아무것도 아니다. 옛날 춘추 전국시대에는 흐르는 피가 천리길까지 뻗쳤고, 넘어져 자빠진 시체가 백만이었던 것이다. 우리 호랑이의 사회에는 수해(水害)나 한재(旱災)가 없으므로 하늘을 원망하지 않고, 원수다 은혜다 하는 것을 잊고 사니, 사물에 거슬림이 없고, 천명(天命)을 알아서 이에 순종하니 무당이나 의원의 간사함에 현혹되지 않는다. 또한 천성을 다하여 실천하기 때문에 세속적인 명리에 빠지지 않으니, 이것이 우리 호랑이의 얼룩진 무늬 하나만으로도 충분히 그 위세를 천하에 드러낼 수가 있고, 명정 하나 빌리지 않고도 발톱과 어금니만으로 용맹스러움을 천하에 드날리는 증거가 되며, 본성대로 어김없이 몸을 가지니 이것은 천하에 널리 효도를 펴는 증거가 되는 것이다. 하루에 한번 잡아먹는데 까마귀, 소리개, 청머구리 또는 말개미에게 먹을 것을 나눠 주니 그 인(仁)은 말할 것 없고 참소(讒訴)하여 남을 해치는 놈, 병들은 놈, 상제 등은 잡아먹지 않으니 그 의(義)란 말할 필요도 없다. 그러나 너희들 인간이 잡아먹는 것은 어찌 그렇게도 어질지 못하냐. 함정을 파서 잡는 것도 부족해서 여러 가지 그물로 새나 물고기를 잡아먹으니, 처음 그물을 만들어낸 놈은 천하에서 가장 큰 화를 남겨 놓은 것이다. 그리고 여러 가지 창들이며 벼락 같은 소리와 번개같은 빛을 내며 터져나가는 총이라든가, 칼과 활 등 여러 가지 무기가 일시에 발동하면 많은 귀신이 밤중에 울부짖게 되니 그 서로 잡아먹는 혹심한 꼴이란 너희들보다 더 심한 것이 어디 있으랴.”

북곽 선생은 땅에 엎드려 꾸벅꾸벅 절하며,

“비록 나쁜 일을 저지른 사람일지라도 참회하고 몸을 깨끗이 하면 상제(上帝)를 섬길 수 있다 하오니, 이 천하고 못난 사람을 살펴 주옵소서.”

하며 숨을 죽이고 대답 있기를 가만히 기다렸으나, 오래토록 아무 답이 없더라. 북곽 선생은 송구스럽게 생각하고, 손을 비비며 머리를 숙이고 있다가 문득 우러러보니, 동쪽 하늘이 이미 밝아지고, 호랑이는 사라져 없고, 그 옆에 섰던 밭에 나온 농부들이,

“아, 선생님은 이른 아침에 어디다 대고 이렇게 절을 하고 계십니까.”

하고 물었다. 북곽 선생은,

“하늘이 높으니 우러러보지 않을 수 없고, 땅이 넓으나 구부러 보지 않을 수 없다는 말이 있네. 나는 이것을 실천해 본 것뿐일세.”

하며 쓴 웃음으로 어색한 표정을 하는 것이었다.

양반전(兩班傳)

　　양반이란 사족(士族)을 높이 부르는 말이다. 정선군(旌善郡)에 한 양반이 있었는데, 성품이 어질고 글 읽기를 좋아하였고, 군수가 새로 부임할 때마다 반드시 그들은 이 양반의 집을 찾아가 인사하는 것이 하나의 예의로 되어 있었다. 그는 원체 집이 가난하였기 때문에 해마다 관가의 환미(還米)를 타 먹었는데, 여러 해가 되고 보니 어느덧 천석이나 되매, 관찰사가 각 고을을 돌아다니며 관곡을 조사하다가 이 고을에 와서 축난 것을 보고, 크게 노하되,
　　"어떤 놈의 양반이 이렇게 했단 말이뇨?"
하고 그(양반)를 잡아 가두라고 하나 군수는 그 양반이 워낙 가난해서 관곡을 갚을 방도가 없음을 불쌍히 여겨 차마 가둘 수는 없고, 그렇다고 해서 무슨 딴 방도가 있는 것도 아니고 해서 퍽 곤란한 처지가 되었다. 양반은 밤낮으로 울기만 하고 어찌 할 바를 몰라 하니 옆에서 보다 못한 그 아내는,
　　"평생 당신은 글 읽기만 좋아하고 관곡 갚을 방도조차 없으니,

참 불쌍도 하오. 양반 양반만 내세웠지만 결국은 한푼 어치도 못되는 양반이구려."

하며 쏘아 부치니, 마침 그 마을에 살고 있던 천부(賤富) 한 사람이 집안끼리 상의하기를,

"양반이란 비록 가난해도 항상 존경을 받는데, 우리는 부자인데도 늘 천대만 받고, 말 한번 타보지도 못할 뿐만 아니라 양반만 보면 굽실거리고, 뜰 아래서 엎드려 절하고, 코가 땅에 닿게 무릎으로 기어다니니, 이런 모욕이 어디 있단 말이오. 마침 이 동네 양반이 가난해서 관곡을 갚을 도리가 없어서 형편이 난처하게 되어, 양반이란 신분마저 간직할 수 없게 된 모양이니, 이것을 우리가 사서 가지도록 합시다그려."

하고는 양반 집을 찾아가 관곡을 갚아 주겠다고 말하며 양반 팔기를 권하니 그 양반은 크게 기뻐하며 이를 허락하매, 천부는 관곡을 대신 갚아 주고서 양반을 샀다. 군수는 그 양반을 위로도 하고 관곡을 갚은 내력을 들을 겸 양반을 찾아갔을 때, 놀라웁게도 그 양반은 벙거지를 쓰고 짧은 옷을 입고 뜰 아래 엎드려서 절을 하고 소인이라고 하면서 감히 우러러보지도 못하였다. 군수는 뛰어 내려가 붙들고,

"아니, 왜 이렇게 못난 짓을 하시오."

하고 물었으나 양반은 더욱 두려워하며 머리를 수그리고 엎드려서,

"황송하옵니다. 실은 소인이 스스로 욕되고 못난 짓을 하는 것이 아니오라, 마을에 사는 천부에게 양반을 팔아서 관곡을 갚은 것이옵니다. 소인이 어찌 감히 양반인 체하고 자신을 높일 수가 있겠사옵니까."

군수는 이 말을 듣고 탄식하며 말하기를,

"그 천부야말로 군자며 양반이로군. 부자이면서도 인색하지 않으니 의(義)가 있고, 사람의 어려움을 급하게 여겨 구하였으니 이것은 어진 것이오, 낮은 것을 미워하고 높은 것을 사모함은 슬기로운 일이니, 이는 참으로 양반이외다. 비록 그렇지만 개인끼리 사고팔고 했을뿐 증서를 만들어 주지 않으면 이 다음에 소송거리가 되기 쉬운 고로 나와 당신이 고을 사람을 모아놓고 증서를 만들어서, 군수인 나도 거기다 도장을 찍으리다."

군수는 바로 돌아가 고을 안에 사는 모든 사족(士族)과 농사꾼, 공장이, 장사치에 이르기까지 모두 불러 오게 하더라. 그 천부는 향소(鄕所)의 바른편에 앉히고, 그 양반은 아전이 있는 뜰 아래에 서게 하고, 양반 매매증서를 만들더라.

〈건륭(乾隆) 십년 구월 모일에 증서를 만드노니, 천석의 관곡을 갚기 위하여 양반을 팔았다. 원래 양반이란 여러가지가 있는데, 글만 읽는 이를 선비라고 하며, 정치에 관여하게 되면 대부가 되고, 덕이 있으면 군자가 되고, 무관은 서쪽 반에 서고, 문관은 동쪽 반에서 서는 까닭에, 이를 양반이라고 하는 것이다. 이 중에서 마음대로 고르되, 나쁜 일은 절대로 버려야 하고 옛일을 본받아야만 한다. 새벽 네시만 되면 일어나서 촛불을 켜고, 눈은 콧날 끝을 슬며시 내려다보고, 무릎을 꿇고, 동래박의(東萊博議)를 마치 얼음 위에 표주박 굴리듯이 내려 외어야만 한다. 배 고파도 참고, 추위에도 견디어, 가난함을 입 밖에 내지 말아야 하며, 이빨을 딱딱 부딪치거나 뒤통수를 자근자근 두드리고 기침을 적게 하고, 입맛을 다시고 앉아서, 관은 꼭 소매자락으로 쓸어서 반듯이 쓰고, 양치질은 지나침이 없어야 하고, 종을 부를 때에는 긴 목소리로 부르고, 걸음을 걸을 때에는 천천히 걷는 법이다. 고문진보(古文眞寶)나 당시품휘(唐詩品彙) 같은 책은 깨알처럼 잘게 베껴서 한줄에 백자씩 되어야 하고, 손에는 돈을 쥐는 일이 있어서는 안되고 쌀값을 묻지 말아야 하고, 아무리 더워도 버선을 벗지 말며, 밥을 먹을 때에도 의관 없는 맨머리로 하지 말아야 한다. 먹는데 있어서도 국물을 먼저 떠 먹지 말고, 물을 마시는데도 넘어가는 소리가 나지 않도록 하며, 수저 놀리는 데도 소리내지 말며, 생파(葱)를 먹지 말아야 하며, 술을 마실 때에는 수염을 적시지 말며, 담배를 피우는데도 불이 이지러지도록 연기를 들이마시지 말아야 하며, 속상하는 일이 있어도 아내를 때리지 말아야 하며, 골이 나도 그릇을 깨지 말며, 주먹으로 아이들을 때리지 말아야 하며, 종을 꾸짖을 때에도 죽일 놈이라고 하지 말며, 소나 말을 나무랄 때에도 먹이던 주인을 욕하지 말아야 하며, 병(病)이 나도 무당을 부르지 말며, 제사 때에도 중을 불러다 제 올리지 말아야 하며, 화로에 손을 쬐지 말며, 말할 때에 침이 튀지 않게 하며, 소를 잡지 말고, 돈 놀음도 하지 않는 법이라, 무릇 이와 같은 여러 가지 행실이 양반과 틀림이 있을 때에는, 이 증서를 가지고 관가에 가서 재판을 할지어다.〉

이렇게 증서에다 글을 쓴 다음, 성주(城主)인 정선군수가 이름을 쓰고, 좌수(座首)와 별감(別監)도 증인으로 서명을 하였다. 통인(通引)을 시켜 도장을 찍는데 그 소리는 엄고(嚴鼓) 치는 소리와 같고 그 모양은 별들이 벌려 있는 것 같이 빛났으며, 호장(戶長)이 다 읽자, 부자는 한참동안 슬픈 표정으로 있다가 말하기를,

"양반이 오직 이것뿐이란 말이오. 내가 알기에는, 양반은 신선과 같다고 하여 많은 곡식을 주고 산 것인데, 너무도 억울하오이다. 더 좀 이롭게 고쳐 주시기 바라옵니다."
그래서 다시 증서를 고쳐 쓰기로 하더라.

〈하늘이 백성을 냄에 있어 그 백성의 종류는 네 가지가 있는데, 네가지 중에서 가장 귀한 자는 선비로서 이를 양반이라고 하여 모든 점에 이로운 것이 많고, 농사나 장사를 하지 않아도 살 수가 있고, 조금만 공부하면 크게는 문과(文科)에 오르고 적으면 진사(進士)는 할 수 있으며, 문과의 홍패(紅牌)라는 것은 두 자밖에 안 되지만 무엇이든 할 수 있어 돈자루라고 할 수 있으며, 진사는 나이 삼십에 첫 벼슬을 해도 이름이 나고, 다른 훌륭한 벼슬을 또 할 수 있고, 귀는 일산(日傘) 밑바람으로 하여 희어지고, 배는 종놈의 대답 소리에 저절로 불러지나니, 방에는 노리개로 기생이나 두고, 마당에는 학(鶴)을 먹이고, 궁한 선비가 되어서 시골에 가 살아도 자기 뜻대로 할 수 있으니, 이웃 집 소가 있으면 내 논밭을 먼저 갈게 하고, 마을 사람들을 불러 내 밭 김을 먼저 매게 하는데, 어느 놈이든지 감히 말을 잘 듣지 않으면 코로 잿물을 먹이고, 상투를 붙들어 매고, 수염을 자르는 등, 갖은 형벌을 해도 감히 원망을 할 수 없는 것이다.〉

부자는 이러한 내용을 듣다가 질겁을 하고,
"아이고 맹랑하옵니다그려. 나를 도적놈으로 만들 심산이란 말이오."

하면서 머리를 설레설레 젓고는, 한평생 다시는 양반이란 말을 입 밖에 내지 아니하였다 한다.

허생전(許生傳)

　허생은 묵적동(墨積洞)에 살고 있었는데, 그의 집은 바로 남산밑으로 우물 위에는 묵은 살구나무가 한 그루 있고, 싸리문이 그 나무를 향하여 열려 있는데, 두어간 되는 초가가 비바람을 가리지 못할 정도로 초라하였다.
　그러나 허생은 책 읽기만을 좋아했기 때문에 그의 아내가 남의 집 바느질 품을 팔아서 호구(糊口)를 삼고 지내었다.
　하루는 아내가 굶주림을 견디지 못하여 울음 섞인 목소리로 말하기를,
　"당신은 평생 과거를 보러 가지도 않으면서 책을 읽어선 무엇할 셈이오."
　허생은 웃으면서 말하기를,
　"책 읽은 것이 아직 충분치 못하오."
　"아니 그렇다면, 공장(工匠)이 노릇이라도 해야 할 것이 아니오."
　"공장이 노릇은 원래 안 배웠으니 어떻게 하란 말이오."

"그럼, 장사는 할 수 있지 않소."

"허, 장사는 밑천도 없는데 어떻게 하라는 거요."

그의 아내는 화가 복받쳐 올라와 욕설을 하기를,

"밤낮으로 책만 읽으면서 오직 배운 것이라곤 어떻게 하오 할 뿐이란 말이오. 공장이 노릇도 못하고 장사 노릇도 못한다면, 어찌 도적질도 못한단 말이오."

허생은 책을 덮고 일어나면서 하는 말이,

"아깝도다. 내 책 읽기를 원래 십년을 기약하고 한 것인데, 이제 칠년밖에 안 되었으니."

하며 문밖으로 나가 버리었으나 아는 사람이라곤 아무도 없더라. 그는 바로 운종(종로) 거리로 나와서 장터 사람 보고,

"한양에서 누가 제일 가는 부자요."

하고 물었더니, 변씨(卞氏)라는 사람이 있다고 하더라. 하루는 그 부자의 집을 찾아 허생은 인사를 하고 나서,

"나는 집이 가난해서 조그만 장사를 해 볼까 하오니, 돈 만량만 빌려 주시오."

변씨는 좋소 하고 그 자리에서 만량을 내어 주니, 허생은 고맙다는 인사도 없이 총총이 사라져 버렸다. 변씨의 자제와 손님들은 허생을 거지로 인정하더라. 수술 빠진 허리띠에 뒷굽이 찌그러진 짚신을 신고, 작은 갓과 새까맣게 거슬은 도포에 콧물을 흘리니 말이다. 허생이 간 뒤에 모두 놀라서 말하기를,

"주인 영감은 그 손님을 아시오."

"모르오"

"그러면 오늘 아침에 거저 만량을 주었는데, 평생에 누군지 알지도

못하는 사람에게 그 성명을 묻지도 않는 것은 웬일이오."
변씨가 말하기를,
"당신들은 모르는 소리오. 남에게 무엇을 얻으려고 하는 사람은 그럴 듯하게 말을 하고 또한 가장 신의가 있는 체 하지만, 어딘지 얼굴 빛을 굽혀 보이는 데가 있고 말을 되풀이 하는 법인데, 그 손님은 비록 몸차림이 남루하지만 말이 간략하고, 나를 바로 쳐다 보며 부끄러워하는 기색이 없으니 물질에 좌우되지 않고 마음 편하게 사는 사람으로 보였소. 그 사람이 하고자 하는 것이 아마도 적은 것은 아닐 터이니, 나도 또한 그를 시험해 보려고 하오. 주지 않을 테면 그뿐이지만 이미 만냥을 주는 바에야 이름을 물어서 무엇하오."

허생은 만냥을 얻어 가지고 집에는 돌아가지도 않고, 경기·충청 양도의 접경이며 삼남의 어구인 안성(安城)으로 내려갔다. 그는 안성에 머물면서 대추, 밤, 배, 감류(柑榴), 귤, 추자 따위 등 속을 모두 싯가(時價)의 배를 주고 샀다. 따라서 국내에는 과일이 없어져서 제사를 못 지내게 되었으매, 얼마 안 있다 허생에게 배를 주고 판 과일을 도리어 십배를 주고 사가니, 허생이 길게 한숨을 쉬고 탄식하며 말하기를,

"만량으로 나라를 뒤흔들수 있으니, 이 나라의 정도를 짐작할 수 있구나."

허생은 또한 칼, 괭이, 포목 등을 사가지고 제주도로 들어가서 이런 것을 판돈으로 말총을 전부 사들이며, 그는 중얼거리기를,
'몇 일 안 가서 국내 사람들이 머리를 가리지 못할 것이다.'
과연 얼마 안 가서 망건 값이 십배나 올랐다. 허생은 늙은 뱃사공

에게 묻되,

"바다 건너에 살 만한 빈 섬은 없소."

"있습지요. 언젠가 바람을 만나 서쪽으로 사흘을 가서 그날 밤 어느 빈섬에서 묵었는데, 사문(沙門)과 장기(長崎)사이라 생각하옵니다. 꽃과 나무가 무성하고, 과일이 절로 익고, 사슴은 떼를 지어 다니고, 물고기는 사람을 보아도 놀라지 않습니다."

허생은 크게 기뻐하면서,

"당신이 나를 그 섬으로 인도해 준다면 부귀를 같이 누리겠소."

사공은 쾌히 승락하고, 바람을 따라 동남으로 얼마를 가서 그 섬에 닿으니, 허생은 높은 곳에 올라 두루 살펴보면서 처량한 얼굴로,

"땅 넓이가 천리에 지나지 아니하니 무엇을 하겠소. 땅이 기름지고 물 맛이 달으니, 부자밖에 될 것이 더 있겠소."

사공이 말하기를,

"사람 하나 없는 빈 섬에서 누구와 더불어 산단 말이옵니까."

하고 묻는 것이었다. 그러나 허생은,

"덕 있는 사람에겐 사람이 모여드는 법이니, 덕 없음이 걱정될 뿐이지 어찌 사람 없는 것을 근심한단 말이오."

이때에 변산(邊山) 지방에 수천 명의 도적이 떼를 지어 행패를 부리고 있어, 각 주군(州郡)에서는 군사를 풀어 이를 잡으려 하였으나 끝내 잡지 못하였다. 한편 도적들도 감히 나와서 도적질을 못하고 굶주림에 빠지게 되니, 허생은 도적 있는 곳을 찾아가 그 괴수를 만나서,

"천 사람이 천량을 도적질하면 한 사람 앞에 얼마씩이나 돌아가나."

"한 사람 앞에 한량씩이지요."
"그렇다면 그대들은 아내가 있는가."
"없소이다."
"농토는 있는가."
도적들은 웃으면서 말하기를,
"농토가 있고 아내가 있으면야 무엇 때문에 도적질을 하겠소이까."
"정말 그렇다면, 그대들도 아내를 얻어 집을 짓고 소를 사서 농사를 짓고 살면은 도적이란 이름도 없어질 것이오. 가정의 즐거움도 있을 뿐더러 어디를 가도 잡혀 갈 걱정이 없으니, 길이 입고 먹는 걱정 없이 풍족하게 잘 살 것이 아닌가."
도적들은 각각 말하기를,
"어찌 그렇게 되기를 바라지 않겠소. 돈이 없어서 못할 따름이지오."
허생은 웃음을 머금고 말하기를,
"그대들은 도적질을 하면서 어찌 돈 없음을 근심하는가? 내가 그대들을 위해서 돈 주선을 해 줄 터이니, 내일 바다 위에 붉은 기를 단 배가 보이거든 그것이 돈을 실은 배일 것이니, 그대들은 마음대로 가져가도록 하라."
허생은 도적들과 약속을 하고 나오매, 도적들은 미친 사람이라고 웃더라. 다음날 바닷가에 나가보니, 허생이 현금 삼십만냥을 싣고 나타나매, 도적들은 크게 놀라 일제히 절을 하면서 말하기를,
"장군님 명령대로 따르겠사옵니다."
허생은,

"힘 있는 대로 지거라."

하더라.

도적들은 다투어 돈을 짊어졌으나, 한 사람 앞에 백냥이 넘지 못하였다.

허생은 말하기를,

"너희들 힘이 백냥을 지기에도 부족하니, 무슨 도적질을 한단 말이냐. 그러나 이제 너희들이 평민이 되고자 하여도 이름이 도적의 명부에 올랐으니, 어찌할 방도가 없을 것이라. 내가 여기서 기다릴 것이니, 각각 백냥씩 가지고 가서 아내 하나와 소 한 마리씩만 가지고 오너라."

도적들은 그렇게 하기로 하고 각각 흩어져 갔다.

허생이 이천명이 일년먹을 양식을 갖춰 놓고 기다리고 있으니 도적들은 한 사람도 뒤떨어지지 않고 다 모여 들었다. 모두 배에 싣고 그 빈 섬으로 들어가매, 허생이 도적을 육지에서 근절시키니 나라 안은 근심이 없어졌고, 섬에서 그들은 나무를 베어 집을 짓고, 대를 엮어 울타리를 만들었고, 땅은 기름져서 온갖 곡식이 무성하여 김을 매지 않아도 한 줄기에 이삭이 아홉씩이나 달렸더라.

이렇게 하여 삼년을 지내고, 먹고 남은 양식을 배에 싣고 장기도(長崎島)에 가서 팔매, 장기도는 일본에 속해 있는 땅으로 호수(戶數)가 삼십 일만인데, 때마침 크게 주리고 있다가 양식이 풍부해지니, 허생은 그 댓가로 백만냥을 얻어 가지고 돌아와서 탄식하며,

"이제 내가 좀 시험을 해 본 것이라."

라고 말하더라.

허생은 남녀 이천 명을 모아 놓고,

"내가 처음에 그대들과 더불어 이 섬에 들어올 때에는 부자가 되어서 다음에 글자를 만들고 의관을 새로 만들려고 했으나, 땅이 적고 덕이 모자라서 더 있을 수 없어 나는 이제 떠나겠다. 아이를 낳거든 수저는 오른손으로 잡도록 가르치고, 하루라도 먼저 난 사람에게는 먼저 먹도록 사양하게 하여라."

그리고 나서, 허생은 자기가 타고 나갈 배를 제외하고는 딴 배는 모두 불살라 버리면서,

"이곳에서 딴 곳으로 가지도 말고 오지도 말아라."

하더라. 또한 은 오십만냥을 바다 속에 던지면서 말하기를,

"바다 물이 마르면 주워 가는 사람이 있겠지. 백만냥은 온 나라 안에서도 다 쓰지 못할텐데, 더구나 이와 같이 적은 섬에서야 어디다 쓰겠는가."

그리고 글 아는 사람을 모조리 배에다 싣고 나오면서 중얼거리기를,

'이 섬에 화를 없애야 한다.'

허생은 육지로 나와서 온 나라 안을 두루 돌아다니면서, 가난하고 의탁할 곳 없는 사람들에게 재물을 나눠 주더라. 아직도 십만냥이 남았으니, 남은 돈으로 빚을 갚기 위하여 변씨를 찾아가서,

"나를 기억하고 계시오?"

변씨는 놀라면서 말하기를,

"그대 얼굴 빛이 그전보다 조금도 낫지 않으니, 일에 실패를 본 것이 아니오."

허생은 웃으며,

"재물로 해서 얼굴이 달라지는 것은 당신네들에게나 있는 것이

지, 만냥이 어찌 도(道)를 살찌게 하겠소."
하면서 은(銀) 십만냥을 변씨에게 내어 주더라.
"내가 하루 아침 주린 것을 참지 못하여 글 읽는 것을 마치지 못하고 당신에게서 만냥을 빌렸으니, 부끄럽기 짝이 없소이다."
변씨는 크게 놀라며 일어나 절하고 사양하면서, 십분의 일로 이자를 따져서 그것만을 받겠다고 말하더라. 그러나 허생은 크게 노여워하면서,
"당신은 왜 나를 장사치로 보는 거요."
하며 옷소매를 뿌리치고 가 버리매, 변씨가 가만히 따라가 보니, 허생은 남산 밑에 있는 조그마한 집으로 들어가는데, 때마침 노파가 우물가에서 빨래를 하고 있어 변씨는 그녀에게 물어 보기를,
"저 적은 집은 뉘 집이오."
"허생원댁인데, 가난하지만 늘 글 읽기를 좋아하더니, 어느날 아침에 집을 나가 돌아오지 않는지가 벌써 오년이외다. 홀로 그의 부인이 살고 있는데, 나간 날로 제사를 지낸답니다."
변씨는 비로소 그의 성이 허씨라는 것을 알았고, 차탄하며 집으로 돌아왔다. 다음날 변씨는 허씨가 가져온 은전을 가지고 허생을 찾아가서 도로 내주자 허생은 사양하면서 말하기를,
"내가 만일 부자가 되고 싶었다만 진즉에 되었소. 과거에 백만냥을 버리고 이제 새삼스럽게 십만냥을 받겠소. 나는 이제 당신을 알았으니, 먹고 사는데는 걱정이 없게 된 것 같습니다. 당신이 가끔 돌보아서 양식을 대주고 옷감이나 보내주면 일평생은 족하외다. 어찌 재물을 가지고 마음을 괴롭힐 수 있겠소이까."
변씨가 하루종일 백방으로 설득하였으나, 끝끝내 어찌할 도리가

없었다. 변씨는 이로부터 허생의 집에 쌀이 떨어질 무렵이면 자진하여 쌀을 갖다 주니 허생은 기뻐하며 받았다. 혹 조금이라도 더하면 기분이 좋지 않은 표정으로,
"당신이 내게 재앙을 보내면 어떻게 하오."
하더라. 그러나 술을 가지고 가면 크게 기뻐하며, 서로 취하도록 마시곤 하니, 이와 같이 몇 해를 지내는 동안에 정의는 날로 두터워 갔다.
어느날 변씨가,
"오년 동안에 어떻게 해서 백만냥을 벌었소."
하고 물어 보자, 허생이 대답하기를,
"그거야 쉬운 일이었소. 조선이란 나라는 배가 외국에 나가지 못하고 수레도 국경을 넘지 못하는 관계로, 많은 물건이 나라 안에서 생산되고 또한 이것을 나라 안에서 소비되오. 천냥은 적은 재물이라 물건을 죄다 사기는 어려우나, 이것이 열로 쪼개면 백냥이 열이 나 되니 이것으로 열 가지 물건을 살 수 있게 되어, 물건이 가벼우면 돌리기가 쉬운 까닭에 한 가지에 실패해도 아홉 가지가 퍼지게 되니, 이것은 항상 이(利)를 취하는 길이며, 소소한 장사치의 하는 짓밖에 안되오. 그러나 만금을 가지고는 물건을 마음대로 다 살 수 있으니, 수레면 수레, 배면 배를 사들일 수 있고, 고을에 있어서 그물에 그물코가 있듯이 모두 사 모을 수 있는 것이오. 따라서 육지에서 나는 만가지 물건 중에서 한 가지를 독점하고, 바다에서 나는 만가지 물건 중에서 한 가지를 독점하고, 약의 재료 한 가지를 독점하게 되면, 이것으로 인해서 백 가지 장사치가 모두 마를 것이니, 이것은 백성을 도적질하는 것이오. 후세 사람이 나와 같은

방법을 쓰는 사람이 있다면 반드시 나라를 병들게 할 것이오."
변씨는 또 묻기를,
"처음에 허 선생은 어떻게 내가 만금을 손쉽게 내줄 줄 알고 찾아 왔소."
"반드시 당신이기에 나에게 준 것은 아니오. 능히 만금을 가진 사람이면 아니 주지는 못할 것이오. 나 홀로 생각에도, 내 재주가 넉넉히 백만금을 만들성 싶었으나, 운수는 하늘에 있으니 낸들어찌 알 수 있겠소만은, 내 말을 듣는 사람은 복이 있는 사람으로 반드시 더 부자가 될 것이니, 하늘이 명하는 바에 따라 어찌 주지 않겠소. 만냥을 얻은 다음에 그 복에 의탁하여 일을 한 까닭에 장사할 때마다 성공을 한 것이오. 만약 내 돈으로 장사를 하였다면 성패를 알 수 없었을 것이오."
변씨는 또 다시 묻기를,
"지금 사대부들이 남한산성에서 당한 분풀이를 하려고 하니 이제야말로 지사들이 힘써 활동할 시기인가 하오. 그대 같은 재주를 가지고 왜 이렇게 구차하게 숨어서 지내시오."
"옛날부터 숨어서 사는 사람은 한이 없지요. 조성기(趙聖期; 拙修齊) 같은 사람은 적국에 가서 사신 노릇을 할만하지만 벼슬도 못하고 늙어 죽었고, 유형원(柳馨遠; 磻溪居士)은 군량을 댈 만한 재주가 있었으나 바닷가에서 쓸쓸히 세상을 마치지 않았소. 지금 나라를 다스린다는 사람들의 실력은 가히 알지 않겠소. 나는 장사를 잘하는 사람이라 벌은 돈으로 아홉 사람의 왕의 머리라도 살 수 있었으나 다 바다 속에 던져 버리고 왔는데, 가이 쓸 곳이 없기 때문이요."

변씨는 한숨을 쉬면서 사라져 버리더라.

변씨는 본래 정승으로 있는 이완(李浣)과 친한 사이였고 그 때 이완은 어영대장(御營大將)으로 있을 때였다. 어느날 말하기를,

"항간에 자기와 더불어 같이 큰 일을 할 뛰어난 재주를 가진 사람은 없는가."

하고 묻되, 변씨는 허생의 이야기를 하였더니, 이완은 크게 놀라며,

"이상도 하오. 참으로 그런 사람이 있단 말이오. 그 이름이 무엇이오."

"제가 삼년 간을 같이 지냈으나, 결국 그 이름을 알지 못하옵니다."

이완은,

"이는 별난 사람이니, 그대와 더불어 같이 가 봅시다."

하고, 그날 밤에 이완은 아무도 따르지 않고 다만 홀로 변씨만 데리고, 걸어서 허생의 집을 찾아가니, 변씨는 이완을 문밖에 서서 기다리게 하고 홀로 먼저 들어가 허생을 보고 이완이 찾아온 뜻을 전하였다. 그러나 허생은 못 들은 체하고, 가지고 온 술병을 끄르게 하여 서로 술을 마시며 즐기더라.

변씨는 이완이가 오래 문 밖에 서 있는 것을 민망스럽게 생각하여 여러 차례 말을 했으나, 허생은 이에 응하지 않다가 밤이 이슥하자 손님을 불러 들이었다. 이완이 들어가니, 허생은 자리에 앉은 채 일어나지도 않았다. 이완은 몸둘 바를 몰라 하면서 마침 나라에서 어진 사람을 구한다는 말을 하니, 허생은 손을 저으면서,

"밤은 짧은데 말이 길면 듣기에 지루하오. 당신은 지금 벼슬이 무엇이오."

"대장 자리에 있소."

"그렇다면 당신은 나라의 믿음 있는 신하이오. 내 와룡(臥龍) 선생을 천거하겠으니, 조정에 청하여 세번 그의 집을 찾아가도록 하시오."

이완은 머리를 숙이고 한참 있다가 말하기를,

"그것은 어려운 일인가 하오, 그 다음 가는 이를 가르쳐 주십시오."

"나는 그 다음이란 뜻을 배우지 않았소."

그러나 이완이 끈기있게 물으매, 허생 답왈,

"명나라 장사들이 조선에 베푼 옛날의 은혜가 있는데, 그 자손들은 동쪽으로 유리하여 많이 살고 있으나 대개는 홀아비들이니, 조정에 청하여 이들에게 종실의 딸들을 출가시켜 척벌(戚閥)과 권신(權臣)의 세력을 빼앗게 하시오."

이완은 또한 머리를 숙이고 한참 있다가,

"역시 어려운 일이오."

라고 대답하였다.

"이것도 어렵고 저것도 어렵다 하니 무슨 일을 한단 말이오. 가장 쉬운 일이 한 가지 있는데 그것은 할 수 있겠소."

"듣고 싶소이다."

"대체 천하의 대의(大義)를 떨치고자 하면 먼저 천하의 호걸들과 사귀지 않고서는 되지 않는 법이고, 딴 나라를 치려면 먼저 간첩을 쓰지 않고서는 안되는 법이오. 지금 만주가 천하의 주인이 되었으나 아직 중국 본토와는 화친(和親)하지 못하였으니 조선은 딴 나라에 솔선하여 그들에게 복종하리라고 믿고 있는 터이오. 그러므로 자제들을 보내어 입학도 시키고 벼슬도 하게 해서, 옛날의 당나라 원나라의 하던 일을 본 받으시오. 한편 장사꾼의 출입도 막지 않으면 그들은 반드시 우리가 친하게 하는 것을 좋아하며 모두 허락할 것이니, 나라 안의 훌륭한 자제를 가려 뽑아서 청인처럼 머리를 따고 호복(胡服)을 입혀서, 뛰어난 사람은 과거를 보게 하고, 재치 빠른 사람은 멀리 강남에 가서 장사를 하면서, 그 나라의 형편을 살피게 하고, 호걸들과 정의를 맺어서 천하를 도모하면 지난날의 국치(國恥)도 씻을 수 있을 것이오. 그 다음에 주씨(朱氏)를 얻고, 그렇지 못하면 천하 제후를 거느리고 사람을 천거하면 크게 국사(國事)가 잘 될 것이오. 못하여도 백구(白舅)의 나라는 틀림없을 것이오."
이완은 실심(失心)한 표정으로,
"사대부(士大夫)들이 모두 예법만 지키고자 하는데, 누가 머리를 잘라서 따고 오랑캐 의복을 입히려고 합니까."
하고 물으니, 허생은 크게 꾸짖으며 말하더라.
"소위 사대부란 것이 무엇이란 말인가. 오랑캐의 땅에서 나 가지고 자칭 사대부라고 하니 어찌 어리석지 않은가. 옷은 순전히 흰 것만 입으니, 그것은 상제의 의복이 아닌가. 머리털을 송곳처럼 죄어 매는 것은 남방 오랑캐의 하는 것이니, 무엇으로써 예법을 찾으려고 하는가. 옛날 번어기(樊於期)란 사람은 사자 원수를 갚기 위하여서도 머리를 잘랐고, 무령왕(武靈王)은 나라를 강하게 하고자 호복(胡服) 입기를 부끄러워하지 않았는데, 이제 나라를 위하여 원수를 갚겠다면서 한낱 머리털을 아낀단 말인가. 이제 장차 전쟁이 일어나면 말을 달리며 칼을 휘두르고 창으로 찌르며 활을 쏘고 돌을 날릴 것인데, 그 넓은 소매를 고치지도 않고 그것이 예법이라 할 것인가. 내가 세 가지를 말하였는데, 한 가지도 하지 못하겠다면서 그래도 신임받는 신하라고 생각하는 모양인데, 신임받는 신하란 원래 이런 것인가. 이런 것은 죽여 버려야 해."

하고 좌우를 돌아보며 칼을 찾으매, 이완은 크게 놀라 일어서서 뒷문으로 도망쳐 나왔다. 다음날 이완은 다시 찾아 갔으나 방은 텅 비고, 허생은 어디론가 사라지고 없더라.

임경업전
林慶業傳

◇ **작품 해설** ◇

　굴욕적인 병자호란(丙子胡亂)을 소재(素材)로 한 대표적인 전쟁작품으로서 영웅 임경업(林慶業)장군을 히어로우로 한 군담소설이다.
　임경업장군이 중국으로 들어가서 명나라 대장(大將)이 되어 그 이름을 떨쳤고 의주부윤(義州府尹)일때 오랑캐들이 우리나라를 침공하여 국왕(國王)의 항복을 받고 퇴각하는 청병(淸兵)을 크게 무찔렀다.
　이에 청제(淸帝)는 크게 노하여 임장군을 잡아오게 하였으나 임장군은 도리어 명나라에 가서 오랑캐들을 공격하다가 생포가 되었다.
　청제는 온갖 수단을 써서 임경업장군의 항복을 받으려 하였으나 굽히지 않으므로 그의 충성심에 감동되어 병자호란때 볼모로 잡혀간 세자(世子)와 대군을 모시고 고국으로 돌아오게 된다.
　임장군이 죽지 않고 고국에 돌아온다는 소식을 들은 간신(奸臣) 김자점(金自點)은 거짓 왕명으로 임장군을 투옥하였으나 탈옥하여 자초지종을 왕께 자세히 보고하고 나오다 김자점의 철퇴를 맞고 만고충신 임경업장군은 일생을 마치고 만다는 슬픈 사연을 그려 놓았다.
　이 소설은 병자호란의 국치적(國恥的) 항복에 대한 정신적 보복을 주제로 하여 장군의 전적을 비교적 사실적으로 묘사하였으므로 객관적 정사적(正史的)인 태도로서 쓰여져 다른 군담소설과 같이 초인적이거나 비현실적인 비약이 적은 것이 특색이다.

임경업전(林慶業傳)

　대명 만력 연간(大明萬歷年間)에 충청도 충주 달천촌(忠淸道忠州達川村)에 영웅이 한 사람 있으니, 성은 임(林)이요 이름은 경업(慶業)으로 자(子)는 영백이라. 나이 여섯살에 아이를 모아놓고 놀이를 할 때 돌을 모아 영채를 세우며, 풀을 뜯어 기를 만들어 싸움하는 형상을 하고 몸소 원수가 되어 여러 아이들을 호령하자 모든 아이들이 감히 그 약속을 어기지 못하니, 보는 자 신기히 여기지 않는 이 없더라. 나이 아홉 살에 비로소 글을 배울 새, 서초패왕 항우(西楚霸王項羽)가,

　"글은 족히 성명을 기록하오니, 한 사람 대적하는 법을 배우기를 원하나이다."

라고 한 말을 읽다가 탄식하여 말하기를,

　"이는 진실로 장부의 말이라."

하더라. 불행하여 부친을 일찍 여의었기 때문에 모친을 모시고 어린 동생 사형제와 더불어 농업에 힘쓰며 모친을 지효로 봉양하니, 이웃

사람들이 그 효성을 칭찬치 아니하는 이 없었다. 경업이 점점 장성하매, 지략이 과인하고 사람을 사랑하며, 매양 말하기를,

"장부 세상에 처하매, 입신양명(立身揚名)하여 이현부모(以顯父母)하고 충성을 다하여 임군을 섬길 것인데 어찌 녹녹히 초목과 같이 썩으리오."

하고, 때때로 말 달리기와 창 쓰기를 익히더라.

나이 이십사세 때에 이르러 과거기별을 듣고 모친께 하직하고 서울에 올라와 무과장원(武科壯元)을 하여 몸에 금의를 입고 머리에 계화를 꽂았으며, 청동쌍개를 앞세우고 장안의 대로 상으로 완완히 나아오니, 도로에서 구경 나온 자 중 칭찬치 않는 이가 없었다.

삼일 유가(遊街)후 향리에 돌아와 모친께 뵈오니, 모친과 모든 동생이 달려나와 영접하여 가내화열(家內和悅)하나, 다만 부친을 생각하니 슬픔을 누를 수가 없었다.

선산에 소분하고 이웃 마을의 친척을 모아 잔치를 연 후 경사(京師)에 올라와 직사에 나아갔더라. 병조판서 이시백(李時白)이 경업을 천거하여 백마강 만호를 삼으시거늘, 경업이 사은 숙배하고 백마강에 도임한 후, 그 곳 토병의 신력을 덜고 농업을 권하여 한가하면 무예를 힘쓰니, 그 곳 백성이 활 못 쏘는 자 없더라. 이리하여 만호의 칭송이 조정에 미치니, 우의정 원두표(元斗杓)가 탑전(搨前)에 주달하되,

"요사이 듣자온즉 개성 천마산성(開城天磨山城)은 심상한 곳이 아니온데, 성첩이 퇴락하온지라 재주있는 사람을 보내어 성첩을 새로이 이룩하여지이다."

상감께서 윤허하사, 임경업으로 천마산성 중군(中軍)을 삼으시

니, 만호 도임한지 삼년에 모든 토병을 호궤하고 발행할새, 토병들이 멀리 나와 배별하니, 만호가 위유해 말하기를,

"내 너희들에게 은혜 끼침이 없거늘, 이렇듯 관대함을 받으니 마음에 불안함을 이기지 못하겠노라."

토병이 대해 말하기를,

"소졸 등이 여러 동네를 모셨사오나, 이같은 동네는 진심으로 처음이라. 적자 자모 바라듯 하옵더니, 이제 승품하여 가시니 일변 슬프고 일변 기뻐하나이다."

하고, 멀리 나와 눈물을 흘리며 배웅하더라. 경업이 경성에 올라와 먼저 병판을 뵈오니 판서가 경업을 반겨 맞으면서 말하기를,

"그대 한 번 내려간 후 아름다운 이름이 조정에 들리매, 탑전에 주달하여 중군으로 승진하였노라."

경업이 배사하면서 대답하기를,

"미천한 몸에 외람된 중임 당하오니, 황공 감사하여이다."

판서가 더욱 사랑하게 되었음은 다시 말할 것도 없다. 경업이 예궐 사은하온 후 원상에 나아가 뵈이니, 원상이,

"그대의 높은 재주를 만호에 둠이 아까운고로 탑전에 천거하였나니, 바삐 내려가 성첩을 수축하라."

경업이 청사하고 행리를 수습하여 산성에 부임하니, 이때는 임술년 삼월이라. 중군이 산성에 들어가니, 성첩이 퇴락하였고 군기가 미비하였기 때문에 졸연히 수축키 어려운지라 이 뜻으로 장문하니, 상께서 특별히 비변사(備邊司)에 편지하사, 별초군(別抄軍)을 보내어 시역케 하니, 그곳 토병과 한가지로 성역할새, 중군이 분부해 말하기를,

"이 성역은 국가대사라 군법은 사정이 없나니, 각별 조심하고 태만치 말라!"

하고 술 한잔을 부어 왼손에 들고 또한 피 한 잔을 부어 오른손에 들고 군중에 호령하기를,

"만일 영을 쫓지 아니하면 이 피와 같이 할 것이요, 공을 이루는 자는 이 술을 상 주리라."

하고 먼저 피를 마시고 또 술을 마시니, 모든 군사들이 다 복종치 않는 자 없더라. 이튿날 부역하니, 사오일 걸릴 일을 하루에 마치는 열성들이더라. 장군이 밤이면 두루 순행하여 군사를 위문하고 말하기를,

"역사를 수이 하고 돌아가 농업에 힘쓰며, 너희 부모를 효양하면 이는 충효겸전할 것이요, 나는 그대들의 힘을 입어 공을 이룰지라. 삼가 뉘우침이 없게 하라!"

밤마다 순행하여 군사를 위로하니, 군졸들이 어찌 태만할 수 있으리오. 하루는 장군이 친히 돌을 싣고 오다가 군사 총중에 섞여 있는데, 군사 등이 서로 떠들어대며 말하기를,

"야, 여봐라 병정들아! 임장군이 아실라 어서 바삐 가 보자!"

하거늘, 장군이 돌을 지고 앉아 있다가 말하기를,

"임장군도 여기서 쉬고 있으니, 걱정 말고 더 쉬어 가라."

하니, 모든 군사들이 크게 놀라 일시에 일어나 바삐 가며 더욱 감격하여 온 힘을 다하여 제 일같이 일하니, 팔구년 걸칠 큰 역사를 반년이 못 되어 끝이 나되, 한곳도 미진한 곳이 없더라. 이에 군사들을 호궤하고 각각 포상하면서 말하기를,

"그대들의 힘을 입어 국사를 무사히 마치니, 기쁘기 그지 없노라."

모든 군사들이 배사하여 말하기를,

"소졸들이 하늘 같사온 은덕을 입사와 군사 하나도 상한 자 없고 병 없이 무사히 돌아가게 되니, 감격한 마음을 이길 길 없소이다."

장군이 군사들을 각각 위로하여 보내고 필역한 사연을 나라에 계달하였는데, 상감께서 아름답게 여기시와 즉시 가자(加資)를 주시니, 이 때가 갑자년 봄 삼월이었다. 병조판서의 이시백이 탑전에 대국에 보낼 사신일관을 주달하는데, 상감께서 들으시고, 인하여 이시백으로 상사(上使)를 제수하시니, 시백이 사은하고 일어 나와 스스로 생각하되,

'타국출입은 무예 가진 군관을 데리고 갈 것이다.'

하고 생각하여 조정에 상의하기를,

"지금 천마산성 장군 임경업은 지용(智勇)이 겸전하니, 이 사람을 데리고 가는 것이 좋겠소이다."

하고, 탑전에 청하므로, 상께서 윤허하시와 즉시 임장군을 명소(命召)하시니, 장군이 군명(君命)을 받자와 즉일로 행하여 경성으로 향할새, 주효를 갖추어 군병을 호궤하면서 말하기를,

"내 이제 너희들에게 은혜를 끼치지 못하고 이와 같이 돌아가니, 어찌 부끄럽지 아니하랴."

군병들이 일시에 입을 열어,

"부모같은 사또 모셨삽더니, 일조에 떠나시게 되오니, 어린아이가 자모를 여윈 듯 슬픔을 금할 수 없소이다."

장군이 다시 위로하고 길을 떠나 경성에 올라와 상사께 뵈오니 상사가 반겨하시며 왈,

"주상(主上)이 나로 하여금 대국 사신을 삼으시매, 이제 가게 되나

함께 갈 만한 사람이 없어 그대를 천거하였소. 그대의 뜻이 어떠하오?"

경업이 땅에 엎드려,

"소인이 용렬한 재주로 국은이 망극하거늘, 죽을 땅이라도 사양치 않으오리니, 어찌 견마(犬馬)의 힘을 다하지 아니하리까?"

상사가 크게 기뻐하시니, 경업이 궐가에 나아가 꿇어 엎드리니 상께서 인견하시면서 말씀하시기를,

"이제 대국에 사신을 보내매, 경의 재주를 사랑하여 조정이 경을 천거하였으니, 무사히 다녀오라!"

하시고, 의갑을 차려 주시니, 경업이 사은하고 물러나와 남경(南京)에 조회하매, 수로(水路)가 가장 험하여 상사와 부중이 다 울며 이별하되, 경업은 조금도 수색(愁色)이 없이 혼연히 사신을 모시고 등정(登程)하니라.

갑자 구월에 발행하여 여러 날만에 득달하니, 풍속이 아름답고 일물이 변화하여 가히 천조도성(天朝都城)임을 알만하더라. 상사가 천자(天子)께 조회하고 예단을 올리니, 천자가 기꺼워하여 사신을 각별히 휴대하시니, 이때 가달(瓦剌)이란 오랑캐가 강성하여 호국(胡國)을 자주 침략하니, 호국이 능히 막지 못하여 대국에 구원병을 청한 바 있더라.

천자가 도원수 황자명(皇子明)을 명소하사 대장감을 천거하라 하시니, 마침 사신이 들어오매, 천자가 황자명을 접반사(接拌使)를 삼으시니, 자명이 조서를 받자와 상사와 경업을 관대할새, 자명이 사신과 경업을 보매, 범상한 사람이 아니거늘, 심히 공경하고 마음에 크게 사랑하니라. 대국은 관상(觀相)하는 사람이 많은지라, 경업의

상을 보고 크게 찬양하며 말하기를,

"진실로 명장이요. 천하의 영웅이옵니다."

라고 격찬하므로, 이 때 천자께서 호국의 청병사신(淸兵使臣)을 영접하였으나, 보낼 사람이 없어 황자명으로 군사 십만명을 거느려 가서 치라 하시니, 자명이 탑전에 상주하기를,

"신이 국가 중임을 맡았사오니, 일시도 황성을 떠나지 못하옵겠나이다. 만일 멀리 갔다가 무슨 변란이라도 일어난다면 어찌 하오리까? 지용이 겸전한 사람을 가리어 보내는 것이 좋사올 듯 하나이다."

천자께서 어찌할 줄 아지 못하더니, 이 때 대사마(大司馬) 벼슬 사는 사람이 경업의 상을 보고 사랑하여 보국안민(輔國安民) 할 묘책을 의논하매, 그 웅대함이 흐르는 물 같아서 모를 일이 없더라. 이에 대마사가 더욱 기특히 여기어 탑전에 주달하기를,

"신이 조선 사신 임경업을 보오니, 만고 영웅이라. 원컨대 조선 사신에게 청하여 이 사람으로 청병대장을 정하옴이 좋을까 하나이다."

천자께서,

"비록 그러하나, 만리타국에서 온 사람을 어찌 전진(戰塵)에 보내리요?"

승상 김호백(金浩伯)이 여짜오대,

"큰 재주를 품은 자는 난세(亂世)를 피치 아니하옵나니, 조선도 또한 대국의 신하라, 이 뜻으로 조선 사신에게 전하심이 마땅하여이다."

천자께서 그 말씀을 쫓으사, 즉시 잔치를 배설하시고 조선 사신을

인견하사, 천자께서 친히 잔을 잡으시고 옥음 낭랑히 말씀하시기를,
"짐의 나라가 비록 크다고는 하나 조정에 어진이가 없고 장수 십만 명을 능히 거느릴자 없는지라, 들으니, 경이 한팽(韓彭)의 지용을 겸비한 사람이라 하니, 한번 호국을 구원하고 대국과 조선의 위엄을 빛냄이 어떠하뇨?"
상사 이시백이 땅에 엎드려 사뢰기를,
"신의 조그마한 나라에 어찌 이 같은 자 있으며, 전장은 사지(死地)라 만리타국에 동행고초(同行苦楚)하여 온 사람을 사지에 권하여 보냄은 차마 못할 일이오니, 폐하께옵서는 임경업을 불러 전교하시옵소서."
천자께서 옳게 여기시와 경업을 명소하시니, 경업이 관복을 갖추고 궐하에 나아가 땅에 엎드리운데 천자께서 보시고 말씀하시기를,
"경이 만리 타국에 왔으나, 짐의 나라에 어진 사람이 없는 고로 마지못하여 경을 호국에 보내어 가달(瓦剌)를 물리치고자 하나니, 경의 뜻은 어떠하뇨?"
경업이 땅에 엎드리어 아뢰기를,
"신의 용렬한 재주를 더럽다 아니하사 중임을 맡기고자 하시니 비록 사지(死地)라도 사양치 아니하려니와 다만 신은 소국 미천한 사람이라 하여 제 장군졸이 영을 쫓지 아니할까 두려워 하옵나니, 원컨대 인검을 빌리시면 사지라도 사양치 않으리이다."
천자 대희하사 즉시 상방검(尙方劍)을 내리시며,
"경은 힘을 다하여 가달(瓦剌)를 파하고 공을 세워 위엄을 비추라."
경업이 천은을 축사하고 물러나오니, 그 때에 경업의 나이 서른

한살이었다. 교장에 나아가 군사를 훈련할 때 경업이 장대(將臺)에 높이 앉아 제장을 불러 호령하기를,

"군법은 사정이 없나니, 제장은 삼가 영을 좇아 뉘우침이 없게 하라!"

제장이 모두 응답하였고, 이러구러 을축년이 되었으매, 경업이 천자에게 하직하고 동국사신을 배별할새, 일행 상하가 다 슬퍼하더라. 경업은 오히려 위로하며,

"사람의 명이 하늘에 달렸으니, 나라는 비록 다르나 땅은 한 가지라. 어찌하야 원근을 염려하리요. 사신은 조금도 괘념치 마소서."

하고, 인하여 십만대군을 거느려 즉일 발행하니, 남경서 북경이 만여리라. 길이 가장 험하고 도로가 요원하여 행군하기가 심히 곤란하더라. 여러날 행군하매, 호왕(胡王)이 사신을 보내어 중로에 와 인도하고 호국지경에 이르매, 호왕이 친히 성밖 십리허에까지 나와 영접하였다. 성안에 들어가매, 호왕이 대마사 대장군을 봉하고 본국 군병을 맡기면서,

"이제 가달(瓦刺)이 강성하여 우리나라를 자주 침범하되, 막을 장수가 없는고로 대국에 청병하였더니, 장군이 내림하시니, 수고를 아끼지 마십시오."

하매, 경업이 칭사하고 물러나오니, 이 때 가달은 협공땅에 들어와 있더라. 사마가 행군하여 협공에 이르니, 가달이 진을 쳤고, 대마사 임경업이 군을 머무르고 높은 산에 올라 가달의 진세를 바라보니, 가달이 전일에 승전하였던 관계로 군사의 마음이 교만 해태하여 행오부정(行伍不正)하고, 좌우에 산곡 심하여 진밖에 큰 뫼가 들려있으니

두루 살펴 보고 돌아와 제장을 불러 말하기를,
 "금일 적진을 살핀즉 장수 교만하고 행오 부정하니, 이는 반드시 우리를 업수히 여김이라. 이 때를 타 도적을 파할 것이니, 내 영을 어기지 말라 / "
하고, 두 장수를 불러 말하기를,
 "너희 둘은 각각 오천군씩을 거느리고 적진 좌우 산곡에 매복하였다가 여차여차 하라 / "
하고, 또 두 장수를 불러 이르기를,
 "너희들은 각각 본국군을 거느려 협곡을 지나 적진 뒤로 가면 큰 산이 있으니, 그 산밖에 매복하였다가 적병이 패하여 그길로 닫거든 일시에 내달아 치라 / "
하고, 이튿날 평명에 대사마는 황금보신갑을 입고 쌍봉 투구를 쓰고 천리마를 타고 큰 칼을 들고 진앞에 나서니, 위풍이 늠름하여 산악을 흔들만하더라. 임경업이 군사로 하여금 크게 에워싸고 말하기를,
 "무도한 오랑캐는 중국 대장 경업을 아느냐?"
하고, 외치니, 가달의 장수 추파는 범 같은 장수라, 장창을 두루며 말에 올라 소리를 질러 꾸짖기를,
 "너는 무명 소인인데, 어찌 나를 당하리요?"
하고 달려들거늘, 대마사 대로하여 정창출마하여 서로 맞아 싸우는데 오십여합에 이르러서는 임경업이 거짓 패하여 달아나, 추파 의심하여 따르지 않거늘, 임경업이 말머리를 돌려 다시 싸움을 돋우니, 추파 대로하여 다시 이십여합을 싸우되 승부가 나지 아니하였다. 임경업이 적군을 유인하여 산곡에 이르매, 문득 방포일성이 터지면서, 이를 신호로 하여 좌우의 복병이 일시에 내달아 뒤를 엄살하

니, 추파 대경하여 황망히 군사를 물리고자 하나 임경업이 또 전면으로 짓쳐오니, 적병이 능히 수비를 살피지 못하고 사면으로 흩어지더라.

임경업은 좌충우돌하여 적병을 짓치고 추파와 다시 싸워 수합이 못되어 경업의 칼이 빛나며 추파의 머리 말 아래에 떨어지니, 나머지 적병이 산지 사방으로 분주히 흩어지더라.

이 때 가달(瓦剌)이 본진을 지키다가 추파의 죽음을 보고 극히 내달아 싸우고자 하는데, 문득 산 뒤쪽으로부터 복병이 내달아 엄살하며 앞에서는 경업의 대군이 추격하니, 가달이 모든 장수와 더불어 도망코자 하였으나 어찌하지 못하고 일시에 사로잡히더라.

임경업은 남은 적병은 쓸어버리고 군을 거두어 무사를 호령하여 가달왕과 제장을 다 내어 목을 베어라 하니, 가달 등 혼백이 비월하여 살기를 애걸하매, 경업이 군사로 하여금 그 맨 것을 끄르게 하고 자리를 주어 앉게 한 다음,

"너희는 다시 반심을 두지 말고 나라를 안보하라."

하니, 가달이 고두 사죄하였으니 항자불살(降者不殺)이라. 즉시 그들을 방송하고, 임경업은 삼군을 호궤하고 되돌아서서 호국도성에 이르니, 호왕이 십리밖에 나와 맞이하여 사례하면서 말하기를,

"과인의 나라가 거의 망하게 되었는데, 장군의 옹호로 적병을 파하고 사직과 종묘를 보전케 되었으니, 이 은혜는 산비해박(山卑海薄)하온지라 어찌 다 갚으리이까?"

하고, 황금 수만량과 채단 오십 수레를 상사하니, 임경업은 이를 받아 삼군에게 나누어 주니, 군중에 즐기는 소리가 크게 진동하더라. 경업이 호왕을 하직하고 삼군을 휘동하여 황성(皇城)으로 향하였으니,

이때 천자 임경업을 호국에 보내시고 주야로 염려하시더니, 경업의 승전한 장계가 이르르니 천자가 보시고 크게 기뻐하시와 칭찬하심을 마지 아니하시더라.

이에 임장군이 길을 재촉하여 황성에 다달아 궐하에 나아가 땅에 엎디어 사은하니, 천자께서 크게 반가와 하시어 상빈례(上賓禮)로 관대하시고,

"만리타국에 들어온 사람을 타국에 보내고 방심할 수 없더니, 이제 대공을 세우고 무사히 돌아오니 어찌 기쁘지 아니하리요."

하시고, 즉시 대연을 배설하여 즐기신 후 황금 수만량을 사급하시니라. 이 때에 상사 이시백은 경업을 보낸 후 주야 염려하여 승전하기를 바라더니, 이 날 경업이 천자께 뵈온 후 옥화관에 이르니, 상사 반가움을 이기지 못하여 손을 잡고 말하기를,

"내 그대와 더불어 대국에 들어와 무사히 돌아가길 바랐더니 뜻밖에 황명을 받자와 만리 원행에 가매, 비회를 금치 못하였으니, 명천(明天)이 감동하사 대공을 세우고 무사히 돌아와 이같이 만나게 되니 어찌 기쁘지 않겠소?"

하고 만심 환열하여 좌우제인이 모두 다 반가와 하더라.

세월이 여류하야 상사(上使)가 대국에 들어온지 이미 사년이나 된지라 돌아갈 뜻을 말하니, 천자께서 허락하시고 사신 등을 불러 말하되,

"경등이 짐의 나라에 들어와 큰공을 세우고 빛나는 이름이 원근에 들리니, 비록 고국에 돌아가나 짐이 어찌 잊으리요."

하시고, 떠나는 정이 서운하여 전송연을 배설하시고 천자께서 친히 잔을 잡으시고 경업을 향하여 말씀하시기를,

"장군의 웅재대략(雄材大略)을 짐이 잊지 못하여 한잔 술로 위풍을 빛내나니, 사양하지 말지니라!"

하고, 금술잔에 향기로운 술을 가득 부어 경업에게 사급하시니 경업이 부복하여 받잡고 사은하며, 상주하기를,

"미신(微臣)이 상국에 들어와 비록 작은 공이 있사오나 외람히 성은을 받자오니 황송함을 이기지 못하리소이다."

하니, 천자께서 더욱 사랑하시더라. 상사(上使), 경업과 함께 하직 숙배하고 일어나오니, 황자명(皇子明)이 주찬을 갖추어 상사와 경업을 관대할새, 경업의 손을 잡고 이별을 슬퍼하며 후일 다시 만나기를 기약하고 백리밖에 나와 전송하니, 이러므로 임장군의 이름이 천하에 진동하더라.

조선왕이 이시백과 임경업을 명국(明國)에 보내시고 사년이 지나도록 돌아오지 아니하여 주야로 성려하다가 하루는 상사가 돌아온다는 장계가 이르렀거늘, 상께서 반기사 바삐 떼어 보시니, 그 사연에 대강 적었거늘,

〈당초에 남경섬에 무사히 득달하여 사년이 지나도록 머무옵기는 호왕이 가달(瓦剌)에게 패하여 대국에 청병하였기로 천자께서 근심하사 임경업으로 청병대장을 제수하시어 정병 십만을 주시니, 경업이 장졸을 거느려 호국에 나아가 한번 북쳐 가달을 항복받고 이제 돌아옵니다.〉

하는 뜻을 낱낱이 기록하였는지라 상께서 보시고 크게 기꺼워하사,

"임경업은 진실로 명장이로다."

하고, 나날이 고대하시더라. 이 때 상사 이시백이 돌아온다는 글월을 조정에 보내고 길을 재촉하여 여러날만에 왕성에 도달하니, 조정백관

이 성에 나아와 영접하는데 장안 백성들이 다투어 구경하며 임장군을 칭찬치 아니하는 이 없더라.

사신이 바로 궐하에 들어가 부복하니, 상께서 인견하시고 반기시며,

"경등이 만리타국에 갔다가 무사히 돌아오니, 다행한 중에 하물며 호국에 나아가 대공을 세웠으니, 동국에 영광됨이 고금에 희한하도다."

하시고, 못내 기꺼워하시와 즉시 벼슬을 돋우시며 금액을 후히 상사하시더라.

이 때 영의정 김자점(領議政 金自點)이 마음이 사나와 반역할 흉계를 품었으되, 다만 임경업을 두려워 하여 일을 일으키지 못하고 경업을 먼저 해칠 뜻을 먹었더라.

그것은 그렇고 호왕(胡王)이 가달(瓦剌)을 항복받은 후로 마음이 교만하여 남경을 도모하고 천하를 통일코자하여 먼저 조선을 쳐 명나라와 우익을 제하려 할새, 가달로 더부러 협력하여 십만 명을 거느리고 압록강에 이르러 의주(義州)를 바라보며 조선 형세를 탐지하는지라, 이 때에 의주 부윤이 나라에 주달하되,

"호병(胡兵)이 익숙히 나라 지경을 범하매, 소신이 능히 대적치 못할지라, 급히 양장을 보내어 막으시옵소서."

하였거늘, 상께서 이를 보시고 크게 노하사 즉시 제신을 모아 의논할새,

"북방의 도적이 남방을 침노하고 조선을 범한다 하니, 급히 지용이 겸전한 대장을 천거하라!"

하시니, 여러 신하들이 주달하되,

"임경업이 대국에 들어가 가달을 항복받았으며, 위엄이 천하에 진동하였사오니, 경업으로 하여금 호병을 막게 함이 옳을까 하나이다."

상께서 윤허하사, 즉시 임경업으로 의주부윤을 제수하시고 부원수 겸 방어사를 배하사 호병을 막으라 하시고, 김자점으로 도원수를 배하시니, 경업이 사은숙배하고 의주로 도임하니, 이 때가 을해년 사월이더라. 임경업이 의주에 도입한다는 말이 호국에 미치니, 호적이 전일에 경업을 보았던지라 능히 대적치 못할 줄 알고 스스로 퇴진하여 버리더라. 경업이 의주에 도임한 후로 매일 사졸을 연습하더니, 도적이 다시 와서 부윤의 허실을 알아보고 압록강에 이르러 의주를 엿보더라.

경업이 이미 그들의 행위를 알고 군사를 명하여 그 도적을 잡으라 하니, 군사가 명을 받고 내달아 두어명의 도적을 잡아 오니, 부윤이 높이 앉아 큰 곤장으로 각별히 엄치(嚴治)하며 꾸짖기를,

"너의 임금은 금수(禽獸)에 비하리로다. 전일 명나라 천자께서 너의 생명을 구하였거늘, 도리어 은혜를 배반하고 남경(南京)을 범하며, 또 우리 조선을 침노코자 하니 그 무슨 도리이며, 너희가 어찌 나를 당코저 하느냐? 너희를 죽일 것이로되 너희 왕에게 나의 말을 이르라."

하고, 방면하여 주더라. 모든 도적들이 감히 우러러 보지도 못하고 쥐 숨듯 도망하여 돌아와 호왕을 보고 수말을 자세히 고하니, 호왕이 머리를 숙이고 침묵하기를 얼마 후에 이렇게 말하는 것이더라.

"임경업은 당세의 영웅이라 가벼히 범하지 못할 것이니, 각별히 다른 묘책을 얻어 처치하리라 !"

하니라. 그런데 조정이 임경업의 벼슬을 돋우려고 하되, 도적의 뜻을 알지 못하여 다른 곳에 옮기지 못하고 또한 의주 백성들이 다투어 말하기를,

"우리들이 만일 이같은 부윤을 잃으면 어찌 살기를 바라리오."
하더라. 부윤은 도적이 다시 올 줄 알고 염초화약과 화선도창 등을 많이 준비하여 활쏘기와 창쓰기를 익히니, 군사들이 무예 모르는 자 없고 또한 전선을 많이 준비하여 수전을 익히더라. 이 때 호왕이 영아대등의 팔장을 가리어, 정병 삼만을 거느리고 압록강에 이르러 물을 건느려 하므로, 부윤이 이 소식을 듣고 급히 군사를 거느리고 배를 급히 저어 나아가니, 그 빠른 양이 화살과 같았으니, 적진에 다달아 달아나는 배를 급이 쫓으며 화전과 화포를 일시에 놓으니, 적군이 맞아 죽는자 태반이더라. 적진이 크게 어지럽거늘, 부윤이 급히 배에 내려 손에 장창을 들고 나는 듯이 적진 중에 들어가 좌충우돌하여 적장의 머리를 베어 내리치니, 적병이 스스로 사산분주하여 버리더라. 부윤이 일진을 대살하고 군사를 거두니, 수급이 오천이었고, 제장과 군졸이 항복치 아니하는 자 없더라.

이 때 부윤이 관중에 돌아와 승전한 연유를 조정에 장계하니, 상께서 의주 부윤의 장계를 보시고 북방 근심이 없어 침식이 편안하시매, 만조백관이 태평시를 읊어 마음을 저윽이 놓았더라. 이 때 호왕이 팔장의 패하여 돌아옴을 보고 대로하여 분기를 참지 못하여 다시 대병을 몰아 조선을 치고자 하니, 의주로 바로 나오면 임경업이 있느니, 능히 지나지 못할 것을 알더라.

이에 용골대(龍骨大) 등 여러 장수를 명하여 오만명의 철기(鐵騎)를 거느리고 여차여차하여 조선을 항복 받으려 하니, 용골대 청령

하고 철기를 거느리고 의주를 버리고 동해로 돌아 위원 벽동(謂原碧潼)을 지나 주복야행(晝伏夜行)하여 바로 경성을 범하였더라.

이 때 상께서 임경업의 호병을 격파한 장계를 보신 후로, 조심을 놓으사 방비하심이 없으셨더니, 천만의외에 경성 동문을 철갑 입은 호병이 물밀듯이 들어와서 백성을 죽이며 부녀를 겁탈하고 재물을 노략질 하니, 살벌한 소리 천지에 가득하고 통곡하는 소리 장안에 꽉 찼으며, 모든 백성이 어가(御駕)를 뫼셔 남한산성(南漢山城)으로 들어가시고 왕대비와 세자대군 삼형제는 강화도로 가시니, 성중에 남은 백성들은 남녀노소 없이 곡성이 하늘에 사무치어 늙은이를 붙들고 어린아이를 등에 지고 허겁지겁 달아나니, 스스로 짓밟혀 죽는자 부지기수요, 도적에게 죽는자 태산 같더라.

도원수 김자점이 어디 가서 무슨 계교를 베푸는지 알 수 없으며, 적장 용골대는 군사를 양로로 나누어 일지군은 어가를 추격하여 남한산성으로 가고 일지군은 세자와 대군 비빈들의 뒤를 추격하여 강화로 가니, 강화유수 김영진은 좋은 군기를 고중(庫中)에 넣어 두고 술만 먹고 누웠으니, 도적이 무슨 근심이 있으리오. 왕대비와 세자 대군등을 잡아다가 송파벌에 유진하고 크게 외치기를,

"속히 항복치 아니하면 왕대비와 세자 대군이 무사치 못하리라." 하는 소리가 남한산성을 진동하더라. 이 때 상께서 모든 대신과 군사를 거느려 외로운 성안에 겹겹이 쌓여 있어 원한과 통분에 눈물이 비오듯 하시더라.

그러나 도원수 김자점은 도적을 물리칠 계교가 없어 태연부동하는 차에 도적의 북소리에 놀라 혼을 잃고 군사를 무수히 죽이고 산성밖에 결진하니, 군량이 탕진하여 성안의 군민이 동요되던 차에 도적이

또 외치기를,

"종시 항복치 하니하면 우리는 여기서 과동(過冬)하면서 농사지어 먹고 천천히 항복받고 떠나가려니와 너희는 무엇을 먹고 살려고 하느냐? 수이 나와 항복을 하라."

하고, 한(汗)이 봉에 올라 산성을 굽어보며, 외치는 소리 진동하니, 상께서 들으시고 앙천통곡하시며 말씀하시기를,

"안으로는 양식이 없고 밖에는 강적이 에워 쌌으니 외로운 산성을 어찌 보전하며, 또한 양초(糧草)가 다하였으니 이는 하늘이 과인을 망케 하심이로다."

하시고, 대신으로 더불어 항복함을 의논하시더라. 여러 신하가 상주하기를,

"왕대비와 세자대군이 다 적진중에 계시니, 국가에 이런 망극한 일이 어디 있으리요. 빨리 항복하사 왕대비와 세자대군을 구하시며, 종묘사직을 보전하심이 마땅할까 하옵니다."

하더라. 그 때 한 사람이 어전에 부복하여 말하기를,

"차라리 닭의 주둥이가 될지언정 소의 뒷구멍이 되지 않겠다는 옛말씀과 같이 어찌 호적에게 무릎을 꿇어 욕을 당하겠나이까. 죽기로써 성을 사수하오면 임경업이 반드시 이 소식을 듣고 올라와 호적을 파할까 하나이다."

상께서 눈물을 흘리시며 말씀하시기를,

"비록 그러하나 사면에 길이 막혔으니, 경업에게 통할 길이 없도다."

하시고, 강화하기를 결정하시니, 이 때가 병자년 십이월이더라. 성문을 열고 상감께서 여러 신하를 거느리고 성밖에 나와 항복하시니,

적장 용골대가 만고 승전비를 송파(松坡) 큰 뜰에 세웠더라. 상께서 환가하시어 각읍에 전령하여 강화하였음을 아뢰었고, 적장 용골대는 왕대비만 돌려 보내고 세자 대군 삼형제는 볼모로 잡아가게 되니, 이 때 임경업이 의주에 있어 북적(北狄)의 동정을 살펴 제어코자 하였으매, 그 때 문득 멀리 들리는 소리 있어 북적이 요수(遼水)를 건너 북도로부터 봉화방면의 수비군을 다 엄살하고 저희들이 스스로 불을 밝혀 쇄도하여 올라가 도정을 함몰하고 항복 받았다는 말을 듣고 크게 통곡하며,

"내 힘을 다하여 국은을 갚고자 하였더니, 일이 이 지경에 이르렀으니 어찌 통한치 아니하리오."

하고, 분기를 이기지 못하여 급히 군사를 거느려 경성으로 향하고자 하나 일이 이미 글러진 후에 가서 무엇하겠음을 알고 적병의 귀로에 분을 풀기로 기약하더라. 이 때 용골대는 삼형제를 잡아 가는데, 대군이 망극함을 이기지 못하여 부왕께 하직하고 떠나가니, 상께서 통곡하시며,

"슬프다! 하늘이 과인을 망케 하시니, 뉘를 원망하리오."

하시고, 눈물이 비오듯 하시니, 여러 신하가 다 슬퍼하더라. 상이 이 날 학사 이영을 불러 말씀하시기를,

"경의 충성을 과인을 아는 바이니, 세자와 대군을 데리고 가라. 하늘이 굽어 살피사 돌아올 날이 있으리라."

하시니, 이영이 엎드려 명을 받자와,

"신이 비록 충성이 없다 하나 힘을 다하야 뫼셔 가오리니, 엎드려 바라건대 전하께서는 용체(龍體)를 안보하소서."

하고 인하여 하직하고 세자대군이 모두 울며 하직하고 또 대비전에

들어가 하직을 고하니, 대비는 세자대군의 손을 잡으시고 통곡하며,
"너희들을 일시만 못 보아도 죽는 것 같았더니, 이제 멀리 타국에 잡혀 보내고 뉘를 의지하여 살겠느냐?"
하시며, 통곡하기를 마지 아니하시니, 대군들이 여쭈오되,
"신들이 부모를 떠나오니, 불효막대하옵니다. 이는 다 천수(天數)이오니, 과도히 슬퍼하지 마시옵소서. 다만 하늘이 살피사 수이 돌아와 슬하에 뫼시길 바라오니, 엎드려 바라옵건대 부왕 모후께서는 옥체를 안보하시옵소서."
하고, 인하여 하직하고 물러나와 길을 떠나 구화문을 나오니, 천지가 아득한 심사이더라. 호천망극하여 하늘을 우러러 통곡하시니, 장안 백성들이 슬퍼하지 아니 하는 이 없더라.

호장(胡將)이 대군(大君)을 거느려 의주 지경에 이르니, 의주부윤 임경업이 결진하고 기다리다가 호장을 보고 분기를 이기지 못하여 선봉장을 베어 말 아래 내리치고 적진을 짓쳐 들어가니, 적의 군졸들이 불의의 변을 당하여 뉘 능히 당하리요. 호장 용골대가 멀리서 불러 말하기를,
"우리가 이제 너희의 임군을 항복받고 세자와 대군을 잡아가거늘, 너희는 무슨 연고로 이렇듯 항거하느뇨?"
부윤이 꾸짖어 말하기를,
"너의 개같은 놈이 간사한 꾀를 내어 나를 속이고 간로(間路)를 따라 경성에 들어가 우리 임군을 핍박하고 세자대군을 뫼셔 간다하니, 나라의 욕을 끼치고 무슨 면목으로 생을 탐하리요. 차라리 너희를 멸살해 내 한을 씻으리라."
하고, 짓쳐 들어가니, 용골대 능히 대적치 못하고 진을 굳게 하고

나오지 아니하거늘, 부윤이 크게 꾸짖기를,

"은혜를 잊고 의리를 배반하는 도적아! 빨리 나오지 아니하느뇨? 내 먼저 너를 죽여 간을 씹어 한을 풀리라."

하고, 호병을 무수히 죽이니, 호적이 혼비백산하여 어찌한 줄을 몰라 하더라. 이에 용골대가 한가지 계교를 생각하여 급히 사신을 보내어 장계하되,

"이제 의주부윤 임경업이 대군 수만을 거느려 길을 막고 우리 군사를 치니, 국왕은 조서를 내리어 길을 열어 주라 하소서."

하더라. 상께서 호장의 장계를 보시고 경업의 충성을 탄복하시며 경업에게 편지 하시어,

〈장군의 위국충성은 비록 태산 같으나 이미 강화하였으니 이제 어찌하리요. 길을 열어 보내라!〉

하였거늘, 부윤이 칙지를 보고 하늘을 우러러 탄식하며 호진에 들어가 용골대를 보고 세자대군께 뵈었더라. 대군이 부윤의 손을 잡으시고 울며 말하기를,

"장군이 만일 미리 알았으면 어찌 이런 환란이 있으리요? 이는 다 천수(天數)라. 장군은 힘을 다하여 우리로 하여금 돌아오게 하소서."

하시며, 슬피 통곡하시는 형상을 차마 보지 못 할 지경이오매, 부윤이 울며 여짜오되,

"소신이 이같은 난세를 당하여 충성을 다하지 못하고 이 지경에 이르렀사오니 만사무석이오이다. 신이 죽기 전에는 이 한을 벗겠사오니, 전하(殿下)께서는 평안히 행차하시옵소서. 신이 힘을 다하여 수이 돌아오시게 하여 드리겠나이다."

대군이 칭사하고 입을 열어,

"만일 장군의 말씀 같을진대, 우리의 목숨이 장군께 달리었으니, 부디 잊지 말라!"

하고, 언약한 후 부윤이 대군을 모셔 압록강을 건너가니, 그 형상이 참담하더라. 대군이 부윤의 손을 잡으시고 통곡 이별하시니 의주 백성들이 슬퍼함을 마지 아니하였고, 부윤이 돌아와 분기를 이기지 못하여 날마다 군사를 연마하여 호지에 들어가 호왕을 베이고 대군을 모셔 돌아오려고 주야를 연구하였음은 다시 말할 것도 없으리라.

용골대는 남은 군사를 거느리고 길을 재촉하여 돌아가 호왕을 보고 조선왕 항복받은 일과 세자대군 삼형제를 볼모로 데리고 오다가 의주에 이르러 임경업에게 패한 연유를 세세히 고해 바치니, 호왕이 듣기를 마치고 대로하면서,

"이제 타국이 다 나의 신하거늘, 임경업이 어찌 나의 군사를 해하리요? 내 이제 조선을 항복받았으니, 남경을 도모하리라."

하고, 군사를 발하여 명국을 범할 때, 일계를 생각하고 가만히 기꺼워하며,

"내 여차여차히 하여 임경업을 죽이리라."

생각을 정하고 한 사람의 장사로 하여금 피섬을 치라 하고 조선에 청병하는 글월과 사신을 보내게 하니, 상께서 세자와 대군을 이별하시고 주야로 울울하신 심회를 정하시지 못하시고 문득 호국에서 청병하는 글월이 이르렀거늘, 상이 보시고,

"무슨 일이 또 생기었느뇨?"

하시며, 글월을 떼어 보시니, 그 글이 대강 말하였으되,

〈짐이 이제 명국을 평정하고자 할새, 먼저 피섬을 치기로 되어

있는바 장사와 군병이 넉넉치 못하여 고통중이라. 임경업의 재조는 짐이 이미 아는 바인 고로 한번 빌리고자 하나니, 대왕은 한번 보냄을 아끼지 말아 달라〉

상께서 이를 보시고 난 다음 탄식 하기를 마지 아니하면서,

"백성이 안정치 못할 것이다."

하시고, 여러 신하를 모아 의논하시더라. 영의정 김자점이 상주하기를,

"이제는 서로 구원할 나라 사이가 되었으니 군병을 보낼 밖에 다른 도리가 없사옵니다. 임경업으로 대장을 삼아 보내게 하시옵소서."

상감께서 할 수 없이 삼천명 군사를 조달하는데 임경업으로 하여금 의주에서 바로 가라 하시니, 부윤이 왕명을 받자와 군사를 거느리고 피섬으로 향할새, 심중에 계교를 생각하고 가는 것이더라. 호장(胡將)이 먼저 진을 치고 기다렸더라. 부윤이 호진에 들어가서 보고는 예를 마치매, 호장이 말하기를,

"우리 주장이 장군으로 하여금 피섬을 쳐 항복받아 보내라 하였으니, 장군은 선봉이 되어 앞을 맡으소서."

부윤이 내심으로 헤아리기를,

'내 이제 계교를 쓰리라.'

하고, 쾌히 허락하면서 말하기를,

"피섬을 지키는 장수는 어떠한 장수이뇨?"

호장이 대답하되,

"남경 대도독 황자명(皇子明)이라."

하고, 대답하는 것이리라. 이에 부윤이 크게 기꺼워하며

'내 계교를 마치리라.'
하고,

"내 들으니, 피섬에 금은 보화가 많다는데, 내 만일 선봉이 되어 성을 항복받으면 항서는 북경으로 보내려니와 보물만은 조선군 군사에게 상 주리라."

하고, 변명하니, 호장은 본시 재물이라면 사죽을 쓰지 못하는 위인이라 이 말을 듣고 말하기를,

"이는 우리 나라의 일이니, 이제 우리가 선봉이 되어 칠 것이니, 장군은 잠깐 후군이 되어 접응하시라."

하더라. 부윤이 허락하고 본진에 돌아와 가만히 적군에 전령을 내리기를,

"내일 싸움에 우리는 후진이 될 것이니, 너희들은 호진을 향하여 호포를 놓아 호병을 많이 살하여라."

하고 약속을 정하더라. 이튿날 호장이 영군(領軍)하여 피섬에 들어가 접전할 즈음에 조선 군사는 호병이 세번이나 일어남을 보고 일시에 호진을 향하여 불을 놓으니, 호병의 사상이 심다(甚多)하고 나머지 군사는 다 달아나 버렸더라. 호장이 대경하여 자세히 살펴보니 조선 군사는 싸움을 돕지 아니하고 도리어 자기의 군사를 해치고 있는지라, 크게 놀라 급히 징을 쳐 군사를 거두고, 경업을 청하여 말하는 것이더라.

"오늘의 싸움에 내 부족하여 도적을 대적치 못하였으니, 명월에는 장군이 선봉장이 되어 치소서."

경업이 마지못하여 응락하고 돌아오니, 이 때가 마침 정축년 칠월이라. 피섬을 지키는 장수는 전일 임경업이 남경에 가 있을 때 접반사

로 있었던 황자명이라. 부윤이 가만히 일봉서한을 써서 피섬에 보내니, 그 글에 적기를,

〈전임대사마 대장군 임경업(前任大司馬大將軍林慶業)은 두번 절하고 한장 글월을 황노야(老爺) 휘하에 올리나이다. 일자배별하온 후로 사모지심이 간절할 따름이더니, 세상 일이 번복하여 일이 이쯤 되었으나, 어찌 이곳에 와서 뵈올 줄 뜻하였으리요. 이도 다 천수(天數)라 한할 바 없삽거니와 이제 호적이 경업으로 하여금 성을 치라함은 나를 해코저 함인지라, 내 이제 호적을 썩은 풀같이 보거니와 바라건대 성중백성을 어여삐 여겨 내일 싸움에 거짓 항복하여 후일을 도모하사이다.〉

하더라. 황자명이 글을 보고 대희하여 즉시 회답하니, 부윤이 답서를 보고 남몰래 기꺼워 이튿날 평명에 장수가 북을 올리며 성하에 다달으니, 성의에 기치를 정제하고 한일기 아래에 앉아 거래를 트거늘, 부윤이 말 위에서 채를 들어 가리키면서,

"나는 조선 장수 임경업이다. 너희들은 일찍 내 이름을 들었을 것이니, 빨리 항복하라."

하니, 그 장수는 이 말을 듣고 깃발을 거두고 성문을 크게 열어 성밖에 나와 항복하는 것이더라.

부윤이 성안으로 들어가 자명을 보고 못내 반겨 병자년의 항복한 말과 세자 대군 잡혀 보낸 일이며 또 청병하여 부득이 들어온 수말을 자세히 이야기하니, 자명이 또한 호적이 반(叛)한 전말을 말하매, 눈물을 흘리면서,

"우리 양국이 합력하여 호적을 멸하고 한을 씻으리라."

하며, 언약을 금석과 같이 정한 후에 부윤이 피섬 항복받은 문서를

거두어 호장에게 주어 보내고 부윤이 본국 군사를 거느리고 의주에 돌아와 군사를 중히 상주고 경성에 올라오니, 조정백관이 나아와 영접하고 성안에 백성들이 노소없이 경업을 반가와 하더라.

부윤이 궐하에 나아가 상께 뵈옵고 피섬 항복받아 보낸 전말을 주달하니, 상께서 크게 기뻐하사, 못내 칭찬하시며 호위대장군(護衛大將軍)을 제수하시더라. 호장이 심양에 돌아가 호왕을 보고 피섬 항복받은 일서를 드리고 여쭈기를,

"조선 장수 임경업이 처음은 한가지로 피섬을 차지하고 싸움에 당하여서는 도리어 우리 군사를 무수히 죽이는고로 경업으로 선봉을 삼아 성하에 이르른즉 피섬 지키는 장수가 곧 나와 항복한 후 맞이하여 데리고 성중으로 들어가 잔치를 배설하고 즐기다가 흩어지니, 진실로 그 뜻을 알 수 없사옵더이다."

하고, 아뢰이니, 호왕이 듣기를 마치고 발연히 반색하여,

"임경업의 지혜는 사람에 미칠 바 아니니, 만일 이 사람을 조선에 둔다면 남경을 도모치 못하리로다."

하고, 즉시 글월을 닦아 조선에 보내니, 그 글월에 하였으되,

〈피섬 싸움에 임경업이 큰 공을 세웠는고로 각별 치하코자 하니 사신과 함께 들여보내라.〉

하였더라. 상께서 호왕의 글월을 보시고 탄식해 말씀하시길,

"이는 반드시 경업을 죽이고자 함이라. 슬프다 하늘이 갈수록 과인을 망케 하심이로다."

하시고, 사신을 관대하여 인정을 많이 주어 돌아가게 하였으나 호사(胡使)가 말하기를,

"천자께서 신칙하시길 예단을 받지 말고 경업을 데려오라 하셨사

오니, 황명을 거역할 수 없사옵니다."

하니, 상께서 크게 탄식하시고 여러 신하를 모아 의논하시더라. 이때 김자임이 임경업을 해코자 하다가 그 기회를 얻지 못하고 있었더니, 이 전지를 듣고 마음에 크게 기뻐하여 자리에 나와 상주하기를,

"호사가 자주 왕래케 됨은 임경업 까닭이오니, 이대로 가다가는 장안 백성이 안접치 못하옵고 또 호왕의 명을 거역할 수 없으리오. 수히 호사에게 경업을 주어 보내심이 옳은가 하나이다."

상께서 마지 못하여 경업을 인견하사 손을 잡으시고 길게 탄식하시면서,

"호사가 부득부득 경을 데려가겠다 하기로 할 수 없이 경을 보내나니, 수히 왕환하라."

하시고, 은근히 슬퍼하시니, 경업이 사뢰되,

"신이 한번 호지에 들어가면 돌아올 기약이 묘연하오니, 어찌 슬프지 아니하리까? 신 곧 없사오면 병자년 원수를 갚지 못하고 세자대군을 뉘라서 뫼셔 돌아오리까?"

상이 경업의 주달을 들으시고,

"과인도 짐작하는 바이거니와 호사가 경 데려가기를 재촉하는 고로 과인이 어찌할 수 없으니 경은 원로에 보중하여 수히 다녀오라."

하시며, 비감함을 금치 못하시더라. 경업이 집에 돌아와 그의 자당께 이 일을 아뢰니, 윤부인이 울면서 말하기를,

"네가 일찍이 등과하여 늙은 어미에게 효성이 지극하더니, 지금 호국에 들어간다면 이제 다시 만나지 못하리니, 어찌 슬프지 아니하리오. 그러나 네 이미 몸을 나라에 바치었으니 아무쪼록 충성을

다하여 임군을 섬기면 하늘이 감동하사 화를 면하고 복록을 받을 것이니 조금이라도 태만하면 화를 면치 못하리니, 너는 늙은 어미를 염려치 말고 수히 공을 이루고 돌아오너라."

경업이 명을 받들고 눈시울을 붉혀 모친과 동생과 처자를 이별하고 궐하에 나아가 하직숙배(下直肅拜)를 하였느니 상께서 추연해 하사 무사히 득달하여 수히 돌아오라 하시니, 경업이 재배무명하고 호사(胡使)를 따라 호국으로 향하니, 이 때가 무인년 이월이더라. 임장군이 분함을 참고 길에 올라 호국으로 향하는데, 마천령(磨天嶺)에 올라 바라보니, 두만강이 보이거늘, 장군이 생각하기를,

'대장부 세상에 처하여 남의 손에 죄없이 죽기를 어찌 참으리요. 가히 천조에 들어가 대사를 도모하리라.'

하고 이날 밤 삼경에 칼을 빼어 파수하는 호병(胡兵) 수인을 죽이고 바로 소인산으로 들어가니, 만학천봉은 좌우에 둘러 있고 초목이 무성한 곳에 종경소리를 찾아 들어가니, 절간이 북공에 솟아 있고 경치가 절승하더라. 경업이 대희하여 죽장을 끄르고 그 절에 들어가니, 수십명 승도들이 불경을 외우는지라 경업이 여러 스님들을 보고,

"나는 초야에 비천한 사람으로 시운이 불행하여 명도 기구하기로 부모 처자를 일시에 이별하고 고고한 일신이 사고 무탁하오나, 모진 목숨이 죽지 못하여 외로움이 대해의 부평초와 같은지라 두루 다니다가 마침 귀사에 들어와 산문에 의탁코자 하옵나니, 머리를 깎아 주시기 바랍니다."

여러 스님들이 의아함을 이기지 못하여 면면이 서로 돌아보며, 삭발시켜 주지 아니하니, 경업이 참지 못하여 칼을 빼어 스스로 삭발

하니, 그중에 독보(獨步)라 하는 스님이 있어 깎아 주었다. 경업이 그후부터 밤이면 절에서 자고 낮이면 몸을 산중에 피하니 여러 스님들이 괴이쩍게 여기지 않는 자 없더라. 이 때 호사는 경업을 잃고 할일없이 돌아가 호왕을 보고,

"경업이 중로에 도피하였습니다."

하고, 잃어버린 전말을 고하니, 호왕이 대로하여 다시 패문하여,

"경업을 탐색하여 잡으라!"

하였지만, 어디에서고 경업을 찾을 수가 없었다. 이러구러 오랜 시간이 지나자 임장군은 천조(天朝)에 들어갈 생각을 하고 권선문을 만들어 가지고 산에 내려가 삼개물가에 주인을 정하고 주인더러 이르기를,

"소승은 소이산중의 화상이옵더니, 연안백천(延安白川) 땅에 얻어 놓은 곡식이 수백 석이라 이제 이곳으로 옮기려 하나니, 주인은 배와 역군을 주면 물건을 가져온 후 선가를 후이 주겠습니다."

하니, 주인이 허락하더라. 임장군은 다시 부탁하여 말하기를,

"아무날 올 것이니, 주효를 많이 장만하였다가 역군들을 먹이라!"

하니, 주인이 응락하더라. 임장군은 다시 절로 돌아와 주승 독보를 데리고 오니, 주인이 이미 배와 역군을 준비하였더라.

장군은 크게 기뻐하여 주인에게 칭사하고 배를 띄워 대강 가운데로 나아가며, 배가 큰 바다에 다달았을 때에 장군은 서리같은 칼을 빼어 들고 선창가에서 여러 사람들을 보고 호령하기를,

"너희들이 나를 아느냐 모르느냐?"

역부들이 대답하기를,

"모르옵니다."

장군은 온 몸을 떨고 있는 여러 역부들을 흘겨보며,
"나는 전임 의주부윤 임경업이며, 세자와 대군 삼형제가 호국에 볼모되어 계시기로 내 이제 남경에 들어가 천조와 협력하여 북적(北狄)을 소멸하여 우리나라 세자대군을 모셔 돌아오고 병자년의 치욕을 풀려하나니, 너희들도 조선의 백성이라면 어찌 본심이 없으리요, 마땅히 나와 더불어 남경에 들어가 공을 세우고 돌아오게 하라!"
역군들이 일시에 꿇어 앉으면서 대답하기를,
"사또의 말씀을 듣자오니, 실로 감동이 되지 않는 바 아니오나 소인들이 강국인의 말만 믿어 서해로 갈 줄 알았는데 이제 대국에 들어가오면 부모처자는 다 굶어 죽사오리다."
하고, 서로 돌아보며 눈물을 흘리므로, 이에 장군은 칼을 들어 소리를 가다듬어 꾸짖어 말하기를,
"너희들이 내 말을 좇지 아니하면 이 칼로 마땅히 베이리라."
역군들이 일시에 꿇어앉으면서,
"장군의 분부대로 거행하리라."
임장군이 대희하여 사공과 역부들을 위로하고 배를 돌이켜 남경으로 향하였다.
발선한지 삼십 구일만에 큰 바다 가운데서 자는데 문득 태풍이 일어나 표류하여 한없이 밀리어 가다가 날이 밝은 후 바람이 진정되매, 남해를 보며 한 섬에 내리니, 그 섬을 지키는 장수가 내달아 오며,
"너희들은 어디 있으며 무슨 연고로 어디를 가느냐? 이는 반드시 호적의 간첩들이 분명하다."

장군이 대답하기를,

"나는 간첩이 아니라 조선사람으로 무역하다가 표류하여 이곳에 왔거니와 이 땅은 어디이뇨?"

그 장수가 대답하기를,

"이 땅은 남경땅 피섬이거니와 그대의 행색이 극히 괴이한지라 아직 이곳에 함께 있으며, 황장군께 고하여 조치하리라."

장군이 듣기를 마치고 중얼거리기를,

'하늘이 나의 정성을 살리사 길을 인도하심이로다.'

하고, 전후 내력과 성명을 올바로 이르니,그 장수가 황장군에 고하기를,

"조선 인물이 표풍하여 본토에 들어왔삽기로 문초하온즉 조선장수 임경업이라 하오니, 장군께 뵈올 일이 있다 하기에 고하옵니다."

황자명이 듣기를 마친 후에 말하기를,

"임장군이 나를 찾아오도다."

하고, 즉시 군관을 보내어 모셔오라 하니, 군관이 청령하고 피섬에 나아가 황장군의 말씀을 전하고 임장군을 모셔가려고 하니, 그 장수가 듣지 아니하고,

"이는 반드시 묘책이 있을 것이니, 내 천자께 상주하여 천명을 듣고 놓아 주리라."

하더라. 군관이 돌아가 이대로 고하니, 황장군이 크게 노하여 친히 군사를 거느리고 옥문을 깨쳐 임장군을 영접해 가니,이때가 계미년 십일월 이십일이니, 황장군은 임장군의 손을 잡고 반가움을 이기지 못하여 이리로 온 연고를 물으니, 임장군이 탄식하며,

"병자년 치욕 후에 피섬을 치고 온 후로 호왕이 패문을 보내어

나를 잡아 보내라 하기로, 마지못하여 호사를 따라 들어갔다가 마천령에 이르러 여차여차하여 도망하여 소이산에 들어가 삭발위승하였다가 이리이리하야 대국으로 향함은 천국의 힘을 빌어 장군과 함께 협력하여 북호(北胡)를 소멸하고 세자 대군을 모시고 돌아가려 하려다가, 중로에서 표풍하여 이곳에 이르러 장군을 뵈오니, 다행함을 이기지 못하리로소이다."

황장군이 듣기를 마치고 찬탄함을 마지 아니하여 크게 잔치를 베풀어 임장군을 관대하고 이사연으로 표를 닦아 천자께 주달한 후 즉시 임장군과 더불어 남경에 들어가 천자께 조회하니, 천자 황자명의 표를 보시고 천심(天心)이 환열하사 급히 임경업을 입조(入朝)하라 하시니, 수일이 지나 황자명이 임경업과 더불어 천자께 조회하니 천자가 크게 반가와하며 경업의 손을 잡으시고,

"시운이 불행하여 북호가 강성하여 조선은 항복받고 대국을 자주 침노하니, 짐의 나라에 어진 장수 적음으로 능히 제어치 못하여 매양 근심터니, 이제 경이 충성을 발하여 대국에 들어오니, 조선을 가위 불망기본(不忘其本)한다 하리로다. 이제 경을 얻었으니 어찌 북적을 근심하리요?"

하시고 조선의 형세와 들어온 뜻을 물으니, 경업이 황공함을 이기지 못하여 땅에 엎드려 병자년 치욕 후에 세자대군 삼형제 호국에 잡혀간 날과 피섬을 치던 일이며 사신을 따라 들어가다가 중로에서 도망하여 삭발위승하고 대국으로 들어온 전말을 일일이 상달하니, 천자께서 청사하여 말씀하시기를,

"경의 충성을 하늘이 살피사 길을 인도하심이니, 어찌 다행치 아니하리요."

하시고, 크게 잔치를 차려 황자명으로 하여금 임경업을 관대하게 하시고 즉시 호국을 멸하여 원수를 갚으라 하사 임경업으로 호위대장 겸 도원수(護衛大將兼都元帥)를 제수하시니, 경업이 사은하고 물러나와 피섬에 돌아가 황장군과 더불어 북호(北胡)칠 일을 의논할새, 변방 각진에 분부하여 군기를 준비하여 날마다 군사를 훈련시키었다. 어느덧 세월은 여류하여 갑신년 삼월이더라.

호병이 점차로 강성하여 대국지경을 범하더니, 이에 황자명이 천자의 명을 받아 호적을 치러 가는데 임장군과 의논하기를,

"이 땅은 중지인이라 가벼이 나아가지 못할 것이니, 장군은 아직 이곳에 머무르소서."

"적세 급하오면 소장이 마땅히 서로 돕고자 하옵니다."

"장군은 아직 본진을 지키소서. 내 나아가 적세를 탐지하리라."

하고, 경업이 나아가더라. 이 때에 임장군이 데리고 간 독보라는 중은 천하의 소인이라 항상 임장군을 해코자 하더니, 이날 양인이 수작하는 말을 듣고 일계를 생각하여 원래 피섬은 삼국이 모여 무역하는 땅이라. 독보는 가만히 나아가 구경하는 체하고 호인 한 놈을 사귀어,

"나는 조선사람이다. 우리나라 장수 임경업이 심양에 잡혀가다가 중로에서 도망하여 가만히 명국에 들어가 황자명과 협력하여 심양을 처벌하고 병자년 원수를 갚고저 하나니, 나에게 천금을 주기만 한다면 경업을 잡아 주리라."

하니, 호인이 돌아와 심양의 호왕에게 고하니, 호왕이 듣고 크게 기꺼워하여,

"내 전일 임경업을 잡아 죽이려 하던 바라, 이제 경업을 잡을진대

어찌 천금을 중히 여기리요."
하고, 먼저 수천금을 주면서,
 "만일 성사만 한다면 다시 오천금을 주리라."
하니, 독보 대답하기를,
 "내 경업을 속여 이리 올 것이니, 여차여차 하라."
하고, 돌아와 또 명나라의 한 사람을 사귀어 천금을 주고 일장서한을 만들어 주며,
 "그대는 이 서한을 가지고 황장군의 군사라 칭하고 임장군께 드리라!"
하니, 그 사람이 독보의 말대로 편지를 임장군께 드리니 임장군이 받아 떼어 보니,
 〈지금 적세 급하고 또한 살을 맞아 팔을 쓰지 못하기로 기별을 하옵니다. 장군은 구원하여 주소서.〉
하였더라. 임경업이 그 글을 보고 대경하여 바삐 가려고 하는데 갑자기 독보가 나타나,
 "소승도 함께 가겠나이다."
하니, 임장군이 그 자의 간계를 모르고 함께 배에 올라가더니 큰 바다에 이르매, 날이 저무니라. 배를 머무르고 멀리 바라보니 무수한 배들이 해상에 있더라. 경업이 의아하여,
 "저게 다 무슨 배뇨?"
 독보 말하되,
 "무역선이올시다. 오늘 날은 저물고 바람이 일 듯 하니, 배를 이곳에 매고 쉬시기 바라나이다."
하고, 닻을 내리고 자기로 하니라. 이윽고 삼경이 되니 무수한 호병이

임장군이 잠들기를 기다리어 배를 에워싸고 크게 외치되,
 "조선의 임경업아! 네 이제 어디로 가려는고? 우리는 심양군사라 천명을 받아 이에 왔으니, 빨리 항복하여 죽기를 면하라"
 장군이 대경하여 독보를 부르니, 벌써 호진으로 갔는지라, 분기를 이기지 못하여 하늘을 우러러 탄식하기를,
 "내 충성을 다하여 국가를 도우려 하였더니, 하늘이 돕지 아니하사 사세가 이에 이르렀으니, 죽은들 무엇이 아까우리요."
하여, 크게 소리를 내어,
 "내 소인에게 속아 이에 왔으니, 너희들 나를 잡아 호왕에게 바칠 따름이라. 내 어찌 항복하리오."
하니, 호병이 일시에 배를 몰아가더니, 날이 맑으매, 바람이 바로 북경 쪽으로 불매, 배가 살가듯이 가는지라. 이때 남경의 천자는 임장군의 잡혀감을 들으시고 대경하사 축수하기를,
 "하늘이 임경업 충성을 살피사 무사히 돌아오게 하소서."
하시며, 축수함을 마지 아니하더라. 이 때 호왕이 임경업 잡아옴을 듣고 크게 기뻐하여 위엄을 보이려고 삼십리 밖에 군사를 결진하여 기치창검을 세우고 좌우에 무사를 벌려 세운 후 임경업을 잡아들이라 하니, 임장군이 대로하여 크게 꾸짖어 가로되,
 "너희들의 재주가 능란하여 나를 잡음이 아니니, 비록 억만군이라도 내 한 칼로 버틸 것이로되, 이렇게 된 것은 천수(天數) 아님이 없는지라, 내 천명을 순수하기에 욕을 참고 있거니와 만일 너희가 가까이 오는 자 있으면 베이리라."
하고 엄연히 걸어 들어가니, 호왕이 낙담상혼하여 황황하거늘 바로 전각 앞에 이르러 칼을 잡고 눈을 부릅뜨고 호왕을 보니 호왕이 크게

소리쳐 가로되,

"경업은 들으라, 내 병자년에 용병 맹장을 보내어 너의 왕의 항서를 받아 돌아오는 길에 네 무슨 연고로 중로에 나의 군사를 살해하였으며, 또 피섬을 친 후에 사신을 보내어 잡아오게 하였거늘, 중로에서 도망하여 남경으로 들어갔음은 어찌 된 곡절이냐?"

임장군이 듣기를 마치고 크게 노하여 소리를 가다듬어 꾸짖어 가로되,

"개같은 오랑캐는 내 말을 자세히 들으라. 네 천자의 은혜를 생각지 아니하고 나의 공을 잊어 반심을 두어 천조를 침범하니, 이로 천하만고에 대역이라, 병자년에 내 의주 부윤으로 있을 때 가만히 동해로 돌아 도성을 엄습한 일도 간사하고 우리 세자동궁을 잡아오매, 내 분을 참지 못하여 너희를 소멸하려 하였더니, 왕명이 계시기로 정지하였으며 피섬을 치게 하였음은 내가 공을 이루지 못하면 나를 잡아 죽이려 할 줄 알고 내 공을 세운 것이어늘, 갈수록 간사하여 사신을 보내어 나를 잡아가려 하였으니, 내 어찌 죄없이 해를 받으리요. 내 도망하여 천조에 들어갔음은 힘을 빌어 너희를 멸하고 너의 머리를 베어 병자년의 한을 씻고 우리의 세자와 대군을 모시고 돌아가려함이었더니, 하늘이 돕지 아니하사 소인의 간계에 속아 이리 왔으나 네 감히 나를 업수이 여길 것이냐? 네 비록 백만 명이라도 목숨이 내 손에 달렸나니, 네 어찌 하려 드느뇨?"

호왕이 그 소리를 들으니, 마음이 송구하여 웃고 달래며,

"네 이제 항복하면 제후왕을 봉하리라."

임장군이 더욱 분연히,

"우리 왕상이 병자년의 치욕을 주야로 한탄하시거늘, 내 어찌 오랑

캐에게 항복하리오."

호왕이 대로하여 경업을 내어 베이라 하니, 임장군이 크게 꾸짖어 가로되,

"내 명은 하늘에 달렸거늘, 네 능히 해할 수 있으랴? 내 명은 다섯 걸음 안에 있느니라."

하고, 칼을 들고 소리를 벽력같이 지르니, 군사들이 달려 들다가 그 소리를 듣고 감히 가까이 범하지 못하는지라 호왕이 이 거동을 보고 크게 겁내어 급히 계하에 내려가 그 손을 잡고 위로하기를,

"장군은 식노하라. 내 장군의 장략을 시험함이요, 경망함이 아니로다. 왕년에 우리나라 청병으로 왔을 적에 저렇듯한 위엄을 몰랐더니 오늘 보건대 진실로 영웅이요, 충성이라. 내 어찌 남의 나라 충신을 해하리요. 장군의 원대로 세자를 본국으로 돌려 보내려니와 나의 실례(失禮) 하였음을 사하라."

하고, 인하여 주찬으로 환대하니, 임장군이 생각하기를, 호왕의 후의가 이만큼이나 관대함을 감격하여 일어나 배사하고 다시 앉으니, 그 늠름한 기상이 더욱 황홀하더라.

이보다 앞서 호왕이 세자와 대군을 계함에 가두고 형극으로 두르고 구메밥을 먹이는데 대군형제가 서로 붙들고 주야로 슬퍼하여 고국을 생각하고 또 임장군을 주야로 생각하며 기다려 여러 해를 지냈으되, 소식이 묘연하니, 천시만 기다리더라.

이 때 호왕이 사신을 보내어 세자와 대군을 모셔오라 하니, 사신이 대군께 고하기를,

"조선 장수 임경업이 우리 나라에 잡혀 왔으되, 마침내 굴치 아니하고 의리로 다투기로 우리 대왕이 아름다히 여기사, 임장군의 원을

좇아 세자와 대군을 본국으로 돌려 보내려 하여 모셔오라 하시더이다."

대군이 이 말을 들으시매, 정신이 황홀하여 어린 듯 취한 듯 반갑고 다행함을 이기지 못하여 황망히 나오실 때, 임장군이 바삐 들어와 통곡 재배하니, 대군이 서로 붙들고 눈물이 비오듯 하시니 임장군이 대군을 모시고 호왕께 뵈옵고,

"대왕의 하해지은을 입사와 대군을 모시고 본국으로 돌아가오니, 이는 도시 대왕의 큰 은혜로소이다."

그 말이 채 끝나기도 전에 계하에서 한 사람의 장수가 내달아 외치며,

"임경업은 들으라. 너는 소방(小邦)의 조그마한 사람으로 혼자 잡혀온 죄인이어늘, 네 아무리 영웅이라 하나 감히 천자와 대좌하느냐? 수히 내려와 죽기를 기대하라."

하니, 임장군이 대로하여,

"내 임군과 말하거늘, 너는 어떠한 놈이관대 이와 같이 방자하느뇨?"

호왕이 또 그 장수를 꾸짖어 가로되,

"네 나의 명없이 무례히 구니 그저 두지 못하리라."

하고, 무사를 호령하여 내어 베이라 하고 호왕이 세자대군을 돌아보면서,

"임장군이 죽기로써 경들을 데려가려 하니, 그 충성을 사랑하여 경들을 보내나니, 무고히 돌아가라."

하고 다시,

"경들이 만리타국에 왔다가 돌아가니, 무엇이든지 청할 것이 있으

면 청하라."

동궁께서 보화를 청하니, 호왕이 즉시 허락하였고, 둘째 대군은 조선 백성 사로잡혀온 남녀들을 속환하기를 청하니 호왕이 원대로 허락하였고, 셋째 대군은 속히 돌아가 부모님을 뵙기를 원하니 그것 역시 허락하더라. 그리고 다시 입을 열어,

"경들은 돌아가도 임장군은 아직 이곳에 머물으라."

하고, 대연을 배설하여 세자대군을 전송하더라. 이 때가 을유년 칠월이라. 임장군이 대군께 말씀하기를,

"전하께서는 먼저 돌아가소서. 신이 형세를 보아 호왕의 머리를 베어 가지고 뒤따라 돌아가오리니, 전하는 평안히 행차하시옵소서."

대군들이 울면서,

"만리타국에 무주고혼이 될 것을 장군의 충성을 힘입어 다시 고국에 돌아가니, 그 은혜는 백골난망이라. 장군은 속히 돌아와 한가히 보게 하라."

"그러한 염려는 마시옵소서. 자연히 돌아갈 날이 있사오리니, 무사하시옵소서."

하고, 하직을 고하니, 떠나는 정이 비할 데 없더라. 대군이 호국사신을 데리고 남문을 나서 길을 재촉하여 백두산을 바라보고 압록강에 다달으니, 이 때가 을유년 가을 구월이더라. 동궁이 임장군의 충성으로 무사히 돌아옴을 상께서 들으시고 크게 기뻐하사,

"과인은 경업이 도망하여 죽었나 하였더니, 호국에 들어가 동궁을 구하여 온다 하니, 진실로 충신이로다."

하시고, 즉위 하조하사 도승지로 하여금 의주까지 가서 맞이하여

오라 하시니, 승지가 봉명하고 위의를 갖추어 압록강에 이르니, 과연 대군이 멀리 보이더라.

승지는 황망히 하마하여 영접하여 조서를 올리고 고두숙배하니, 대군이 반기며 임경업의 충성으로 나오심을 포상하시고 호지에 포로되어 있던 조선 백성을 데려옴을 갖추어 말씀하며 또 금을 얻어 옴을 여짜오시며 경성으로 향하셨고, 이 때 대군의 행차 빠르기 살과 같아서 삼각산을 바라보고 장안에 들어오시니, 만조백관이며 일국의 백성 어느 누군들 기꺼워 하지 아니하리오. 대군의 행차는 바로 대궐에 들어가 상께 뵈었는데 상께서 반기시어 기꺼워하시며,

"너희가 임경업의 힘으로 무사히 돌아오니, 즐거웁기 측량할 수 없거니와 보물은 뉘 청하여 왔느뇨?"

동궁께서,

"신이 청하여 왔나이다."

상께서 분연히,

"이 은자를 무엇에 쓰리오. 병자년 원수를 네 모르고 도적의 재물을 무엇에 쓰려고 가져왔느뇨?"

하시고, 용연석(龍硯石)을 들어 치시니, 동궁이 인하여 병석에 누우사 일어나지 못하시더라. 임경업이 호국에 있으면서 주야로 나오고자 하나 호왕이 그 뜻을 알고 은근히 후대하며 백방으로 개유하여 말하기를,

"장군이 비록 소국에 났으나 충성과 영웅은 족히 삼국 때의 관운장(關雲長)을 방불케 하는지라. 오관(五關)에 참육장하고 독행천리 하던 충성과 같으매, 내 그윽히 아름다이 여기나니, 이러므로 장군의 소원을 다 이루게 함이라. 장군은 모름지기 안심하소서."

임장군이 왕의 후은을 사례하나 즐기는 빛이 없는지라, 호왕이 그 마음을 즐겁게 하고자 여러 미녀와 갖가지 풍악으로 위로하나 조금도 즐기는 빛이 없고 다만 본국에 돌아갈 마음만 품고 있더라. 하루는 호왕이 임장군더러 말하기를,
　"과인의 딸 하나 있는데 그대의 영웅됨을 흠모하여 장군의 상을 한 번 보고 싶어 하니, 장군은 비례(非禮)임을 생각지 말고 한번 구경함을 허하소서."
　임장군이 왕의 후의를 생각하니 물리칠 수 없는 일이라 이에 허락하니, 호왕이 크게 기뻐하여 공주로 하여금 장막 안에서 보라 하고 장군을 청하니, 임장군이 갑주를 갖추고 두터운 신 안에 나무로 보임하여 키를 한치 가량 돋우고 내전에 들어가 서니, 공주가 주렴 사이로 보다가 탄식하기를,
　"장군은 과연 천신이로다. 아깝다. 과연 키 한치만 없었던들 천하 영웅이 되었을 것을 한치가 더하니 애닯도다. 그만 하여도 소국 명장은 되리로다."
하더라. 임장군 즉시 외전(外殿)으로 나오니, 호왕이 왈,
　"공주가 아직 부마를 정치 못하였나니, 장군과 아름다운 인연을 정하고 백년을 동락함이 어떠하뇨?"
　임장군이 배사하여 말하되,
　"대왕이 어찌 이같은 말씀을 하시나이까? 내 나이 반백이요. 또 본국에 취처하여 유자생녀하였나니, 어찌 타의가 있사오며 하물며 원수의 씨를 끼쳐 무엇에 쓰리요."
　호왕이 만류하여 그 뜻을 굴치 못할 줄 알고 일계를 생각하고 백관을 모아 의논을 하더라.

"임경업을 도모코자 하나니 무슨 계교로써 처치할 수 있을꼬?"
여러 신하들이 상주하되,
"임경업은 지용이 절륜한 자라 허술히 다루다가는 도리어 해를 입으리니, 여차여차함이 상책일까 하나이다."
호왕이 그 말을 쫓아 가만히 무장을 분부하여 밖으로 군사를 준비하였다가 이리이리하라 하고 연석을 배설하여 독한 술을 많이 장만하였다가 임장군 대접하더라.
각색 풍악과 미녀로서 권고하니, 임장군은 활달한 군사라 조금도 의심치 아니하고 수 배를 마시니, 술이 심히 독한지라 대취하여 연석에 누웠더니, 비몽사몽간에 한 사람의 백발 노승이 들어와 죽장을 들이 치며,
"뒤에 천병만마 들어오거늘, 무슨 잠을 이리 자는고? 빨리 의장을 갖추소서."
하더라. 장군이 놀라 깨니, 연석이 고요하고 호왕이 간데 없어 이에 그들의 간계를 알고 대로하여 급히 갑주를 갖추고 칼을 들고 호왕을 찾아 나아가니, 호왕이 문득 뒷문으로 들어오는 것이더라. 장군이 묻기를,
"어찌하여 어디를 가셨더이까? 아무리 나를 해치고자 하여도 내 명이 하늘에 있나니, 어찌 그리 용이하리오?"
호왕이,
"장군, 그게 웬말이오? 아까 내 변소에 갔었소이다."
하고, 좌우에게 눈주어 일변 군병을 지휘한 흔적을 없이 하더라. 이러구러 날이 오래 되매, 임장군이 본국에 돌아가기를 청하니, 호왕이 다시 만류치 못하여 장군의 손을 잡고,

"부득이 가려 하나, 나의 마음이 간절한지라 가기는 마땅히 가려니와 만리 타국에 오래 있다가 돌아가니, 무엇을 원하느뇨?"

임장군이 대답하기를,

"왕의 머리를 구하나이다."

호왕이 웃고 이에 대연을 배설하여 임장군을 전송할새, 상사(賞賜)를 후히 하고,

"이제는 우리 서로 형제의 나라가 되었으니, 다른 마음은 먹지 말라!"

하고, 사신을 정하여 압록강까지 호송하여 드리라 하더라.

임장군이 호왕을 이별하고 호사(胡使)를 따라 조선으로 향하는데 돌아오는 선물을 본국에 보내고 나오게 되었더라.

이 때 영의정 김자점(金自點)이 일국에 특권하여 권세가 융융하여 그는 장차 시역의 흉심을 품고 일을 도모하고 있더라. 그가 경업이 돌아온다는 소식을 듣고 속으로 은근히 생각하기를,

"경업이 곧 오면 나의 일이 그릇되리라!"

하고, 탑전(榻前)에 상주하기를,

"임경업은 천하의 반적이오라 왕명을 거역하고 남경에 들어가 조선을 도모코자 하다가 하늘이 살피사 북경에 잡혀가 대군을 청하여 보내고 다시 기군하여 나라를 도모코자 하였사오니, 압록강을 건너오거든 잡아다가 극형하여지이다."

상께서 크게 노하시어,

"임경업은 만고 충신이라. 만일 경업을 모해하는 자 있으면 역률(逆律)로 다스리리라."

하시니, 자점이 가만히 조정에 의논하고 거짓 조서를 만들고 무사를

의주에 보내어 임경업을 잡아오라 하니, 조정이 자점의 형세를 두려워하여 감히 말할 자가 없더라.

이때 임경업이 전일 조선서 데리고 갔던 역군과 호사(胡使)를 데리고 압록강을 건너오는데 문득 자점이 보낸 사신이 교지를 전하고,

"임경업은 어디로 가시오?"

하고, 어명을 전하고 잡으러 왔노라 하더라. 일시에 달려들어 임장군을 결박하여 항쇄 족쇄하여 함거에 실어가는 것이더라.

장군이 망극하여 하늘을 우러러 탄식할 뿐이더니, 호사는 경업이 역률로 잡혀 가는 것을 목도하고 본국에 들어가 호왕을 보고 전말을 주달하니, 호왕이 크게 애석히 여기더라.

이 때 임장군이 의주에 다달으니, 의주백성이 임장군 오신다는 말을 듣고 남녀노소 없이 주찬을 갖추어 대우하다가 어명으로 잡혀감을 보고 저마다 눈물을 흘리며,

"우리 사또께서 어찌하여 이 지경이 되셨는고?"

하며, 무사히 풀려나오길 하늘에 축수하니, 장군이 이 광경을 보고 비회를 금치 못하여 눈물을 뿌리며,

"너희들은 각각 조히 있으라. 나는 북경에 갔다가 이렇듯 잡혀가노라."

하더라. 이 때 신임 의주부윤이 임장군을 대하고 싶으나 김자점을 두려워하여 만나지 못하고 그냥 보내었더니, 이날은 주막에서 숙소하고 다음 날 사신이 길을 재촉하여 정석원에서 중화참하고 벽지원에 숙침한 후 백지원에 들어오니 백성들이 임장군의 잡혀감을 보고 부르짖어 우는 소리가 그치지 아니하였으며, 고제원을 지나 마천령을

넘어오니, 이곳은 전일 장군이 도망하던 곳이라. 하늘을 우러러 통곡하여,

"슬프다. 내 전일 이곳에서 도망치질말고 호사에게 잡혀가 죽었던들 오늘 이런 일이 없었을 것을. 나의 충성이 부족한 탓이라."

하며, 평복역에서 말을 먹이니, 그 역노인들이 임장군을 위하여 슬퍼하더라. 처음 삼개에서 데리고 갔던 역인들이 하도 망극하여 장군과 함께 죽기를 원하고 떨어지지 아니하거늘, 임장군이 위로하여,

"너희들이 나로 인하여 부모처자를 버리고 만리타국에 갔다가 돌아오니, 정이 골육과 같은지라, 너희의 은혜를 갚을까 하였더니, 불행하여 이렇듯 잡혀가니, 다시 보기를 어찌 바라리오. 너희들은 각각 돌아가 부모처자를 반기고 잘 있어라."

말을 마치고 눈물을 뿌리니, 역군들이 통곡하며,

"장군께서 막군중에 호왕이 죽이고자 할 때에도 슬퍼하지 아니하시더니, 이제 죄없이 잡혀 가시거늘 어찌하여 저다지 슬퍼하시나이까?"

임장군이 탄식하며,

"이 때와 그 때가 다르니, 너희들은 잘 있으라."

하고, 경성으로 향하였으니, 이윽고 삼각산이 보이더라. 장군이 탄식해 마지 않으며,

"무정하다 삼각산아! 너조차 나를 보고 반기지 아니하느냐?"

하며, 남대문에 들어가니, 예 보던 조관들은 선자(扇子)로 얼굴을 가리우고 본 체도 아니하나, 장안 백성들은 반겨하며,

"명천이 살피사 우리 임장군이 무사케 하소서."

하고 비니, 임장군이 더욱 슬픔을 이기지 못하여 생각하기를,

'금부로 갈지? 전옥으로 갈지.'
하여 구화문에 다달으니, 김자점 위조의 영을 전하기를
 "전옥(典獄)에 가두라."
하더라. 이에 장군이 탄식하되,
 "이제는 죽게 되었구나!"
하며, 전옥으로 가더라. 이 때 김자점이 후능에 제관으로 갔다가 돌아오지 못하였기로 백관에게 이르기를,
 "내 돌아와 경업을 처지할 것이니, 아직 전옥에 가두어 두고 전하께 아뢰지 말라!"
하니, 조신들이 감히 어길 자가 없더라. 이 때 상감과 대군들이 임장군의 돌아옴을 모르시고 주야로 기다리시더니, 문득 경업의 온단 말을 들으시고 대군께서 의주까지 가시어 맞이하려 하시니, 자점이 여짜오되,
 "전하는 이제 군신의 분이 있삽거늘, 어찌 신하를 위하여 천리 행역을 하시리이까?"
하고 조관을 부동하여 만류하니, 대군이 마지못하여 그치시고 임장군의 들어오기만 기다리시더라. 이 때 조관이 경업의 온 소식을 오래 숨기지 못하여 승지로 하여금 상감께 주달하되,
 "경업이 들어왔으되, 아직 사제에서 쉬고 있나이다."
 상께서 반기사 보시기 바쁘시나,
 "쉬고 명일 입조하라!"
하시니, 승지가 자점을 두어 두려워하여 감히 전고를 전하지 못하더라. 이 때 임장군은 아무런 일도 알지 못하고 옥중에 들어가 생각하기를,

'전하께서 무슨 일로 이렇듯 나를 그릇 여기시는고? 대군께서 만일 아신다면 번번이 간하여 나의 원통함을 밝히실 것이어늘, 어찌 이 지경에 이르는고? 이는 반드시 연고가 있으리로다?'
하고, 하늘을 우러러 길이 탄식하니, 옥졸이 가만히 이르되,
"장군의 이번 갇히우심이 주상의 하신 일이 아니요, 다만 김자점의 한 바입니다."
장군이 이 말을 듣고 비로소 김자점의 모해를 입은 줄 알고 분기를 이기지 못하여 이를 갈고 땅을 치며,
"자점 역적이 임금을 속이고 충량을 모해하니, 내 결단코 이 도적을 죽이어 국가의 화근을 제하리라."
하고, 옥문을 열라 하니, 옥관이 자점을 두려워하여 감히 열지 못하더라. 장군이 크게 노하여 꾸짖어 말하기를,
"너도 또한 자점을 도와 국법을 업수이 여기느냐? 쾌히 문을 열라! 내 전하께 뵈옵고 간당을 소청하리라."
하고, 외치니, 전옥이 감히 어기지 못하여 옥문을 열더라. 임장군이 분연히 옥에서 나와 바로 궐내로 들어가니, 상께서 경업의 들어옴을 보고 반가움을 이기지 못하여 바삐 인견하실새, 경업이 엎드려 죄를 청하며,
"신이 전하의 조명을 받자와 호사를 따라 호국으로 들어가옵다가 생각하온즉 신이 죄없이 호국에 잡혀가 죽사오면 세자대군을 모셔오고 병자년 원수를 갚지 못하겠삽기로 부득이 도망하여 명나라에 들어가옵기는 천조의 힘을 빌어 북호를 멸하고 한을 씻고자 하였삽더니, 하늘이 도우사 다행히 천자께 조회하고 군사를 빌어 호적을 치려 할 때, 신의 충성이 부족하므로 불행히 간인의 계교에 속아

여차여차하옵기로 대해중에 이르렀삽더니 호졸이 해중에 북병하였다가 신을 잡아 가오니, 신이 대해 중에 어찌하오리까? 속절없이 잡히게 되어 뜻을 이루지 못하옵고 대군으로 하여금 오래 고초를 받으시게 하였사옵고 또 호왕에게 잡히어 꼼짝 못하게 되었사오니, 죄 만사무석이로소이다. 다행히 호왕의 허락을 얻어 본국으로 돌아가게 되었삽는바 뜻밖에 죄목이 역률에 있사오매, 신이 한갓 한탄할 뿐이었더니 이제 천안을 접안하오니, 비록 이제 곧 죽사와도 한이 없겠나이다."

상께서 듣기를 마치시고,

"경이 돌아오는 소식을 들은 후 일각이 삼추같이 여기었더니, 물론 경을 면대하니 반가움을 이기지 못하거늘, 경은 무슨 죄가 있길래 청죄하느뇨?"

"신이 압록강을 건너오매, 금부도사 어명을 전하옵고 신을 항쇄 족쇄하여 잡아오게 하니, 신은 다만 하늘을 우러러 죽기만을 기다리옵더니, 천행으로 천안을 다시 뵈옵고 신의 사정을 고하오니, 이제는 여한이 없사옵니다."

상께서 들으시고 크게 놀라고 크게 노하사,

"임경업은 만고충신이어늘, 어떤 놈이 과인을 속여 위조를 전하고 충신을 모해하였느뇨? 이 도적이 과인의 명령을 날조하였을 뿐 아니라 반신 적자이니, 이것을 베어 과인의 분을 풀리라."

하시고, 즉시 제신을 모아 헤치고자 하시더니, 이 때 김자점이 폐관 있다가 돌아와 이 일을 알고 낙담상혼하여 동류들을 모아 의논하기를,

"이제 경업을 모해하던 일이 발각되었으니, 우리들의 목숨이 위태할 것이라. 바삐 들어가 죽기로 다투어 보리라."

하고, 백관으로 더불어 탑전에 상주하되,

"경업은 한적이라 신이 이미 그 죄상을 아옵는고로 상달하였삽거늘, 전하께서는 어찌 역신을 두호하시나이까?"

이 때 임장군이 분기를 이기지 못하여 크게 꾸짖기를,

"역적은 들으라! 네 벼슬이 일품이오 권도가 조정에 제일이라 무엇이 부족하여 불의의 마음을 내어 나를 해하려 하느냐. 내 죽은 혼적이라도 칠문에 있다가 역적의 머리를 베이리라."

하니, 상께서 크게 노하시사 자점을 꾸짖으시되,

"임경업은 아국 충신이어늘, 네 무슨 심술로 보해 하려 하느냐?"

자점이 다시 다투려 하거늘, 상께서 대로하사 자점을 참가 엄수하여 금부에 가두라 하시고 조회를 파하시고 소연을 배설하여 경업을 위로하신 후 나아가 편히 쉬라 하시더라.

임장군이 천은을 축사하고 나왔으며, 이 때 김자점이 분함을 견디지 못하여 동류를 거느리고 구화문 밖에 숨어 있다가 임장군이 궐문으로 나오자마자 자점이 철편을 들어 임장군을 향하여 마음껏 치니 이때는 황혼이요, 겸하여 무심히 나오다가 비록 용맹하나 어찌 막으리요.

임장군이 철편을 맞아 속절없이 넘어지니, 자점이 채를 들어 호령하매, 동류 수십인이 일시에 달려들어 어즈러히 치니, 임장군이 비록 무예가 천하에 제일이나 불의의 변을 당하여 빈손으로 어찌 마음먹고 치는 놈 수십명을 당할 수 있으랴.

슬프다. 임장군의 붉은 충성으로서 반신적자에게 몸을 마칠 줄 어찌 뜻하였으리요. 이 때 장군의 나이 오십 삼세더라.

자점이 무사들을 호령하여 임장군을 결박하여 전옥으로 보내고 자점 등은 금부로 들어갔으며, 이 때 우의정 이시백과 좌의정 권두표 두 사람이 경업의 입상함을 알고 동궁에 들어가 즉시 세자대군을 뵈옵고 여쭈오되,

"전하! 임경업을 보시었사오이까?"

듣기를 마친 전하는,

"임장군이 지금 어디 있나뇨?"

이시백이 주하기를,

"신도 금일에야 알았사오니, 자세히는 모르옵니다."

대군이 마음이 조민하여 즉시 부왕께 뵈옵고 임장군의 일을 주상하니, 상께서,

"대인도 금일에야 보았노라. 적신 자점이 여차여차하여 전옥에 가두어 말하지 아니하므로 망연히 있지 못하였더니, 승지가 들어와 고하매, 비로소 알고 부르려니, 경업이 들어와 전후 수말을 아뢰매, 과인이 분함을 참지 못하여 자점 등을 죄주려 하던 차 자점이 백관을 거느리고 들어온 경업을 반신이라 하여 죽여지라 하기를 과인이 대표하여 자점은 참가엄수하여 금부에 가두고 경업은 집으로 내 보내어 편히 쉬고 명일 입조하라 하였노라."

하시니, 대군이 상의 말씀을 들으시고 마음이 조민하나 날이 이미 저물었는지라 할일 없이 명일을 기다리시더라. 이튿날 꼭두 새벽에 한 사람이 들어가 대군께 고하기를,

"임장군이 어제밤 구화문을 나가다가 자점의 해를 입고 명을 마치어 죽은 시신을 결박하여 전옥에 내리었다 하더이다."

대군이 그 말을 듣고 반식경이나 얼빠진 듯 하시다가 눈물을 흘리시며,

"이 어인 말이뇨?"

하시며, 즉시 승지를 보내어 알아오라 하시니, 승지 즉시 나가 알아보하기를,

"죽은 것이 적실하더이다."

하더라. 대군이 슬프고 분함을 이기지 못하여 즉시 주상께 이 연유를 주달하니, 상께서 들으시고, 대경 통곡하시며 날이 새기를 기다리시더라. 익일 평명에 호국사신이 호왕의 글월을 올리거늘 상께서 열어 보시니, 그 글에 하였으되,

〈들으니 임경업을 죽이려 한다 하니 경업은 충신이라 죽이지 말라 / 〉

하였더라. 상께서 더욱 비감하시어 즉시 임장군의 본제에 통지하시니, 임장군의 세 아들과 동생들이 일시에 올라와 장군의 시신을 붙들고 호천통곡하니, 성중 백성들이 눈물 아니 흘리는 이 없더라. 상께서 자점을 나입하여 국문하시니, 자점이 낱낱이 복죄하더라. 다시 금부에 가두었다가 각별히 처치하려 하시었으나, 이날 밤에 상께서 꿈 하나를 얻으시니, 경업이 금포옥대로 손에 백옥 홀을 쥐고 완연히 들어와 탑전에 주하기를,

"간신 자점이 신을 무고히 보해하옵고 이제 찬역심을 품고 있사오니, 바라옵건대 상께서는 살피시옵소서."

말을 마치자 간데 없거늘, 상께서 깨시니, 침상일몽이더라. 즉시 자점을 잡아들여 국문하사 역심을 살피신 후 죄인을 정률하실새, 여당을 저자에 처참하고 자점은 임장군의 삼자를 불러,

"원수를 쾌히 갚으라 / "

하시니, 삼자가 성지를 받들고 각각 칼을 들어 자점의 배를 가르고

간을 내어 임장군 영분 앞에 놓고 통곡하니, 그 참혹한 정상은 차마 눈으로 보기 어렵더라.

성중 백성들이 자점의 시체를 점점이 썰어 길가에 버리니, 소위 자점이 점점이가 되니라. 오작의 밥이 되고 뼈는 조금도 남지 아니하였으며, 상께서 임장군의 장례를 대신의 예로 차려 주시고 축문을 지어 제사하였더니, 그날 밤에 성상이 또다시 일몽을 얻으시니, 임장군이 전과 같이 들어와 엎드려 주하기를,

"신이 충성을 다하지 못하고 이제 비명횡사 하였삽거늘, 전하의 성은으로 신의 원수를 갚아 주시니, 여한이 없사오나 다만 호적을 멸치 못하였사오니, 이것이 유한이로소이다."

하고, 말을 마치자 문득 자취가 없거늘, 상께서 놀라 깨시니 남가일몽이더라. 그 충성을 아름다이 여기시고 가자를 돋우어 숭정대부 의정부 좌찬성(崇政大夫議政府左贊成)을 추증하시고 시를 충민(忠愍)이라 하시고, 그 자손을 불러 벼슬을 주시니, 그 삼자가 벼슬을 받지 아니하고 고향으로 돌아가더라. 상께서 기특히 여기사 미백과 토지를 사급하시고 임장군의 상호를 그리어 그 땅에 사당을 짓고 사시로 제사를 지내게 하시니, 지금까지 사적이 없어지지 아니하고 오늘에 전한다.

洪桂月傳
홍계월전

◇ **작품 해설** ◇

　사대부들이 판을 치던 조선시대의 문학은 겉으로 드러나기 보다는 오히려 구전(口傳)되거나 지하에서 서민들을 통해 전해지고 읽혀지는 음성적 성격이 진하다. 특히 오늘날과는 달리 천민계급의 입장에서 사대부를 꼬집어 비판하는 사회소설이 대종을 이루고 있었고, 나아가 은밀하게 저술되어 장롱 속에서 잠자고 있다가 후세에야 전해지는 규방문학이 성행하고 있었다. 이러한 작품들의 특징은 한결같이 사회에 대한 불합리와 부조리와 불평 등에 대한 자조와 비판, 그리고 계층간의 갈등을 풍자한 스토리가 주류를 이루고 있다는 점이다. 이것은 사회적으로 사대부의 무능력함이 폭로되고 평민의 각성이 점진적인 개혁을 요구하고 나서기 시작한 역사의 흐름과도 무관하지 않다. 이 작품 「홍계월전」은 「박씨부인전」이나 「장국진전」 등과 마찬가지로 여성 우월주의적인 사상에서 발로된 작품이라 할 수 있다. 말하자면 남존여비시대에 대항하는 풍자비판적인 사회소설적인 의미를 가진다고 할 수 있다.

홍계월전

각설, 대명(大明) 성화(成化) 년간에 형주(刑州) 구계촌(九桂村)에 한 사람이 있었으니, 성은 홍(洪)이요 명은 무(武)라 하였는데. 세대 명문 가족으로 일찍이 소년 급제하여 벼슬이 이부시랑(吏部侍郎)에 이르렀고, 충효강직하여, 천자(天子)가 그를 몹시 사랑하사 국사를 의논하니, 만조백관이 다 시기하여 모함하였다. 마침내 무죄이면서 삭탈관직하고 고향에 돌아와 농업을 주력하니, 가세는 요부하나 슬하에 일점 혈육이 없는지라. 매일 소원하였는데, 하루는 부인 양씨(楊氏)와 더불어 추연하며 말하기를,

"년장 사십에 아들딸 자식이 없으니, 우리가 죽은 후에 후사를 누구에게 남기며 지하에 돌아가 조상을 어찌 뵈오리."

부인이 괴색하며 말하기를,

"불효삼천에 무후위대라 하였사오니, 첩이 조문에 의탁해온지 어언 이십 년이라. 그러나 아직도 한낱 자식이 없사오니, 무슨 면목으로 상공을 뵈오리까. 복원, 상공은 다른 가문의 어진 숙녀를 취해야

하오리까. 복원, 상공은 다른 가문의 어진 숙녀를 취해 후손을 볼진대 이에 첩도 칠거지악을 면할까 하나이다."
시랑이 위로하여 말하되,
"이는 다 내 팔자라. 어찌 부인의 죄라 하리오. 이후로는 그런 말씀 마소서."
하더라.
이 때는 추 구월망간이라. 부인이 시비를 거느리고 망월루에 올라 월색을 구경하더니 홀연 몸이 고단하여 난간에 의지하니, 비몽간에 선녀 하강하여 부인께 재배하고 말하되,
"소녀는 상제(上帝) 시녀옵더니, 상제께 득죄하고 인간 세계에 내치시매, 갈 바를 몰라 하였더니, 세존(世尊)이 부인댁으로 지시하시기에 왔나이다."
하고 품에 안겨 들거늘, 놀라 깨어보니 평생 대통이라. 부인이 대회(大喜)하여 시랑을 만나 몽사를 말하고 귀자 보기를 바라더니, 과연 그달부터 태기가 있어 십삭이 차고서, 일일은 집안에 향취가 진동을 하며, 부인이 몸이 곤하야 침석에 누웠다가 아이를 탄생하매 여자라. 선녀 하늘에서 내려와 옥병을 기우려 아기를 식게 누이고 말하기를,
"부인은 이 아기를 잘 길려 후복을 받으소서."
하고 또 말하되,
"오래지 아니하여 뵈올 날이 있사오리다."
하고 문득 사라지더라. 부인이 사랑을 청하여 아이를 보이니 얼굴이 도화(桃化) 같고 향내 진동하여 진실로 월궁 항아더라. 기쁨이 한량 없었지만 남자 아님을 한탄하더라.

이름을 계월(桂月)이라 짓고 장중 보옥같이 사랑하였더라. 계월이 점점 자라남에 따라 얼굴이 화려하고 또한 영민한지라 시랑이 계월이 행여 단수할까 근심하여 강호 땅에 곽 도사라 하는 사람을 청하야 계월의 상을 보이니, 도사 이윽히 보다가 말하길,

"이 아희 상을 보니 오 세에 부모 이별하고 십팔 세에 부모를 다시 만나서 공후 작녹을 올릴 것이요, 명망이 천하에 가득할 것이니 가장 길하도다."

시랑이 그 말을 듣고 놀래 말하되,

"자세히 가르치소서."

도사 다시 말하기를,

"그 밖에는 아는 일이 별로 없고 천기를 누설치 못하기로 대강 설화 하나이다."

하고 하직하고 가는지라, 시랑이 도사의 말을 듣고 도리어 아니 보인 것만 같지 못하여 부인을 대하여 이 말을 이를 근심 무궁하야 계월을 남복으로 입히고 초당에 두고 글을 가르치니 일람첩기라. 시랑이 탄식하여 말하기를,

"네가 만일 남자 되었다면 우리 문호에 더욱 빛낼 것을 애닲도다." 하더라.

세월이 흘러가서 계월의 나이 오 세가 되었는지라. 이 때 시랑이 친구 정사도를 보려고 찾아가니, 원래 정사도와는 황성(皇城)에서 한 가지 벼슬할 적에 극진한 벗이라. 소인 참소를 만나 벼슬 하직하고 고향 호계촌에 내려온 지 이십 년이 되었는지라. 시랑이 이날 떠나 양주로 향하야 호계촌에 찾아가니, 장장 삼백오십 리라, 여러 날만에 다다르니 정사도 시랑을 보고 당을 내려와 손을 맞잡고 대희하야

자리를 정한 후에 적연 회포를 풀며 말하되,
"이 몸이 벼슬 하직하고 이곳에 와 초목을 의지하야 세월을 보내니 다른 벗이 없어 적막하더니 천만으로 시랑이 불원천리(不遠千里)하고 이렇 듯 이 몸을 찾어와 위로하니 감격하야이다."
하며 즐거워하더라. 시랑이 삼일 후에 다시 정사도와 하직하고 떠날새 섭섭한 정을 어찌 측량하리오. 시랑이 이날 여람북촌에 와 자고 이튿날 계명으로 떠나려 하는데 멀리서 쟁북소리 들리거늘, 시랑이 나가서 바라보니 여러 백성이 쫓겨 오거늘 다급히 물은 즉 답하여 말하되,
"북방 절도사(北方節度使) 장사랑(張士郞)이 양주목사 주도와 합력하야 군사 십만을 거느리고 형주 구십여경을 항복 받고 그 주사가 장기덕을 죽이고 지금을 황성을 범하야 작난이 너무 자심하야 백성을 무수히 죽이고 가산(家産)을 노략하매 살기 위하야 피난하고 있나이다."
하거늘, 시랑이 그 말을 듣고는 천지 아득하야 산중으로 들어가며 부인과 계월을 생각하야 슬피 우니 사세가 전하더라.
이때 부인은 시랑 돌아오기만을 기다리더니 이날 밤에 문득 들리는 소리가 요란해, 잠결에 놀라 깨니 시비(侍婢) 양윤이 급히 고하여 말하되,
"북방의 도적이 천병만마(千兵萬馬)를 몰고 내려오며 백성을 무수히 죽이고 노략하니 백성들이 피난하느라 요란하오니 이일을 어찌하오리까."
부인이 대경(大慶)하야 계월을 안고 통곡하며,
"시랑은 도중에서 도적의 칼에 돌아가셨도다."

하며 자결하고자 하니 양윤이 말리며 말하되,

"아직 시랑의 존망을 모르시며 이러시나이까."

부인이 그 말에 진정하야 울먹이며 계월을 양윤의 등에 엄히고 난방을 향하야 가는데 십리를 다 못가 산이 가로막기는, 그 산중에라도 들어가 의지코자 하야 바삐 가다 돌아보니 도적이 벌써 가까이 오거늘, 양윤이 아기를 업고 한 손으로 부인의 손을 잡고 진심 갈력하야 겨오 삼십 리를 가매, 대강(大江)이 가로 막히거늘 부인이 망극지통하야 앙천통곡하여 말하되,

"이제 도적이 뒤에 오니 차라리 이 강에 빠져 죽으리라."

하고 계월을 안고 물에 뛰어 들려하니 양윤이 붙들고 통곡하더니 문득 북해상으로 처량한 제사례를 올리거늘, 바라보니 한 선녀 일엽주(一葉舟)를 타고 오며 말하되,

"부인은 잠깐 진정하소서."

하며 순식간에 배를 대이고 배에 오르기를 청하거늘, 부인이 황감하야 양윤과 계월을 데리고 바삐 오르니 선녀 배를 저으며 말하기를,

"부인은 소녀를 알아보시나이까. 소녀는 부인 해복하실 때에 구완하던 선녀로소이다."

부인이 정신을 가다듬어 자세히 보니 그제야 깨달아 말하되,

"우리는 인간 미물이라 눈이 어두어 몰라보았도다."

하며 치사하여 가로되,

"그때 누지(陋地)에 오셨다가 총총 이별한 후로 잊을 날이 없더니, 오늘날 이렇게 만나오니 만행이오며 또한 수중 고혼(水中孤魂)할 우리를 구하시니 감사무지하와 은혜를 어찌 갚으리오."

선녀 가로되,

"소녀는 동빈 선생을 모시러 가옵더니 만일 늦게 왔던들 구(救)하지 못할 뻔 하였소이다."

등파곡을 부르며 저어가니 배 빠르기가 살 같은지라, 순식간에 언덕에 대이고 내리기를 재촉하니 배에 내려 치사 무궁하니 선녀 왈, '부인은 삼가하와 천만 보중하옵소서', 하고 배를 저어 가니 방(方)을 알지 못할러라.

부인이 공중을 향하야 무수히 사례하고 갈밭 속으로 들어가며 살펴보니 초수는 만곡이요, 오산은 천봉이라. 부인과 양윤이 계월을 시냇가에 앉히고 두루 다니며 갈근도 캐어 먹고 버들개야지도 훑어먹고 겨우 정신을 차려 점점 들어가더니 한정 자각이 있거늘, 나가보니 선판에 엄자능의 잔대라 하였더라. 그 정각에 올라 잠깐 쉬며 양윤은 밥 빌러 보내고 계월을 안고 홀로 앉았더니 문득 바라보니 강상에 한 범선(帆船)이 정자를 향하야 다가 오거늘, 부인이 놀래여 계월을 안고 대수풀로 들어가 숨었더니 그 배가 가까이 와 정자 앞에 대이고는 한 놈이 이르되 '아까 강상에서 바라보니 여인 하나 앉았더니 우리를 보고는 저 수풀로 들어갔으니 급히 찾으라' 하자 모든 사람이 일시에 내달아 수풀로 달려들어 부인을 잡으니, 부인이 천지 아득하야 양윤을 부르며 통곡하니 밥 빌러간 양윤이 어찌 알리오.

도적이 부인의 등을 밀며 잡아다가 배머리에 앉히고 무수히 힐난을 하는지라, 원래 이 배는 수적(水賊)의 무리라. 수상으로 다니며 재물을 탈취하고 부인도 겁칙하였는데 마침 이곳을 지나다가 부인을 만난지라 수적 장맹길(張孟吉)이라 하는 놈이 부인의 화용월태(花容月態)를 보고 마음에 흠모하야 말하길,

"내 평생 천하일색을 얻고자 하였더니 부인을 만난 건 하날의 지시

하심이라."

하고 기꺼워 하거늘, 부인이 탄식하며 말하되,

"시랑의 존망(存亡)을 알지 못하고 목숨을 보전하여 오다가 이곳에 와서야 이런 변을 만날 줄을 알았으리오."

하며 통곡하니 초목금수도 다 서러워하는 듯 하더라. 맹길이 부인의 서러워함을 보고 제인에게 분부 하되,

"저 부인을 수족(手足) 놀리지 못하게 비단으로 동여매고 그 아희는 자리에 싸서 강물에 넣어라."

하니 제졸(諸卒)이 명령을 듣고 부인의 수족을 동여 매고 계월을 자리에 싸서 물에 넣으려 하니. 부인이 손을 놀리지 못하매 몸을 기우려 입으로 계월의 옷을 물고 놓지 아니하고 통곡하니, 맹길이 달려들어 계월의 옷깃을 칼로 베고 계월을 물에 던지니, 그 망칙함이야 어찌 다 측량하리오.

계월이 물에 떠가며 울어 가로되,

"어마님 이것이 어찌된 일이요, 어마님 나는 죽네. 바삐 살려주소서. 물에 빠진 이 자식은 망경창파(萬頃滄波)에 고기밥이 되라 하나이까. 어마님 어마님, 얼굴이나 다시 보옵시다."

하며 울음소리 점점 멀어가니 부인이 장중보옥같이 사랑하던 자식을 목전의 물에 죽는 양을 보니 정신이 어찌 온전하리오.

"계월아, 계월아, 나도 함께 죽자."

하며 앙천통곡하더니 기절하니 주중자함이 비록 도적이나 낙루(落淚) 아니하는 이 없더라.

슬프다, 양윤은 밥 빌어 가지고 오다가 바라보니 정자각에 사람이 무수하매 부인의 곡성이 들려 바삐 달려와 보니 부인을 동여 매고

도적들이 분주하거늘 양윤이 이 거동을 보고 얻은 밥을 그릇채 내던지고 부인을 붙들고 대성 통곡하며 말하기를,

"이것이 어인 일이요. 차라리 올 때에 그 물에서나 빠져 죽었던들 이런 환을 아니 당할 것을, 이일을 어찌 할까. 아기는 어데 있사오니까."

부인 울부짓으며,

"아기는 물에 죽었다."

하니 양윤이 이 말을 듣고 놀라 가슴을 두드리며 물에 뛰어들려 하니 맹길이 또 한 적졸을 호령하야 저 계집을 마자 동여매라 하니 적졸이 달려들어 양윤을 동여매니, 부인과 양윤은 죽지도 못하고 양천통곡할 뿐이더라.

맹길이 적졸을 재촉하여 부인과 양윤을 배에 싣고 급히 제 집으로 돌아와 부인과 양윤을 침방에 가두고 제 계집 춘낭(春娘)을 불러 이르되,

"내 이 부인을 데려왔으니 네간 좋은 말로 달래어 부인의 마음을 순종케 하라."

하니 춘낭이 부인께 들어와 물어 가로되,

"무슨 일로 이곳에 왔나이까."

부인이 대답하여 가로되,

"주인은 죽게 된 인생을 살리소서."

하며 전후 사정을 다 이르거늘 춘낭이 왈,

"부인의 경우가 보니 참혹하여이다."

하고 말하더니,

"주인놈이 본래 수적으로서 사람을 많이 죽이고 또한 용맹이 있어

일횡 천 리를 보니 도망하기도 어렵고 죽자 하여도 죽지 못할 것이니 아무리 생각 하여도 불상하여이다. 첩도 본시 이 도적의 계집이 아니라 대국 번양(潯陽) 땅 양각로(楊閣老)의 여식으로 일찍 상부(喪夫)하고 홀로 있다가 이놈에게 잡혀와서 목숨이라도 살고자 이놈의 계집이 되었사오나 모진 목숨 죽지 못하고 고향을 생각하니, 한 떠오르니 있으되 천행으로 그 계교대로 되오면 첩도 부인과 한 가지로 도망하여 평생 고락을 한 가지로 하려 하오니 의심치 마옵소서."
하고 즉시 당유 모인 곳에 가보니 촛불을 밝히고 적당히 좌우에 갈려 앉아 잔치를 벌여 주육(酒肉)으로 즐기며 각각 잔을 들어 맹길에게 치하하며 말하되,
"오늘 장군이 미인을 얻었사오니 한잔 술로 위로 하노이다."
하고 각각 한 잔씩 권하니 맹길이 대취(大醉)하여 쓰러지고 모든 당유도 다 잠이 드는지라, 춘낭이 바삐 들어와 부인에게 이르기를,
"지금 도적이 잠이 깊이 들었으니 바삐 서문(西門)을 열고 도망하사이다."
하는 즉시 수건에 밥을 싸가지고 부인과 양윤을 다리고 이날 밤에 도망하여 서(西)로 향하여 가니, 정신이 아득하야 촌보를 가기가 어려운지라, 동방이 벌써 밝았는데 강천에 외기러기 우는 소리는 슬픈 마음을 듣게 하는지라. 문득 바라보니 한편은 태산이요, 한편은 대강(大江)이라 바닷가의 갈밭 속으로 들어가며 부인은 기운이 쇠진하야 춘낭을 돌아 보며 말하기를,
"날은 이미 밝고 기운이 다하고 갈 길도 없으니, 어찌 하는고."
하며 앙천통곡하니 문득 갈밭 속에서 한 여승(女僧)이 나와 부인께

절하고 여쭈기를,

"어인 부인이관대 이런 험지에 왔나이까."

부인이 답하여 말하되,

"존사는 어데 계신지 자명을 구하소서."

하며 전후 수말을 이르고 간청하니 그 여승이 왈,

"부인의 시정을 아니 가긍하야이다. 소승은 고소대 일용암에 있사온데 한 사나이가 양식을 싣고 오는 길에 처량한 곡성이 들린다길래 묻고자 하와 배를 강변에 대이고 찾어 왔사오니 소승을 따라가 급히 환(患)을 면하소서."

하고 배에 오르기를 재촉하니 부인이 감사하야 춘낭과 양윤을 다리고 그 배에 오르니라.

이때 맹길이 잠을 깨여 침방에 들어가니 부인과 춘낭, 양윤이 간데 없거늘 맹길이 소리를 크게 질러 장졸을 재촉하야 달려오거늘 여승이 배를 바삐 저어가니 빠르기가 살 같은지라, 맹길이 바라보다가 탄식만 하다가 돌아가니라. 이 때 여승이 배를 승경문 밖에 대이고 내리라 하니 부인이 배에서 내려 여승을 따라 고소대를 올라갈새 산명수려(山明水麗)하여 화초는 만발한대 각색 짐승의 소리가 사람의 심회를 돕는지라. 근근히 걸음을 옮겨 승당에 올라갈제 승께 절하고 앉으니 그 중의 한 노승(老僧)이 물어 가로되,

"부인은 어데 계시며 무삼 일로 이 산중에 들어 오셨소이까."

부인이 말하되,

"형주 땅에 살다가 병란(兵亂)에 피신하야 증향 없이 가옵다가 천행으로 존승을 만나 이곳에 왔사오니 존사에 의탁하와 삭발위승 하옵고 후생길이나 닦고자 하나이다."

노승이 그 말을 듣고 말하기를,

"소승에게 상자가 없사오니, 부인의 소원이 그러하시면 원대로 하사이다."

하고 즉시 목욕재계하고 삭발하야 부인은 노승 상자 되고 춘낭과 양윤은 부인의 상자되야 이날부터 불전에 축수하되,

"시랑과 계월을 보옵게 하옵소서."

하며 세월을 보내니라.

이 때 계월이 물에 떠가며 울며 말하길,

"나는 속절 없이 죽거니와 어마님은 아모쪼록 목숨을 보존하와 천행으로 아바님을 만나옵거든 계월이 죽은 줄이나 알게 하옵소서."

하며 슬피 울고 떠가더니 이 때 무릉포(無陵浦)에 사는 여공(呂公)이라 하는 사람이 배를 타고 서쪽으로 가다가 강상을 바라보니 어떤 아희간 자리에 싸여 떠가며 우는 소리가 들리거늘, 그곳에 이르러 배를 머무르고 자리를 건져보니 어린 아희라, 그 아희 생김을 보니 인물이 준수하고 아름다우나 정신을 차리지 못하거늘 여공이 약을 구하니 이윽하야 깨여나며 어미를 부르는 소리 차마 듣지 못하겠더라.

여공이 그 아희를 싣고 집에 돌아와 물어 말하길,

"어떠한 아희관대 만경창파 중에 이런 액(厄)을 당하였느냐."

계월이 울며 가로되,

"나는 어마님과 한가지로 가옵더니 어떤 사람이 어마님을 동여매고 나는 자리에 싸서 물에 던지기에 여기까지 왔나이다."

여공이 그 말을 듣고 내심으로 필경 수적을 만났도다 하고 다시

물어 가로되,

"네 나이 몇이며 이름은 무엇인다?"

대답하여 말하되,

"나이는 오세 옵고 이름은 계월이로소이다."

또 물어 말하길,

"네 부친 이름은 무엇이며 살던 지명은 무엇인지 아는다?"

계월이 대답하매,

"아버님 이름은 모르옵거니와 남들이 부르기를 홍시랑이라 하옵고 살던 지명도 모르나이다."

여공이 헤아려,

"홍시랑이라 하니 분명 양반의 자식이로다."

하더니,

"이 아희 나이가 내 아들과 동갑이요 또한 얼굴이 비범하니 길러 말내 영화를 보리라."

하고 친자식 같이 기르더라.

그 아들 이름은 보국(輔國)이라. 용모 또한 비범하고 활달한 귀남자라. 계월을 보고 친동생같이 여기더라.

세월이 흘러 두 아희 나이 칠 세에 이르매 하는 일이 비범하여 누구나 칭찬하니. 여공이 두 아희를 가르치고자 하야 강동 땅 월호산(月湖山) 명현동(明賢洞)에 곽도사(郭道士) 산다는 말을 듣고 두 아희를 데리고 명현동을 찾아가니 도사 초당에 앉았거늘, 들어가 예필후(禮畢後)에 여쭈며 말하되,

"생은 무릉포에 사는 여공이옵는데 늦게야 자식을 두었사온바 영민하기에 도사의 덕택으로 사람이 될까 하여 왔나이다."

하고 두 아희를 불러 뵈이니, 도사 이윽히 보다가 말하기를,
"이 아희 상을 보니, 한 동생이 아니로다."
여공이 그 말을 듣고,
"선생의 지인지감(知人之感)은 귀신 같소이다."
도사 가로되,
"이 아희 잘 가라쳐 이름을 죽백에 빛내게 하리라."
하니 여공이 하직하고 돌아오니라.
　이 때 홍시랑은 산중에 몸을 감추고 있었는데 도적이 그 산중에 들어와 백성의 재물을 노략하고 사람을 붙들어 군사로 삼다가 마침 홍시랑을 본지라 위인(爲人)이 비범하여 차마 죽이지 못하고 제적(諸賊)과 의논하되, 이 사람을 군중에 둠이 어떠하뇨? 제적이 이에 승낙하니 장사랑이 즉시 홍시랑을 불러 말하기를,
"우리와 한가지로 동심모의 하여 황경을 치자."
하니 홍시랑이 생각한즉, 만일 듣지 아니 하면 죽기를 면치 못하리라, 하고 마지 못하여 거짓 항복하고 황경으로 향하니라.
　이 때 천자, 유경으로 대원수를 삼고 군사를 거느리고 임지 땅에서 도적을 무찌르고 장사랑을 잡아 앞에 세우고 황경으로 가니 홍시랑도 진중에 있다가 같이 잡혀간지라, 천자 자장원에 전좌하시고 반적(反賊)을 다 수죄하시고 죽일새, 홍시랑 또한 죽게 되었는지라. 홍시랑이 크게 소리를 지르며 말하되,
"소인은 피난하여 산중에 있다가 도적에게 잡혔노라."
하며 전후 수말을 다 아뢨더니 양주자사 하였던 정덕기 이 말을 듣고 홍시랑을 보더니 말하기를,
"저 죄인은 시랑 벼슬하였던 홍무로소이다."

상이 그 말을 들으시고 자세히 보시다가 가로되,

"너는 일즉 벼슬을 하였던 몸인데 차라리 죽을지언정 도적의 무리에 들었느냐. 죄를 의논하면 죽일 것이로되, 옛 일을 생각하야 찬하노라."

하시고 율관을 명하여 즉시 홍무를 벽파도(碧波島)로 정배하노라 하시니 시랑이 다시 벽파도로 행할새, 일만팔천 리라. 시랑이 고향에 돌아가 부인과 계월을 보지 못하고 만리타국으로 정배가니 이런 팔자 어데 있으리요 하며 슬피 통곡하니 보는 사람이 낙루 아니하는 이 없더라.

떠난 지 팔 삭만에 벽파도에 다다르니 그 땅은 오초지간이라. 원래 벽파도는 인적이 없는 섬이라. 이곳에 보내기는 홍무를 주려 죽게 함이러라. 율관이 시랑을 그곳에 두고 돌아가니 시랑이 천지 아득하여 주야로 우닐며 기갈(飢渴)을 견디지 못하여 물가에 다니며 죽은 고기와 바위 위에 붙은 굴만을 주어 먹고 세월을 보내니 의복은 남루하야 형용이 괴이하고 일신에 털이 나 짐승의 모양같더라.

각설, 이적에 양 부인은 춘낭과 양윤을 데리고 산중에서 눈물로 세월을 보내다가 일일은 부인이 꿈을 꾸었는데 한 중이 육한장을 짚고 앞에 서 절하고 말하기를,

"부인은 산중의 풍경만 대하고 시랑과 계월을 왜 찾지 아니하시나이까. 지금 곧 벽파도를 떠나 그곳에 있는 사람을 만나 고향 소식을 물으면 자연 시랑을 만나게 되리라."

하고는 간 곳이 없거늘, 부인 꿈을 깨고 놀라 양윤과 춘낭을 불러 꿈을 이르고 말하되,

"가다가 노중고혼이 될지라도 가리라."

하고 곧 행장을 차려 노승께 하직하며 말하되,
 "첩이 만리타국에 와 존사의 은혜를 입어 잔명을 보존하였사오니 은혜 백골난망이오나 간밤에 꾼 꿈이 여차여차 하오니 부처님의 인도하심이라. 하직을 고하나이다."
하며 낙루하니 노승이 또한 체읍(涕泣) 말하기를,
 "나도 부인 만난 후로는 백사를 부인에게 부탁하였더니, 금일 이별 하니 슬픈 심사를 장차 어찌 하리오."
하고 은봉지 하나를 주며 말하기를,
 "일로 정을 표하오니 구차한 때 쓰옵소서."
 부인이 감사하야 받아 양윤을 주고 하직하고 사문에 떠날새 노승과 제승이 나와 서로 울며 떠나는 정을 못내 애연(哀然)하더라.
 부인이 춘낭, 야윤을 데리고 동녘을 향하여 내려올새, 천봉(千峰)은 눈앞에 펼쳐 있고 초목은 울울한대 무심한 두견은 사람의 심화를 더욱 돕는지라, 눈물을 금치 못하고 어디로 갈 줄을 몰라 촌촌 전진하여 나가다가, 한 곳을 바라보니 북편에 작은 길이 있거늘 그 길로 가서 보니, 앞에 대강이 있고 위에 누각이 있는데 현판에 써 있기를, 액양루라 하였더라. 사방을 살펴보니 동정호 칠백 리는 눈앞에 둘러 있고 십이 봉은 구름 속에 솟아 있다. 각색 풍경은 이로 측량치 못할 러라.
 부인이 수심을 이기지 못하여 한숨짓고 또 한 곳 다다르니 큰 다리 가 있는지라, 그곳 사람더러 물으니 장판교라 하니 또 물어 말하기를,
 "이곳에서 황경이 얼마나 되느뇨?"
하니 대답하기를,

"일만팔천 리라. 하오나 저 다리를 건너 백 리만 가면 옥문관이 있으니 그곳에 가 물으면 자세히 알리라."

하니 또 물어 말하기를,

"벽파도란 섬이 이 근처에 있나이까."

하니 그가 대답하되,

"자세히 모르나이다."

하거늘 부인은 옥문관을 찾아가 한 사람을 만나 물으니 그 사람이 벽파도를 가르쳐 주더니 그 섬을 찾아가 살펴보니 수로로는 멀지 아니하나 건너갈 길이 없어 막연한지라, 물가에 가만히 앉아 바라보니 바위 위에 한 사람이 앉아 고기를 낚거늘 양윤이 가서 절하고 묻기를,

"저 섬을 무슨 섬이라 하나이까?"

어옹(漁翁)이 대답하되,

"저 섬이 벽파도라."

하거늘 또 물어 가로되,

"그곳에 인가 있나이까?"

어옹 말하기를,

"자고로 인적이 없다가 수삼 년 전에 형주땅에서 정배온 사람이 있어 초목으로 울을 삼고 짐승을 벗 삼아 있어 그 형용이 참혹하여이다."

하거늘 양윤이 돌아와 부인께 고하니 부인이 말하기를,

"정배왔던 사람이 형주사람이라 하니 반드시 시랑이다."

하며 그 섬을 바라보고 앉았는데 홀연 강상에 일엽소선이 다가 오거늘 양윤이 그 배를 향하여 말하되,

"우리는 고소대 일봉암에 있는 중이옵는데 벽파도를 건너 가고자 하나 건너지 못하고 이곳에 앉았삽더니 천행으로 선인을 만났사오니 바라옵건대 일시 수고를 생각지 마옵소서."

하며 애걸하니 선인이 배를 저으며 오르라 하거늘, 양윤과 춘낭이 부인을 모시고 배에 오르니 순식간에 대이고 내리라 하니 백배 하례하고 배에 내려 벽파도로 가며 살펴보니 수목이 창천하고 인적이 없는지라, 강가로 다니며 두루 살피니 문득 한 곳에 의복이 남루하고 일신에 털이 돋아 보기 참혹한 사람이 강변을 다니며 고기를 주워 먹다가 한 굴로 들어가거늘, 양윤이 소리를 크게 질러 가로되,

"상공은 조금도 놀래지 마소서."

시랑이 그 말을 듣고 초막 밖에 나오며 말하길,

"이 섬에, 날 찾아 올 리가 없거늘 존사는 무슨 일로 말을 묻고자 하나이까."

양윤이 말하되,

"소승은 고소대 일봉암에 있사온데 이곳에 찾아와 묻자와 할 일이 있삽기로 상공을 찾어왔나이다."

하니 시랑이 말하기를,

"무슨 말씀을 묻고자 하느뇨?"

양윤이 복지 대답하기를,

"소승의 고향이 형주 구계촌이온 바 장사랑의 난을 만나 피난하였삽더니 전인을 들으니 상공이 형주땅에서 이 섬으로 정배왔다 하기로 고향소식을 묻고자 하와 왔나이다."

시랑이 이 말을 듣고 눈물을 흘리며 말하기를,

"형주 구계촌에 산다 하니 뉘 집에 있더뇨."

양윤 말하기를,

"소승은 홍시랑댁 양윤이온바 부인을 모시고 왔나이다."

하니 시랑이 이 말을 듣고 여광여취(如狂如醉)하여 바삐 달려들어 양윤의 손을 잡고 대성통곡하며 말하기를,

"양윤아, 너는 나를 모르느냐. 내가 홍시랑이로다."

하니 양윤이 홍시랑이란 말을 듣고 기절하였다가 겨우 인사를 차려 울며 말하기를,

"지금 강변에 부인이 앉아 있사옵니다."

시랑이 그 말을 듣고 일희일비(一喜一悲)하며 앙천통곡하며 강가에 바삐 나가니 이적에 부인이 울음소리를 듣고 눈을 들어보니 털이 무성하야 곰 같은 사람이 가슴을 두드리며 부인을 향하여 오거늘 부인이 보고 미친 사람인가 하여 도망을 가니 시랑이 말하여,

"부인은 놀라지 마소서. 나는 홍시랑이로소이다."

부인이 못듣고 황겁하야 꼬깔을 벗겨들고 닫더니 양윤 외쳐 가로되,

"부인은 닫지 마소서. 홍시랑이로소이다."

부인이 양윤의 소리를 듣고 황망히 앉으니, 시랑이 울며 달려와 가로되,

"부인은 그다지 의심이 많으나이까. 나는 계월의 아비 홍시랑이로소이다."

부인이 듣고 정신을 차리지 못하며 서로 붙들고 통곡하다가 기절하거늘, 양윤이 또한 통곡하며 위로하니 그 모습은 차마 보지 못할러라. 춘낭은 의로운 사람이라 혼자 돌아앉아 슬피 우니 그 모습이 또한 가련하더라.

시랑이 부인을 붓들고 초막으로 돌아와 정신을 진정하여 물어 왈,
"저 부인은 어떠한 부인이오니까."
부인이 탄식하여 가로되,
피난하여 가옵다가 수적 맹길을 만나 계월은 물에 죽고 도적에게 잡혀 갔더니, 저 춘낭의 구함을 입어 그날밤에 도망하야 고소대에 가 중된 일이며 부처님이 현몽하여 벽파도로 가란 일하며 전후수말을 다 고하니, 시랑이 계월이 죽었단 말을 듣고 기절하였다가 겨우 정신을 차려 말하기를, 나도 그때에 정자도 집을 떠나오다가 도적 장사랑에게 잡혀 진중에 있다가 천자 도적을 잡았으나 나도 도적과 같이 잡다가 동심모의하였다 하여 이곳에 정배 온 말을 다 이르고 난 후 춘낭 앞에 나가 절하고 치사하며 가로되,
"부인을 구하신 은혜는 죽어도 갚을 길이 없나이다."
하며 치하를 무수히 하더라.
이적에 부인은 노승이 준 은자를 선인에게 팔아 약식을 이으며 계월을 생각하고 아니 우는 날이 없더라.
각설, 이적에 계월은 보국과 한가지로 글을 배우니 한 자를 가르치면 열 자를 알고 하는 거동이 비상하니 도사 칭찬하여 가로되,
"하날이 너를 내신 바는 명제를 위함이라. 어찌 천하를 근심하리요."
용병지계(用兵之計)와 각종 술법을 다 가르치니 검술과 지략이 당세에 당할 이가 없을지라. 계월의 이름을 곧 차 평국(平國)이라 하였더라. 세월이 여류하여 두 아희 나이 십삼 세에 이르렀는지라, 도사 두 아이를 불러 말하되,
"용병지계는 다 배웠으니 풍운조화지술을 배우라."

하고 책 한 권을 주거늘, 보니 이는 전후에 없는 술법이라. 평국과 보국이 주야불철하고 배우니, 평국은 삼삭 안에 배워내고 보국은 일년을 지나도 배워내지 못하니 도사 가로되,

"평국 재주는 당세에 제일이라."

하더라.

이적에 두 아희 나이 십오 세였는지라. 이때 국가 태평하여 백성이 격양가를 부르니,

천자, 어진 신하를 얻고자 하야 천하를 둘러보니 도사 이 소문을 듣고 즉시 평국과 보국을 불러 가로되,

"지금 황경에서 과거를 본다 하니, 부디 이름을 빛내라."

하시고 여공을 불러 가로되,

"두 아희 과행을 차려 주라."

하니 여공이 즉시 행장을 차려 주되 총준 두 필과 하신을 정하야 주거늘 두 아희 하직하고 길을 떠나 황경에 다다르니 천하 선비들이 구름처럼 보여 들었더라.

과거 날이 당하매 평국과 보국이 대명전에 들어가니 친자 전좌하시고 글제를 높이 써거늘, 경각에 글을 지어 일필휘지(一筆揮之)하니 용사 비등한지라 선장에 바치고, 보국이 은천에 바치고 주인 집에 돌아와 쉬는데, 이 때 천자 이 글을 보시고 좌우를 돌아보며 가로되,

"이 글을 보니 그 재주를 가히 알지로다."

하시고 비봉을 기탁하시니 평국과 보국이라. 평국은 장원으로 하실새 보국은 부장원으로 하시고 황경문에 방을 붙여 호명하거늘 노복(奴僕)이 문밖에 대방하다가 급히 돌아와 말하되, 도령님 두 분이 지금 참방하여 바삐 부르시니 급히 들어가시이다.

평국 대희하여 급히 황경문에 들어가서 옥계하에 복지하니, 천자 두 사람을 인견하시고 두 사람의 손을 잡고 칭찬하여 가로되,

"너희를 보니 충심이 있고 미간에 천지조화를 가졌으며 말소리 또한 옥을 깨치는 듯 하니 천하 영준이라. 짐이 이제는 천하를 근심치 아니 하리로다. 진심갈력하여 짐을 도와라."

하시고 평국을 한림학사(韓林學士)를 하시고 보국을 부제후를 하시고 유지와 어사화를 주시며 천리총준 한 필씩 상급하시니 한림과 부제후사는 숙배하고 나오니 하인들이 문밖에 대후하였다가 시위하여 나올새, 청포옥대에 청홍지를 받쳐 일광을 가리고 앞에는 어전풍류에 쌍옥저를 불리며 뒤에는 택학관중 풍류에 금의화동이 꽃밭이 되어 장안대도 상으로 뚜렷이 나오니 보는 사람이 칭찬하여 가로되,

"천상 선관(天上善官)이 하강하였다."

하더라.

삼 일 유과한 연후에 한림원에 들어가 명현동 선생께와 무릉포 여공댁에 기별을 전하고 난 후 한림이 눈물을 흘려 말하되,

"그대는 부모 양친이 계시니 영화를 보겠지만, 나는 부모 없는 인생이라 이 영화를 어찌 뵈이리오."

하며 슬퍼 울더라.

이적에 한림과 부제후 탑전에 들어 부모 전에 영화 뵈일 말을 아뢰니 천자 가로되,

"경등은 짐의 수족이라. 즉시 돌아와 짐을 도와라."

하신대, 한림과 부제후 하직숙배하고 집으로 돌아올새 각 읍에서 지경 나와 전송하더라. 여러 날만에 무릉포에 득달하여 여공 양위를 뵈온대 그 즐거움을 측량치 못하여 보는 사람이 모두 부러워하더

라. 보국은 회색이 만안(滿顏)하나 평국은 회색이 없고 얼굴에 눈물 흔적이 마르지 아니하거늘 여공이 위로하여 가로되,

"막비천수라. 전사를 너무 설워 말라. 하늘이 도우사 일후에 다시 부모를 만나 영화를 뵈일 것이니 어찌 설워하리오."

한대, 평국이 부복 체읍하며 가로되,

"해상 고혼을 거두어 이같이 귀히 되었사오니 은혜 백골난망이라. 갚을 바를 알지 못하겠나이다."

여공과 모든 사람이 칭찬불이하더라.

이튿날, 명현동에 가 도사를 뵈올제 도사 기뻐하여 평국을 앞에 앉히고 원로에 영화로 돌아옴을 칭찬하시고 고금역대와 나라 섬기는 말을 들려 주더라.

일일은 도사 천지를 살펴보니 북방도적이 강경하야 주성과 모든 익성이 자의성을 두르거늘 놀래여 평국과 보국을 불러 천문말씀을 이르며 급히 올라가 천자에게 급함을 여쭈라 하고 봉서 한 장을 평국을 주며 가로되,

"전장에 나가 만일 죽을 곳을 당하거든 이 봉서를 떼여 보라."
하며 바삐 가기를 재촉하니 평국이 체읍하며 가로되,

"선생의 애홀하신 은혜 백골난망이오나 잃은 부모를 어느 곳에 가 찾으리까. 복원(伏願) 선생은 제발 가르쳐 주소서."

도사 가로되,

"천기를 누설치 못하니 다시는 묻지 말라."
하시니 평국이 다시 묻지 못하고, 두 사람은 하직하고 필마로 주야로 달려 황성으로 올라가니라.

이때 옥문관을 지키는 김경담이 천자에게 장계를 올리거늘, 천자

즉시 개탁하여 보시니 하였으되, '서관 겨달이 비사장 관악대와 비용 장군 철통골 두 장수로 선봉을 삼고 군사 십만과 장수 천여 원을 거느리고 북주 칠십 여성을 항복 받고자 사양 거덕을 죽이고 황경을 범코자 하오니 소장의 힘으로는 당하지 못하오매 복원, 황상은 어진 명장(名將)을 보내사 도적을 막으소서' 하였거늘, 천자 보시고 대경하사 제신(諸臣)을 돌아보며 가로되,

"경(卿)들은 바삐 대원수 할 사람을 정하여 방적(防賊)할 모색을 의논하라."

하시니 재신이 천자에게 가로되,

"평국이 비록 연소하나 천지조화를 훌륭히 품은 듯 하오니 이 사람으로 도원수를 정하와 도적을 방비할까 하나이다."

천자 대희하사 즉시 사람을 보내라 할 즈음에 황성문 수문장이 급히 고하며 가로되,

"한림과 부제후 문밖에 대령하였나이다."

천자 들으시고 하교하사 즉시 입시하라 하시니 평국 보국이 빨리 옥계하에 복지한대 천자 인견하시고 가로되,

"짐이 어질지 못하여 도적이 강성하여 북주 칠십 여성을 치고 황경을 범코자 하니 놀라운지라. 제신과 의논한즉 경들을 천거하매 사관을 보내여 부르자 하였더니 명천이 도우사 경들이 이렇게 임하였으니 사직을 안보할지라. 충성을 극진히 하여 짐의 근심을 덜고 도탄 중의 백성을 건지라."

하시니 평국과 보국이 엎드려 가로되,

"소신 등이 재조 천단하오나 한 번 북적도적을 피하여 폐하 성은에 만분지 일이라도 갚고자 하오니 복원, 폐하는 근심치 마옵소서."

천자 대희하사 평국으로 대원수를 봉하시고 보국으로 대사마중군 대장으로 봉하시고 장수 천여 원과 군사 팔십만을 주시며 가로되,

"제장 군졸을 어찌 지휘하려 하느뇨?"

도원수 평국이 천자께 가로되,

"심중에 다 정하였사오니, 행군시에 각각 사임을 정하려 하나이다."

하고 즉시 장수 천여 원과 군사 팔십만을 취군하야 계축(癸丑) 갑자(甲子) 일에 행군할새, 원수 순금 투구에 백운전포를 입고 허리에 보궁과 비룡살을 차고 좌수에 산호편과 우수에 수거를 들어 군중에 호령하여 제장 군졸을 지휘하니 위풍이 엄숙하더라.

천자 대희 하여 가로되,

"원수의 용병지재 이러하니 어찌 도적을 근심하리오."

하시고 대장기에 어필(御筆)로 한림학사 겸 대원수 홍평국이라 쓰시고 칭찬불이하시더라.

원수 행군할새 그 치장금은 일월을 희롱하고 고각 함성은 천지진동하여 위엄이 백리 밖까지 뻗쳤더라.

장수를 재촉하야 옥문관으로 향할새 천자 원수의 행군을 구경코자 하야 제신을 거느리고 거동하사 진 밖에 이르시니 수문장이 진문을 굳이 닫거늘 전두관이 가로되,

"천자께서 이곳에 거동하였으니 진문을 바삐 열라."

수문장이 가로되,

"군중의 문장국 명이요. 불문 천자라 하니 장영읍시문을 열리오."

한대, 천자의 격서를 전하니 원수 천자 오신 줄 알고 진문에 명하야 진문을 크게 열고 천자를 맞을새, 수문장이 아뢰되,

"진중에는 말을 달리지 못하나이다."

하니 천자 단기로 장대 아래 이르니, 원수 급히 장대에 내려 기립을 하고 가로되,

"갑옷 입은 장사는 절을 못하나이다."

하고 복지한대 상이 칭찬하시고 좌우를 돌아보며 가로되,

"원수의 진법이 옛날 주아부를 본받았으니 무삼 염려 있으리오."

하시고 백모황월과 검을 주시니 군중이 더욱 엄숙하더라.

천자 원로에 공을 이루고 돌아옴을 당부하시고 환궁하시니라.

이때 원수 행군할제 삼 삭만에 옥문에 이르니 관수 석탐이 황경대병 온 줄 알고 대희하야 성문을 열고 원수를 맞아 장대에 모시고 재장을 군례로 받드니 군중이 엄숙하더라.

원수 관수를 불러 도적의 형세를 물으니, 석탐이 크게 가로되,

"도적의 형세가 철통 같소이다."

하니 이튿날 떠나 벽원에 다달아 유진하고 적진을 바라보니 평원광야에 살기 충천하고 기치 창검이 일광을 희롱하더라.

원수 적진을 대하야 장대에 높이 앉아 군중에 호령하며 크게 가로되,

"장령을 어기는 자는 군법을 시행하리라."

하니 만진 장졸이 황겁하여 하니라.

이튿날 병영에 원수 순금 투구에 백은갑을 입고 삼척장검을 들고 준총마를 달려 진문 밖에 나서며 크게 외치며 말하되,

"적장은 들으라. 천자의 성덕이 어지사 천하 백성이 격양가를 부르며 만세를 칭호하거늘 너희놈이 반심을 두어 황성을 범코자 하니 천자 백성을 건지라 하시고 나를 명찬하야 보내시니 너희들은 목을

늘이고 내 칼을 받으라. 두렵거든 빨리 나와 항복하라."

하는 소리가 태산을 움직이는 듯하니 비사장군 악대 이 말을 듣고 대노하여 필마단창으로 진문 밖에 나서며 외치며 가로되,

"너는 구상유취(口尙乳臭)라, 어린 강아지 맹호(猛虎) 무서운 줄 모르니라. 네 어찌 나를 당하리오."

하고 달려들거늘, 원수 웃으며 장검을 높이 들고 발을 채쳐 달려드니 십 여합에 승부를 결치 못하더니, 서달이 장대에서 보다가 악대 칼빛이 점점 쇠진하고 평국의 검광은 노경 속에 번개같아 더욱 씩씩한지라 급히 징을 쳐 군사를 거두거늘 원수 분함을 참지 못한 채 본진에 돌아오니 제장군들이 원수를 칭찬하며 서로 말하되,

"원수의 변화지술과 좌충우돌하는 법은 춘삼월 양유지가 바람 앞에 노니는 듯, 추구월 초생달이 흑운을 헤치는 듯 하더라."

하다.

이적에 중군장(中軍將) 보국이 아뢰되,

"명일은 소장이 나가 악대의 머리를 베어 휘하에 올리리다."

원수 만류하여 가로되,

"악대는 범상치 아니 한 자오니 중군은 물러 있으라."

하니 종시 듣지 아니 하고 간청하거늘 원수 가로되,

"종군이 자청하여 공을 세우고자 하거니와 만일 여의치 못하면 군법을 시행하리라."

하니 중군이 가로되,

"그리하옵소서."

원수 다시 가로되,

"군중은 사정이 없나니 군률로 다짐을 해두라."

하니 중군이 투구를 벗고 다짐을 써 올리니라.

　이튿날 평명에 보국이 갑주를 갖추고 용총 마상에 오르니라 원수는 친히 북채를 들고 '만일 위태하거든 징을 쳐 퇴군하옵소서'하니 진문 밖에 나가며 크게 외쳐 가로되,

　"어제는 우리 원수 너희를 용서하고 그저 돌아왔으나 금일은 나로
　하여금 너희를 베라 하시매 빨리 나와 내 칼을 받으라."
하니 적장이 대분하여 정서장군 문길에게 명하여 대적하라 하니 문길이 명을 듣고 정창 출마하여 합전하더니 수합도 못하여 보국의 칼이 빛나며 문길의 머리가 떨어지는지라 창끝에 꽂아 들고 크게 외쳐 가로되,

　"적장은 애매한 장수만 죽이지 말고 빨리 나와 항복하라."
하니 총서장군 충관이 문길의 죽음을 보고 급히 달려가 싸우니, 삼십여 합에 이르러 충관이 거짓으로 패한 척하고 본진으로 달아나거늘, 본국이 승세하여 따르다가, 적진이 일시에 고함을 지르며 둘러싸더라, 보국이 천여 적에 싸여서 할 일 없이 죽게 되었거늘, 수기를 높이 들고 원수를 향하여 탄식하더니 이 때 원수 중군의 급함을 보고 북채를 내던지고 준총마를 급히 몰아 크게 외치며 가로되,

　"적장은 나의 중군을 해치지 말라."
하고 수다한 중군에 좌충우돌하며 고함을 지르고 헤쳐 들어가니 적진 장졸이 순식간에 물결 헤치듯 하는지라 원수가 그 새에 보국의 옆에 서서 적장 오십여 명을 한 칼로 베고 만군 중에 횡횡하니 서달이 악대를 돌아보며 말하기를,

　"평국이 하나인줄 알았더니, 금일로 보건대 수십도 넘는가 하노
　라."

악대 말하되,

"대왕은 근심치 마옵소서."

서달이 가로되,

"누가 능히 당하리오. 죽은 수를 이로 측량치 못하리로다."

이적에 원수는 본진으로 돌아와서 장대에 높이 앉아 보국을 잡아들이라 호령이 추상 같거늘, 무사 넋을 잃고 중군을 잡아 장대 앞에 꿇리니 원수 대질하며 가로되,

"중군은 들어라 내 만류했으되, 자원하야 다짐두고 출전하더니 적장의 꾀에 빠져 대국에 수치함을 끼치니, 내 구하여 하지 아니하려다가 더러운 도적의 손에 아니 죽이고 법으로 내가 죽여 제장을 호칙코자 구하여 구함이니 죽기를 설워 말라."

하며 무사를 호령하여 원문 밖에 내여 베히라 하니 제장이 일시에 복지하여 외쳐 가로되,

"중군의 죄는 군법시행이 마땅하오나 용력을 다하야 적장 삼십여 원을 버히고 의기양양하여 적진을 경히 여기다가 패를 보았아오니 한 번 승패는 일시상사라, 복원 대원수는 용서하옵소서."

하며 일시에 고두 사죄하니 원수 이윽히 생각하다가 속으로 웃고 가로되,

"그대를 베어 제장을 본받게 하자 하였더니 제장의 낯을 보아 용서하거니와 차후는 그리 말라."

하시니 보국이 백배사례하고 물러나니라.

이튿날, 평명에 원수 갑주를 갖추고 말에 오라 칼을 들고 나서며 크게 외쳐 가로되,

"어제는 우리 중군이 패하였거니와 오늘은 내 친히 싸워 너희를

함몰하리라."

하며 점점 나아가니 적진이 황겁하야 어찌 할 줄을 모르더니 이적에는 악대 분을 이기지 못하여 내달아 싸울새, 십여함에 이르러 원수의 검광이 빛나며 악대의 머리가 떨어지거늘, 칼끝에 꽂아들고 또 중군장 아하영을 버히고 칼춤을 추며 본진으로 돌아와 악대의 머리를 함에 봉하여 황송제를 올리니라.

이 때 서달이 악대의 죽음을 보고 앙천통곡하며 말하기를,

"이제 명장이 죽였으니 평국을 누가 잡으리오."

하니 철통골이 여쭈되,

"평국을 잡을 계교가 있사오니 근심치 마옵소서 제 아무리 용맹이 있다 할지나 이 계교에 빠질 것이니 보옵소서."

하고 이날밤에 장졸을 명하여 군사 삼천씩 거느려 천문동 어귀에 매복하였다가 평국을 유인하야 곧 어귀에 들거든 사면으로 불을 지르라 하고 보내리라.

이튿날 평명에 철통골이 갑주를 갖추고 진 밖에 나서며 도전할새, 크게 외쳐 가로되,

"명장 평국은 빨리 나와 내 칼을 받으라."

하니 원수 대분하야 달려들어 수십여 합에 승부를 결치 못하더니 철통골이 거짓으로 패하여 투구를 벗어들고 창을 끌고 말머리를 돌려 여천문동으로 들어가거늘 원수 따라갈새, 날이 이미 저물었는지라, 원수 적장의 꾀에 빠진 줄을 알고 말을 돌리려 할즈음에, 사면으로 난데없는 불이 일어나 화광이 충천하거늘, 원수 아무리 생각하되, 피할 길이 없어 분하여 소리치기를,

"나 하나 죽어지면 천하강산이 오랑캐놈의 세상이 되리로다. 하물

며 잃은 부모를 다시 보지 못할 것이니 어찌 할 일이오."
하다가 문득 생각하니 선생이 주시던 봉서를 꺼내여 급히 떼어 보니 하였으되, 봉서 속에 부작을 써 넣었으니 천문동 화재를 만나거든 이 부적을 각방에 날리고 용자를 세 번 부르라 하였거늘, 원수 대희하여 하날께 축수하고 부작을 사방에 날리고 용자를 세 번 부르니, 이윽고 서풍이 대작하더니 북방으로서 흑운이 일어나며 뇌성병력이 진동하며 소나기 비가 내리니 화광이 일시에 스러지거늘, 원수 바라보니 비 그치고 월색이 동천에 걸렸는지라. 본진으로 돌아오며 살펴보니 서달의 십만 명도 간데 없거늘, 원수 생각하되 내가 죽은 줄 알고 진을 파하고 황경으로 갔도다. 하며 넓은 사장에 홀로 서서 갈 곳을 몰라 탄식하더니 이윽고 옥문관에서 함성이 들리거늘, 원수 말을 재쳐 함성을 쫓아 가니 검고 소래 진동하며 철통골이 외치며 말하되,

"명국 중군 보국은 도망치지 말고 내 칼을 받으라. 너의 대원수 평국은 천문동 화재에 죽었으니 네 어찌 나를 대적 하리오."
하거늘 원수 듣고 대분하여 외치며 가로되,
"적장은 나의 중군을 해치 말라. 천문동 화재에 죽은 평국이 여 왔노라."
하며 번개같이 달려드니 서달이 철통골을 돌아보며 말하기를,
"평국이 죽은가 하였더니 이 일을 어찌 하리오."
철통골이 여쭈어 말하되,
"이제는 바삐 도망하여 본국으로 돌아가도 다시 기병하지도 못할 것 같사오이다. 이제 아무리 싸우자 하여도 세궁역진하여 패할 것이니 바삐 군졸을 거느리고 벽파도로 가사이다."

하고 제장 삼십여 원을 거느리고 강변으로 나가 어부의 배를 뺏어 타고 벽파도로 가느니라.

이적에 원수 필마 단검을 직쳐들어 갈새, 칼빛이 번개같고 죽음이 구산 같은지라. 원수 한 칼로 십만 대병을 파하고 서달 등을 찾으려고 살펴보니 약간 남은 군사가 각각 달아가며 우는 말이,

"서달아 이 몹쓸 놈아, 너는 도망하여 살려하고, 우리는 외로운 고혼이 되라 하고 도망하느냐."

하며 슬피 우니 들으매 도리어 처량하더라.

원수 서달 등을 찾으려 할제 문득 옥문관에서 들리는 소리 나거늘 원수 생각하되 적장이 그리로 갔도다 하고 급히 말을 제쳐 가니라.

이 때 보국이 이런 줄은 모르고 가슴을 두드리며 희미한 달빛에 보고 적장이 오는 가 하여 달아나더니, 후군이 말하되,

"뒤에 오는 이가 천문동 화재에 죽은 우리 원수의 혼백인가 보외다."

하니 중군이 놀라 가로되,

"어찌 아는다?"

후군이 여쭈어 가로되,

"희미한 달빛에 보오니 타신 말이 준총마요 갑옷이며 거동이 원수의 행색인가 하나이다."

보국이 그 말을 듣고 반겨하며 군사를 머무르게 하고 서서 기다리니 원수의 음성이거늘, 보국이 대희하야 외쳐 가로되,

"소장은 중군 보국이오니 기운을 허비치 마옵소서."

원수 듣고 의심하여 외쳐 가로되,

"분명 보국이면 군사로 하여금 칼을 보내라."

하니 보국이 대회하여 칼과 수기를 보내니, 원수 보시고 달려와 말에서 내려 보국의 손을 잡고 장중에 들어가 희희 낙낙하여 말하되,

천문동 화재에 죽게 되었는데 선생의 봉서를 보고 이리이리하여 벗어난 일과 본진으로 오다가 적진을 파하고 서달 등은 도망하여 잡지 못한 말이며 세세 설화하고 쉬더니 날이 밝으며 군사들을 보니,

"서달 등이 도망하야 벽파도로 갔다 하오니 급히 도적을 잡게 하옵소서."

원수 이 말을 듣고 대회하여 즉시 군사를 거느리고 강변에 이르러 어선을 잡아 타고 건너갈 때, 배마다 기치 창검을 세우고 원수는 주중에 단을 높이 묻고 갑수를 갖추고 삼척장검을 높이 들고 중군에 호령하여 배를 바비 저어 벽파도로 행할 때, 씩씩한 위풍과 늠늠한 거동이 당세 영웅일러라.

이 때 홍시랑은 부인과 더불어 계월을 생각하고 매일 서려워하더니 뜻밖에 들리는 소리 나거늘 놀라 급히 초막 밖에 나가서 보니 무수한 도적이 들어오거늘, 시랑이 부인을 데리고 천방지방 도망하여 산곡으로 들어가 바위틈에 몸을 감추고 통곡하더니 그 이튿날 평명에 또 강가엘 바라보니 배에 군사를 싣고 기치 창검이 서리같고 함정이 진동하여 벽파도로 향하거늘, 시랑이 더욱 놀래여 몸을 감추고 있더니라.

원수 벽파도에 다다라 배를 강변에 매고 진을 치며 호령하며 외치되,

"서달 등을 바삐 잡으라."

하니 제장이 일시에 고함하고 벽파도를 둘러싸니 서달이 하릴없어

자결코자 하다가 원수 군사에게 잡혔는지라 원수 장대에 높이 앉아 서달 등을 대하에 꿇리고 호령하며 외치되,

"이 도적을 차례로 군문 밖에 내여 베라."

하니 무사 일시에 달려들어 철통을 먼저 잡아내여 죽이고 그 남은 제장을 차례로 죽이니라.

이 때 군졸이 원수께 여쭈되,

"어떤 사람이 여인 수 인을 데리고 산중에 숨었기로 잡아 대령하였나이다."

하거늘, 원수 잠깐 머무르며 그 사람을 잡아들이라 하니 무사가 끌고 와 결박하여 대하에 꿇리고 죄목을 물을 새, 이 사람이 넋을 잃었더라. 원수 서한을 치며 가로되,

"너희를 보니 대국 복색이라 적병이 너희를 응하여 동심 합력하였느냐. 바로 아뢰라."

시랑이 황급히 정신을 진정하여 가로되,

"소인은 전일 대국서 시랑 벼슬하옵다가 소인 참조에 고향으로 돌아가 농업을 일삼다가 장사랑 난에 잡혀 이리이리 되와 이곳으로 정배 온 죄인이오니 죽어 마땅할지이다."

원수 이 말을 듣고 놀라 말하되,

"네 천자의 성은을 배반하고 역적 장사랑에게 부탁하였다가 성상이 어지사 너를 죽이지 아니 하시고 이곳으로 정배하시니 그 은혜를 생각하며 백골난망이거늘 이제 또 적당에 내응이 되었다가 이렇듯 잡혔으니 네 어찌 변명하리오."

잡아내여 버히라 하니 양 부인이 앙천통곡하며 말하기를,

"에고 이것이 어인 일인가 계월아, 계월아 너와 한가지를 강물에

빠져 그때 죽었다면 이런 욕은 면할 것을 하늘이 미워 여기사 모진 목숨 살았다가 이 거동을 보는도다."

하며 기절하거늘, 원수 이 말을 듣고 문득 선생의 이르던 말을 생각하고 대경하여 좌우를 다 치우고 앞에 가까이 앉히고 가만이 물어 가로되,

"아까 들으니 계월과 한가지로 죽지 못함을 한하니 계월은 누구이며 그대 성은 뉘라 하느뇨?"

부인이 말하되,

"소녀는 대국 형주 땅 구계촌에 사옵고 양 처사의 여식이오며 가군을 홍시랑이옵고 저 계집은 시비 양윤이요, 계월은 소녀의 딸이로소이다."

하며 전후 말을 낱낱이 다 아뢰니 원수 이 말을 듣고 정신이 아득하여 세상사가 꿈 같은지라. 급히 뛰어내려 부인을 붙들고 통곡하며 말하기를,

"어마님 내가 물에 들던 계월이로소이다."

하며 기절하니 부인과 시랑이 이 말을 듣고 서로 붙들고 통곡기절하니 천여 명 제장과 팔십만 대병이 이 광경을 보고 어쩐 일인지 아지 못하고 서로 돌아보며 공동하여 혹 눈물을 흘리며 천고에 없는 일이라 하며 영 내리기를 기다리더라.

보국은 이왕, 평국이 부모 잃은 줄을 아는지라, 원수 정신을 진정하여 부모를 장대에 모시고 여쭈되,

"그때 물에 떠가다가 무릉포 여공을 나를 건져 집으로 돌아가 친자식 같이 길러 그 아들 보국과 한가지로 어진 선생을 만나 동문수학하여 선생의 덕으로 황성에 올라가 둘이 다 동방급제하여 한림학사

로 있삽다가 서달이 반하여 작란하매 소자는 대원수되고 보국은 중군이 되어 이번 싸움에 적진을 할새, 서달이 도망하여 이곳으로 왔기에 잡으려 왔삽다가 천행으로 부모를 만났나이다."

하며 전후 수말을 낱낱이 다 고하니, 시랑과 부인이 듣고 고생하던 말을 일일히 다 설화하며 슬피 통곡하니, 산천초목이 다 함루하는 듯하더라.

원수 정신을 진정하여 부인의 젖을 만지며 새로이 통곡하다가 양윤의 등을 어루만지며 말하기를,

"내가 네 등에 떠나지 아니하던 정곡과 물에 던져질제 애통하던 일을 생각하면 칼로 베히는 듯 하도다. 너는 부인을 모시고 죽을 액을 여러 번 지내다가 이렇듯 만나니 어찌 즐겁지 아니 하리오."

하며 춘낭 앞에 나가 절하고 공경 치사 왈,

"황천에서 만날 모친을 이 생에서 만나 뵈옵기는 부인의 덕이라. 이 은혜를 어찌 다 갚으리까."

춘낭이 희소 말하길,

"미천한 사람에게 이다지 관대하시니, 황공하와 아뢸 말씀이 없나이다."

원수 붙들어 대상에 앉히고 더욱 공경하더라.

이 때 중군장 보국이 장대 앞에 들어와 문후하고 원수께 부모 상봉함을 치하하니 원수 대하에 내려 보국의 손을 잡고 대상에 올라가 시랑께 뵈와 가로되,

"이 사람이 소자와 동문수학하던 여공의 아들 보국이로소이다."

하니 시랑이 듣고 급히 일어나 보국의 손을 잡고 읍체 왈,

"그대의 부친 덕택으로 죽었던 자식을 다시 보니, 이는 결초보은

(結草報恩)하여도 못 갚을까 하니 무엇으로 갚으리오."
한대, 보국이 칭사하고 물러나니, 만진장졸이 또한 원수께 부모 상봉함을 치하 분분하더라.
　이튿날 평명에 원수 군중에 좌기하고 군사를 호령하여 서달 등을 꿇리고 항서(降書)를 받은 후에 장대에 꿇어앉히고 도리어 치사하여 가로되,
　"그대 만일 이곳에 오지 아니 하였던들 어찌 내의 부모를 만났으리오. 이후로부터는 도로혀 은인이 되었도다."
하니 서달 등이 그 말을 듣고 감사하여 복지사은 왈,
　"무도한 도적이 원수의 손에 죽을까 하였더니 도리어 치사를 듣사오니 이제 죽사와도 원수의 덕택은 갚을 길이 없나이다."
하더라.
　원수, 서달 등을 본국에 돌려보내고 즉시 근엄 수령에게 전령하여 안마와 교자를 등대하니 부친과 양부인을 모시고 일천제장과 팔십만 군사를 거느려 고옹하여 옥문관으로 향할새, 거기치중이 천자에게 비길러라.
　옥문관에 다달아 이 사연을 천자께 주문하니라.
　이 때 천자 악대머리를 받아보신 후로는 원수의 소식을 몰라 주야 염려하시더니 황경 문 밖에 장졸이 장계를 올리거늘 천자 지탁하여 보시니 하였으되,
　한림학사 겸 대원수 홍평국은 돈수백배하옵고 한 장 글월을 탑하에 올리나이다. 서달 등을 쳐서 파하려 할새 도적이 도망하여 벽파도로 가옵기로 쫓아들어가 적졸을 다 잡은 후에 이별하였던 부모를 만났사오니 하감하옵소서. 아비는 장사랑과 한가지로 잡혀 벽파도로

정배하였던 홍무로소이다. 복원, 폐하는 신의 벼슬을 거두사 아비 죄를 사하여 후인이 본받게 하시면 신은 아비를 모시고 고향에 들어가 여년을 맞고자 하노이다.
하였거늘 천자 보시고 대경 대희하사 가로되,
 "평국이 한번 가 북방을 평정하고 잃은 부모를 만났다 하니 이는 하날이 감동하심이라."
하시고 또 가라사대,
 "대원수를 나오면 승상이 되리니, 어찌 그 부인 벼슬이 없으리오."
하시고 홍 무를 배하여 위국공(魏國公)을 봉하시고 부인에게 봉비직첩과 위공봉작을 사관께 명하여 하상하시고 가로되,
 "짐이 불명한 탓으로 원수의 부친을 정배 적년 고생하다가 천행으로 원수를 만나 영화로 돌아오니 어찌 그 영화를 빛내지 아니하리오."
하시고 궁녀 삼백명을 택취하여 녹의홍삼을 입히고 부인 모실 금정과 쌍교를 보내사 시녀로 옹위하여 황성까지 오게 하시고 어전 풍류와 화동 천여 명을 거느려 옥문관으로 향하니라.
 이때 사랑이 봉비직첩과 위공봉작을 원수께 드리니 시랑과 부인이 받아 북향 사배하고 지탁하니, 시랑을 위국공에 봉하시고 부인으로 정열부인(貞烈夫人)을 봉하신 직첩일러라. 또 비답이 있거늘 보니 하였으되, 〈원수 한번 가매 북방을 평정하고 사직을 안보하니 그 공이 적지 아니하며 또 잃었던 부모를 만났으니 이런 일은 천고에 드문지라, 또한 짐이 어지지 못하야 경의 부친을 원지에 정배하여 다년 고생하게 하였으니 짐이 도리어 경을 볼 면목이 없도다. 그러나 바삐 올라와 짐에 기다리옵게 하라〉 하였거늘 위공부자 황은(皇恩)

을 축수하고 이날 길을 떠나려 하였더니 또 부인 모실 금정과 각색 기계를 하사하여 옹위하며 금의화동을 좌우에 갈라 세우고 어전풍류를 올리며 꽃밭이 되어오는데 춘낭과 양윤은 쇄금교자를 태우고 원수는 위공을 모셔올새, 팔십만 대병과 제장 천여 원을 중군장이 거느리고 선봉이 되어 승전북을 울리며 사십 리에 벌려올새, 이적에 천자 백관을 거느리고 맞거늘, 위공과 원수 말에 내려 복직하니 한대 천자 반기사 가로되,

"짐이 밝지 못하여 위공을 적년 고생하게 하였으니 짐이 도리어 부끄럽도다."

하시며, 일변 한 손으로 위공의 손을 잡고 한 손으로 원수의 손을 잡으시고 보국을 돌아보며 가로되,

"짐이 어찌 수레를 타고 경등을 맞으리오."

하고 삼십 리를 천자 친히 걸어오시니 백관이 또한 걸어올새, 모든 백성이 옹위하여 대명전까지 들어오니 보는 사람이 뉘 아니 칭찬하리오.

천자 전좌하시고 원수로 좌승상 청주후를 봉하시고 보국으로 대사마 대장군 이부상서를 하이시고 그 남은 제장은 차례로 공을 내리시고 원수더러 물어 가로되,

"경이 오 세에 부모를 잃었다 하니 뉘 집에 가 의탁하여 자랐으며 병서는 뉘게 배우며 경의 모는 십삼 년 고생을 어디가 지내다가 벽파도에서 위공을 만났느뇨? 실사를 듣고자 하노라."

하시니 원수 전후 곡절을 낱낱이 여쭈니 천자 칭찬하시고 가로되,

"이는 고금에 없는 일이로다."

하시고 또 가라사대,

"경이 수중고혼이 된 것을 여공의 덕으로 살아 성공하여 짐을 돕게 되었으니 어찌 여공의 공이 없으리오."

하시고 여공으로 우북야기주후를 봉하시고 부인으로 공열 부인을 봉하사 봉비직첩과 후공작을 사관으로 무릉포에 보내시니라.

이적에 여공 부부 그 직첩을 받자와 북향 사배 후에 즉시 행장을 차려 부인과 황성에 올라와 여공이 탑전에 들어가 사은숙배한대 천자 반기사 칭찬하여 가로되,

"경이 평국을 길러내야 짐을 보게 하니, 그 공이 적지 아니하도다."

하시니 여공이 사은하고 물러나와 위공과 정열 부인께 뵈온대 위공과 부인이 다시 기죄하여 치사하여 가로되,

"어지신 덕택으로 계월을 구하시고 천자식같이 길러 입신 양명하시니 은혜 백골난망이로소이다."

하며 비회를 금치 못하거늘 여공이 더욱 감사하야 공순 응답하더라.

평국과 보국 또한 복지하여 원로에 평안히 행차함을 치하하니 위공과 정열 부인이며 기주후와 공열 부인과 춘낭도좌에 참례하고 양윤이 또한 기꺼함을 측량치 못하는지라, 이날 대연(大宴)을 베풀고 삼일 즐기니라. 이적 천차 제신을 돌아보며 말하기를,

"평국과 보국을 한 궁궐 안에 살게 하리라."

하고 종남산하에 터를 닦아 집을 지을새, 천여 만을 불일성지(不日成之)로 지으니, 그 장엄을 측량치 못하더라.

집을 다 지은 후에 노비 천 명과 수성군 백여 명씩 사급하시고 또 채단과 보화를 수천 바리를 상사하시니, 평국과 보국이 황은을 축수하고 한 궁궐안에 각각 침사를 정하고 거처하니 그 궁궐 안 장광

이 십 리가 남은지라 위의 거동이 천자나 다름없더라.

　이적에 평국이 전장에 다녀온 후로 자연 몸이 곤하야 병이 침중하니 가내 경동하여 주야 약으로 치료하더니 천자 이 말을 들으시고 대경하사 명의를 급히 보내여 '병세를 자세히 보고 오라. 만일 위중하면 짐이 가보리라' 하시고 어의(御醫)를 명송하시니 어의 평국의 침사에 와 병세를 진맥하니 병세 위중치 아니한지라 속히 약을 가르쳐 쓰라하고 돌아와 천자께 아뢰되 병세를 보오니 위중치 아니 하옵기로 속한 약을 가르쳐 쓰라 하옵고 왔사오나 또한 괴이한 일이 있어 수상하더이다.

　천자 놀라 물어 가로되,

　"무슨 연고 있더뇨?"

　어의 복지 주 왈,

　"평국의 맥을 짚어 보오니 남자의 맥이 아니오매 이상하여이다."

　천자 그 말을 들으시고 말하되,

　"평국이 여자면 어찌 전장에 나가 적군을 사멸하고 왔으리오, 평국이 얼굴이 도화색이요. 체신이 잔약하니 혹 미심하거니와 아직 누설치 말라."

하시고 환자로 하여금 자주 문병하시니라.

　이적에 평국이 병세 차차 낳으매 생각하되, 〈어의가 내 의맥을 보았으니 본색이 탄로날지라. 이제 하릴 없으니 여복을 개칙하고 규중에 몸을 숨어 세월을 보냄이 옳다〉하고, 즉시 남복을 벗고 여복을 입고 부모를 뵈니 양 눈에 눈물이 쉬지 않고 흐르며 양협에 쌍루 용출하거늘 부모 또한 눈물을 흘리며 위로하더라.

　계월 비감하여 우는 거동은 추(秋) 구월 연화꽃이 가는 비를 머금고 초생편월이 수운에 잠긴 듯하며 요요전전한 태도는 당세에 제일이라.

이적에 계월이 천자께 상소를 올렸거늘, 상이 보시니 하였으되, 〈한림학사 겸 대원수 좌승상 청주후 평국은 돈수백배하옵고 아뢰옵나이다. 신첩이 미만 오 세에 장사랑 난에 부모를 잃었삽고 도적 맹길을 만나 수중고혼이 되올 것을 여공의 은덕으로 살아났사오나 일념에 생각하온즉 여자의 행색을 하여서는 규중에 늙어 부모의 해골을 찾지 못함이 되옵기로 여자의 행실을 버리고 남자의 복색을 하와 황상을 속이옵고 조정에 들었사오니 신첩의 죄 만사무석이옵기로 감수 대죄하와 유지와 인신을 올리옵나이다. 기군망상지죄(欺君忘上之罪)를 사속히 처참하옵소서〉하였거늘 천자 글을 보시고 용상을 치며 좌우를 돌아보며 가로되,

"평국을 누가 여자로 보았으리오. 고금에 없는 일이로다. 비록 처하당대하나 문무겸전하고 갈충보국하여 충효상산 지재는 남자라도 미치지 못하리로다. 비록 여자나 벼슬을 어찌 거두리오."

하시고 환자를 명하여 유지와 인신을 도로 환송하시고 비답하였거늘 계월이 황궁감사하여 받아보니 하였으되,

'경의 상소를 놀랍고 일변 장하도다. 충효를 겸전하여 반적 소멸하고 사직을 안보하기는 다 경의 하해(河海) 같은 덕이라. 짐이 어찌 여자라 허물하리오. 유지와 인신을 환송하니 추호도 과념치 말고 갈충보국하야 짐을 도우라.'

하였거늘 계월이 사양치 못하여 여복을 입고 그 위에 조복을 입고 부리던 제장 백여 명과 군사 천여 명을 갑주를 갖추어 승상부 문밖에 진을 치고 있게 하니 그 위의 엄숙하더라.

일일은 천자 위국공을 엄시하여 가로되,

"짐이 원수의 상소를 본 후로 사념이 많은지라, 평국이 규중에 홀로 늙으면 홍무의 혼백이 의지할 곳이 없을 것이니 어찌 슬프지 아니하리오. 또한 평국이 규중에 늙기에 불쌍하니, 평국의 혼인을 짐이 중매하고자 하니 뜻이 어떠하뇨?"

위공이 복지 주 왈,

"신의 뜻도 그러하오니 소신이 나가 의논하오려니와, 평국의 배필을 뉘라 정하랴 하시나이까?"

천자 가로되,

"평국이 동학하던 보국으로 정하고자 하니 경의 마음이 어떠하뇨?"

위공이 천자에게 가로되,

"하교(下敎) 마땅하여이다. 명국이 죽을 목숨을 여공의 덕으로 살았삽고 친자같이 길러 영화복록을 누리고, 이별하였던 부모를 만나게 하고 또한 보국과 동학하여 동방급제하여 폐하의 성덕으로 작록(爵錄)을 받아 만리전장에 사생 고락을 한가지로 하옵고 돌아와 한 집에 거처하오니 천생연분인가 하나이다."

하고 물러나와 계월을 불러 앉히고 천자 하시던 말씀을 낱낱이 전하니 계월이 말하되,

"소녀의 마음은 평생을 홀로 늙어 부모 슬하에 있삽다가 죽은 후에 다시 남자되여 공맹(孔孟)의 행실 배우고자 하였삽더니 근본이 탄로나와 천자 하교 이러하옵시니 부모님도 슬하에 다른 자식 없어 비회를 품고 선영봉사를 전할 곳이 없겠사오니 자식이 되어 부모의 영을 어찌 거역하며 천자 하교를 어찌 배반하오리까. 하교대로

보국을 섬겨 여공의 은혜를 만분지 일이라도 갚사올까 하오니 부친
은 이 사연을 천자전에 상달하옵소서."
하며 낙루하고 남자 못됨을 한탄하더라.
　이 때 위공이 즉시 궐내에 들어가 계월이 하던 말을 전하니 천자
기꺼하사 즉시 여공을 불러 하교하사,
　"평국과 보국을 부부로 정하고자 하니 경의 뜻이 어떠하뇨."
　엎드려 절하며 가로되,
　"폐하의 덕택으로 현부(賢婦)를 결친하오니 감사하와 아뢸 말씀
없나이다."
하고 물러나와 보국을 불러 천자 하교를 전하니, 보국이 부복 칭사하
고 부인이며 가내상하(家內上下) 모두 기꺼하더라.
　이 때 천자 태사관을 불러 택일할새, 마침 삼월 망일이라. 택일
관자와 예단할 비단 수천 필을 봉하여 위공의 집으로 사송하시니라.
　위공이 택일 관자를 가지고 계월의 침소에 들어가 전하니 계월이
말하기를,
　"보국이 전일 중군으로서 소녀의 부리던 사람이라. 내가 그 사람의
아내될 줄을 어찌 알았으리오. 다시는 군례를 못할까 하오니 이제
망종 군례나 차리고자 하오니 이 뜻을 천자께 상달하소서."
　의공이 즉시 천자께 주달하니 천자 즉시 군사 오천과 장수 수백여
원을 갑주와 기치, 창검을 갖추어 원수께 보내니 계월이 여복을 벗고
갑주을 갖추고 용봉황월과 수기를 잡아 행군하여 별궁에 좌기하고
군사로 하여금 보국에게 전령하니 보국이 전령 보고 분함을 측량할
길 없으나 전일 평국의 위풍을 보았는지라 군령을 거역지 못하여
갑주를 갖추고 군문대령하니라.

이적에 원수 좌우를 돌러보며 가로되,

"중군이 어찌 이다지 거만하뇨? 바삐 현신하라."

호령이 추상(秋霜) 같거늘 군졸의 대답소리가 장안이 끓는지라, 중군이 그 위엄을 황겁하야 갑주를 끌고 국궁하야 들어가니 얼굴에 땀이 흘렀는지라, 바삐 나가 장대앞에 복지한대, 원수 정색하고 꾸짖어 가로되,

"군법이 지중(至重)커늘, 중군이 되었거든 즉시 대령하였다가 명 내림을 기다릴 것이거늘, 장령을 중히 여기지 않고 태만한 마음을 두어 군령을 만홀히 아니 중군의 죄는 만만 무엄한지라 즉시 군법을 시행할 것이로되, 십분 짐작하거니와 그저는 두지 못하리라."

하고 군사를 호령하여 중군을 빨리 잡아내라 하는 소래 추상 같은지라, 무사 일시에 고함하고 달려들어 장대 앞에 꿇리니 중군이 정신을 잃었다가 겨우 진정하야 아뢰되,

"소장은 신병이 있어 치료하옵다가 미처 당치 못하였사오니 태만한 죄는 만만무석이오나 병든 몸이 중장을 당하오면 명을 보전치 못하겠삽고 만일 죽사오면 부모에게 불효를 면치 못하오니 복원, 원수는 하해같은 은덕을 내리사 전일 정곡을 생각하와 소장을 살려 주시면 불효를 면할까 하나이다."

하며 무수히 애걸하니, 원수 내심(內心)은 우수(憂愁)나 겉으로는 호령하여 가로되,

"중군이 신병이 있으면 어찌 영춘각의 애첩(愛妻) 영춘(永春)으로 더불어 주야 풍류로 질서하느뇨? 그러나 사정이 없지 못하야 칭서하거니와 차후는 그리 말라."

분부하니 보국이 백배사례 하고 물러나니라.

원수 이렇 듯 즐기다가 군을 물리치고 본궁에 돌아올새, 보국이 원수께 하직하고 돌아와 부모전에 육본 사연을 낱낱이 고하니 여공이 그 말을 듣고 대소하여 창찬하여 가로되,

"내 며느리는 천고의 여중군자로다."

하고 보국더러 일러 가로되,

"계월이 너를 욕뵘은 다름 아니라 어명으로 너와 배필을 정하매 전일 중군으로 부리던 연고라 마음이 다시는 못부릴까 하여 희롱함이니, 너는 추호도 혐의(嫌疑)치 말라."

하더라.

천자, 계월이 보국을 옥뵈였던 말을 듣고 대소하시고 상사를 많이 하시니라.

이때 길일(吉日)을 당하매 행례할새, 계월이 녹의홍상으로 단장하고 시비들이 좌우에 부액하야 나오는 거동이 엄숙하고 아름다운 태도와 요요정정한 형용은 당세 제일일러라. 또한 장막 밖에 제장군들이 갑주를 갖추고 기치검녹을 좌우에 갈라 세우고 옹위하였으니 그 위에 엄숙함을 측량치 못할러라. 보국이 또한 위의를 갖추고 금안준마 위에 뚜렷이 앉아 봉미선으로 차면하고 계월이 궁에 들어와 교배하는 거동은 태선관이 옥황께 반도 친송하는 거동일러라. 교배를 파하고 그날밤에 동침하니 원앙비취 자락이 극진하더라.

이튿날, 평명에 두 사람이 위공과 정열 부인께 뵈온대 위공 부부 희락을 이기지 못하며 또 기주후와 공열부인께 뵈일새, 기주후 대희 하야 가로되,

"세상사는 가히 측량치 못하리로다. 너를 내 며느리 삼을 줄을

어찌 뜻하였으리오."

한대, 계월이 다시 절하고 가로되,

"소부의 죽을 명을 구하신 은혜와 십삼 년 기르시되 근본을 아뢰지 아니 하온 죄는 만사무석이옵고 또한 하날이 도우사 구고(舅姑)로 섬기게 하옵시니, 이는 첩의 원이로소이다."

종일 말하다가 하직하고 본궁으로 돌아올새, 금정을 타고 시녀를 옹위하야 중문을 나오다가 눈을 들어 영춘각을 바라보니 보국의 애첩 영춘이 난간에 걸터앉아 계월의 행차를 구경하며 몸을 꼼짝 안커늘 계월이 대노하야 정을 머무르게하고 무사를 호령하야 영춘을 잡어내려 정 앞에 꿇리고 꾸짖어 가로되,

"네 중군의 세(勢)로 교만하야 내 행차를 보고도 감히 난간에 걸터앉아 요동치 아니하고 교만이 태심하니, 네 같은 년을 어찌 살려두리오. 군법을 세우리라."

하고 무사를 호령하야 베히라 하니 무사 영을 듣고 달려들어 영춘을 잡아내어 베히니 군졸과 시비 등이 황겁하여 바로 보지 못하더라.

이적에 영춘이 죽었단 말을 듣고 분함을 이기지 못하야 보국이 부모께 여쭈기를,

"계월이 전일은 대원수 되어 소자를 중군으로 부리오매 장막지간(將幕之間)이라 능멸히 여겼사오나, 지금은 소자의 아내오며, 어찌 소자의 사랑하는사람을 죽여 심사를 불평케 하오리까."

하대, 여공이 이 말을 듣고 만류하여 가로되,

"계월이 비록 네 아내는 되었으나 벼슬 놓지 아니하고 의기당당하야 족히 너를 부릴 사람이로되, 예로써 너를 섬기니 어찌 심사를 그르다 하리오. 영춘은 비첩(卑妻)이라 저 혼자 거만하다가 죽었으

니 뉘를 한하며, 또한 계월이 그릇 궁녀비를 죽인다 하여도 뉘라서 그르다 책망하리오. 너는 조금도 과념치 말고 마음을 변치 말라. 만일 영춘을 죽였다 하고 혐의를 두면 부부지의도 변할 것이요 또한 천자 주장하신 바라, 네게 해롬이 있을 것이니 부디 조심하라."
하신대, 보국이 또 여쭈어 가로되,
"부친님 분부지하오나, 세상 대장부되어 계집에게 괄시를 당하오리까."
하고 그 후로부터는 계월의바에 들지 아니하니, 계월이 생각하되 '영춘의 혐의로 아니 오는도다'하고 가로되,
"뉘라서 보국을 남자라 하리오. 여자에도 비(比)치 못하리로다." 하고 남자 못됨을 분하야 눈물을 흘리며 세월을 보내더라.
각설, 이적에 남관장이 장계를 올리거늘 천자 즉시 개탁하니 하였으되,〈오왕(吳王)과 초왕(楚王)이 반하여 지금 황성을 범코자 하옵는대 오왕은 구덕지를 얻어 대원수를 삼고 초왕은 장맹길을 얻어 선봉을 삼아 제장 천여 원과 군사 십만을 거느려 호주 북지 칠십여 성을 항복받고 형주자사 이완태를 베히고 직쳐오매 소장의 힘으로는 방비할 길이 없사와 감달하오니 복원, 황상은 어진 명장을 보내옵서 방적하옵소서〉하였거늘, 천자 보시고 대경하사 만정 제신을 모아 의논한대 우승상 명연태 천자께 가로되,
"이 도적은 좌승상 평국을 보내야 막사올 것이니, 급히 영초하옵소서."
천자 들으시고 한참 있다가 가로되,
"평국이 전일은 출세하였기로 불렀거니와 지금은 규중처자라 어찌

명초하야 전장에 보내리오."
하신대, 제신이 천자에게 가로되,
"평국이 지금 규중에 처하오나 이름이 조야에 있삽고 또한 작록을 갈지 아니하였사오니 어찌 규중을 혐의하오리까?"
천자 마지못하야 급히 평국을 명초하시니라.
이때 평국이 규중에 홀로 있어 매일 시비를 다리고 장기와 바둑으로 세월을 보내더니 사람이 나와 명초하시는 영을 전하거늘, 평국이 대경하야 급히 여복을 벗고 조복으로 사관을 따라 탑하에 복지한대 천자 대희 왈,
"경이 규중에 처한 후로 오래 보지 못하야 주야 사모하더니 이제 경을 보매 기쁘기 측량 없거니와 짐이 덕이 없어 지금 오초 양왕(兩王)이 반하야 호주 복지를 쳐 항복받고 남관을 험쳐 황성을 범코자 한다 하니 경은 자당처사하와 사직을 안보게 하라."
평국이 부복하여 가로되,
"신첩 외람하와 폐하를 속이옵고 공후작록이 높아 영화로 지내옵기 황공하오되 죄를 사하옵시고 이토록 사랑하옵시니 신첩이 비록 우매하오나 힘을 다하야 폐하의 성은을 만분지 일이라도 갚고자 하오니 근심치 마옵소서."
한대, 천자 대희하사 천병만마를 즉시 초발하야 상님원에 진을 치고 원수 친히 붓을 잡아 보국에게 전령하되, '지금 적병이 급하매 중군은 바삐 대령하여 군령을 어기지 말라' 하였거늘, 보국이 군령을 보고 분함을 이기지 못하여 부모께 엮쭈되,
"계월이 또 소자를 중군으로 부리려 하오니, 이런 일이 어디에 있사오리까?"

여공이 가로되,

"내 전일에 너더러 무엇이라 이르더냐, 계월을 괄시하다가 이런 일을 당하니 어찌 그르다 하리오. 국사지중(國事至重)하니 무가내 하라."

하고 바삐 감을 재촉하니 보국이 하릴없어 갑주를 갖추고 진문에 나아가 원수 앞에 복지하니, 원수 분부하여 가로되,

"만일 영을 거역하는 자면 군법을 시행하리라."

하니, 보국이 황겁하야 중군처소로 돌아와 영내리기를 기다리는지라, 원수 제장의 소임을 각각 정하고 추 구월 갑자일에 행군하야 십일월 초일 일에 남관에 당도하야 삼 일 머무르고 즉시 오 일에 천축산(天竺山)을 지내어 연경루에 다다르니, 적병이 평원광야에 진을 쳤는데 군기가 철통 같은지라 원수 적진을 대하야 진을 치고 하령(下令)하여 가로되,

"장령을 어기는 자면 세의 두고 베히리라."

호령이 추상같거늘 제장 군졸이 황겁하와 아모리 할 줄을 모르고, 보국도 조심이 무궁하더라.

이튿날, 원수 중군에게 분부하되,

"수일은 중군이 나가 싸워라."

하니 중군이 청령하고 말에 올라 삼척장검을 들고 적진으로 들어가 외치기를,

"나는 평국 중군 보국이라, 대원수의 영을 받아 너희 머리를 베라 하니 바삐 나와 내 칼을 받으라."

하니 적장 운평이 초탕을 들고 대통하야 말을 몰아 싸우더니 수합을 못하여 보국의 칼이 빛나며 운명의 떨어지니 적장 운경이 운평 죽음

을 보고 대분하야 말을 몰아 싸우더니 수합이 못하야 보국이 칼을 날려 운경의 칼든 팔을 치니 운경이 미처 손을 올리지 못하고 칼든 채 말에서 떨어지거늘, 보국이 운경의 머리를 베어들고 본국으로 돌아오던 중 적장 구덕지 대노하야 장검을 높이 들고 말을 몰아 크게 고함하며 달려올새, 난데없는 적병이 또 사방으로 달려드니, 보국이 황겁하야 대하고자 하다가 경각에 위급하매 보국이 앙천탄식하는데, 이 때 원수 장대에서 북을 치다가 보국의 급함을 보고 급히 말을 몰아 장검을 높이 들고 좌충우돌하며 적진을 헤치고 구덕지 머리를 베어들고 보국을 구하여 몸을 날려 적진을 충돌할새, 동에 번뜩 서장을 버히고 남으로 가는 듯 북장을 버히고 좌충우돌하야 적장 오십여 원을 한 칼로 소멸하고 본진으로 돌아올새, 보국이 원수 보기를 부끄러워 하거늘, 원수 보국을 꾸짖어 가로되,

"저러하고 평일에 남자라 칭하고 나를 업수이 여기더니, 앞으로도 그리 할까."

하며 무수히 조롱하더라.

이적에 원수 장대에 좌기하고 구덕지 머리를 함에 봉하야 황경으로 보내니라.

이적에 오초 양왕이 상의하야 가로되,

"평국의 용맹을 보니 옛날 조자룡이라도 당치 못할지니 어찌 대적하며, 명장 구덕지를 죽였으니 이제 뉘로 더불어 대사를 도모하리오. 이제는 우리 양국이 평국의 손에 망하리로다."

하며 낙루하니, 맹길이 말하기를,

"대왕은 근심치 마옵소서. 소장이 한 묘책이 있사오니, 평국이 아모리 영웅이라도 이 계교는 알지 못할 것이오, 또한 명제(明帝)

를 사로잡을 것이니 염려 마옵소서. 지금 황경에는 시신(侍臣)만 있을 것이니 평국은 모르게 군사를 거느려 오초동을 넘어 양자강을 지나 황성을 엄습하면, 천자 필연 황경을 버리고 도망하야 살기를 바라고 항서를 올릴 것이니, 그리하사이다."
하고 즉시 관평을 불러 이르되,
"그대는 본진을 지키고 평국이 아모리 싸우자 하여도 나가지 말고 나 돌아오기를 기다리라."
하고 이날밤 삼경에 제장 백여 원과 군사 일천 명을 거느리고 황성으로 가니라.
　이적에 천자 구덕지 머리를 받아보시고 대희하사 제신을 모아 평국 부부를 칭찬하시고 탕평으로 지내러니 오총동수 장계를 올렸으되, '양자강 광야 사장에 천병만마 들어오며 황성을 범코자 하나이다' 하였거늘, 천자 대경하사 만정 제신을 모아 의논하시더니 적장 맹길이 동문을 깨치고 들어오며 백성을 무수히 죽이고 대궐에 불을 질러 화광이 충천하며 장안만민이 물끓 듯하며 도망하는지라, 천자 대경하사 용상을 두드리며 기절하시거늘, 우승상 정인태 천자를 등에 업고 북문을 열고 도망하니, 시신 백여 명이 따라 천태평을 넘어갈새, 적장 맹길이 천자 도망함을 보고 크게 외쳐 가로되,
"명황은 도망치지 말고 항복하라."
하며 쫓거늘, 시신도 넋을 잃고 죽기로서 도망치더니, 앞에 대강이 막혔거늘, 천자 탄식하며 가로되,
"이제는 죽으리로다. 앞에는 대강이요, 뒤에는 적병이 닥쳤으니 이 일을 어찌 하리오."
하며 자결코자 하시는데, 맹길이 벌써 달려들어 창으로 겨누며,

"죽기를 아끼거든 항서를 바삐 올리라."
하니 시신 등이 애걸하며 가로되,
"지필이 없으니 성중에 들어가 항서를 쓸 것이니 장군은 우리 황상을 살려주소서."
하니 맹길이 눈을 부릅뜨고 꾸짖어 소리치되,
"네 왕의 목숨을 아끼거든 손가락이라도 깨물어 옷자락에 써올리라."
하니 천자 혼비백산(魂飛魄散)하여 용포 소매를 떼여 손가락을 입에 물고 앙천 통곡하며 가로되,
"수백년 사직이 내게 와 망할 줄을 어찌 알았으리오."
하시며 대성통곡하시니 백일이 무광하더라.
이 때, 원수 진중에 있어 적진 파할 모책을 생각하더니, 자연 마음이 산란하야 장막 밖에 나서 천기를 살펴보니, 자미성이 신지를 떠나고 모든 별이 살기 등등하며 한수에 비치거늘, 원수 대경하며 중군장을 불러 가로되,
"내 천기를 보니 천자의 위태함이 경각에 있는지라, 내 필마로 갈려하니 장군은 제장 군졸을 거느려 질문을 굳게 닫고 나 돌아오기를 기다리라."
하고 필마 단검으로 황성을 향할새, 동방이 밝아오거늘, 바라보니 장안이 비었고 궁궐이 다 타고 빈터만 남았는지라 원수 통곡하며 두루 다니되, 한 사람도 보지 못하야 천자 가신 곳을 알지 못하고 망극하여 하더니 문득 수채궁기로서 한 노인이 나오다가 원수를 보고 대경하야 급히 들어가거늘, 원수 바삐 쫓아가며 소리쳐 가로되,
"나는 도적이 아니라 대국 대원수 평국이니 놀래지 말고 나와서

천자 계신 곳을 알리라."
하니, 그 노인이 그제야 도로 나와 대성통곡 하거늘, 원수 자세히 보니 이는 기주후 여공이라, 급히 말에서 내려 복지 통곡하며 말하기를,
"시부님은 무삼 연고로 이 수채궁기에 몸을 감추고 있사오며 소부의 부모와 시모님은 어데로 피난하였는지 알으시나이까."
여공이 원수 손을 잡고 울며 가로되,
"이곳에 도적이 들어와 대궐을 불지르고 노략하매 장안 만인이 도망하야 가니 나는 갈 길을 몰라 이 궁기에 들어와 피난하였으니 혼장님 양위와 네 시모 간 곳은 알지 못하노라."
하고 통곡하거늘,
원수 위로하며 말하되,
"설마 만나뵐 날이 없사오리까."
하고 또 물어 가로되,
"환상은 어디 계시니까?"
여공 대답하여 가로되,
"내 여기 숨어서 보니 한 신하가 천자를 업고 북문으로 도망하야 천태령 넘어가더니, 그 뒤에 도적이 따라 갔으니 필연 위급할지라."
하거늘, 원수 대경하야 소리치며,
"천자를 구하러 가오니 소부 돌아오기를 기다리소서."
하고 말에 올라 천태령을 넘어갈새, 순식간에 한수 북편에 다달아 보니 십 리 사장에 적병이 가득하고 항복하라 하는 소리가 하늘이 진동하거늘, 원수 이 소리를 듣고 투구를 다시 쓰고 우뢰같이 소리치

며 말을 채쳐 달려가며 크게 외쳐 가로되,
"적장은 나의 황상을 해치지 말라. 평국이 예 왔노라."
하니, 맹길이 황겁하여 말을 돌려 도망하거늘, 원수 크게 소리쳐,
"네가 가면 어디로 가리오. 도망가지 말고 내 칼을 받으라."
철통같이 달려갈새, 원수의 준총마가 순식간에 맹길이 말꼬리를 물고 늘어지거늘, 맹길이 대경하야 몸을 돌려 장창을 높이 들고 원수를 범하고자 하니, 원수 대노하야 칼을 들어 맹길을 치니 두 팔이 내려지는지라. 또 좌충우돌하여 적졸을 진멸하니 피흘러 성천(成川)하고 주검이 구산(九山) 같더라.
이 때 천자와 제신이 넋을 잃고 어떻게 할 줄을 모르고 천자는 손가락을 입에 물고 깨물려 하거늘, 원수 급히 말에서 내려 복지 통곡하며 가로되,
"폐하는 옥체 안보하옵소서. 평국이 왔나이다."
천자 혼비(魂飛)중에 평국이란 말을 듣고 일변 반기며 일변 비감(悲感)하사, 원수의 손을 잡고 눈물을 흘리시며 말을 못하시거늘, 원수 천자이 옥체를 보호하니 이윽고 정신을 진정하야 원수에게 치사하며 가로되,
"짐이 방종고혼이 될 것을 원수의 덕으로 사직을 안보케 되었으니 원수의 은혜를 무엇으로 갚으리오."
하시더라. 또,
"원수는 만리 변방에서 어찌 알고 와 짐을 구하였느뇨?"
하니, 원수 복주하며 가로되, 천기를 보옵고 군사를 중군에게 부탁하옵고 즉시 황성에 득달하온즉, 장안이 비었사오며 폐하 거처를 몰라 주저하옵더니 시부 여공이 수채궁기로 나오거늘, 묻잡고 급히 와

적장 맹길을 사로잡은 말씀을 대강 아뢰고, 그 후에, 적진 여졸을 낱낱이 결박하야 앞세우고 황성으로 행할새, 원수의 말은 천자를 모시고 맹길이 탔던 말은 원수가 타고 행군북을 맹길의 등에 지우고 시신으로 하여금 북을 울리며 환궁(還宮)하실새, 천자 마상에서 용포 소매를 들어 춤을 너울너울 추며 즐겨하시니 제신과 원수도 일시에 팔을 들어 춤을 추며 즐겨 천태령을 넘어 오니 장안이 소조하고 대궐이 터만 남았으니 어찌 한심치 아니 하리오. 천자 좌우를 돌아보아 말하기를,

"짐이 덕이 없어 무죄한 백성과 황후, 태자 환중고혼이 되었으니 무슨 면목으로 천위를 차지하리오."

하시며 통곡하시니, 원수 여쭈어 가로되,

"폐하는 너무 염려치 마옵소서. 하날이 성상(聖上)을 내실새, 저 무도한 도적으로 하야금 곤액을 당하게 함이요, 한 것도 하날이요. 은신하게 하고 환을 평정케 함도 하므로 하날이 정하신 바라, 슬픔을 참으시고 천위를 정신 후에 황후와 태자 거처를 탐지하사이다."

"대궐이 없어졌으니 어디 가서 안정하리오."

하시더니, 이 때 여공이 수채궁기로 나와 복지 통곡하며 가로되,

"소신이 살기만 도모하야 폐하를 모시지 못하였사오니, 소신을 속히 처참하와 후인을 중계하옵소서."

천자 가로되,

"짐이 경으로 인해 변을 당함이 아닌데, 어찌 경의 죄라 하리오. 추호도 과념치 말라."

여공이 또 아뢰되,

"폐하 아직 안정하실 곳이 없사오니 원수 있던 집으로 가사이다."
천자 즉시 종남산하로 와보시니 외로운 집만 남았는지라 위공이 있던 황화정에 전좌하시다.
이튿날, 평명에 원수 아뢰되,
"이 도적은 소신이 나가 베려 하오니 폐하는 보옵소서."
하고 도적을 차례로 앉히고 원수 삼척 장검을 들어 적졸을 다 버힌 후에 맹길을 빗기들고 천자 전에 다시 아뢰되,
"저 도적은 소신의 원수라, 죄목을 묻겠사오니 보옵소서."
하고 원수 높이 좌기하고 맹길을 가까이 꿇리고 대질하며 가로되,
"네가 초 땅에 있다 하니 그 지명을 자세히 이르라."
맹길이 아뢰되,
소인이 아옵기는 소상강 근처에 있나이다."
원수 가로되,
"네가 수적되어 강상으로 다니며 장삿배를 탈취하여 먹었느냐?"
맹길이 답하되,
"흉년을 당하와 기갈을 견디지 못하야 적당을 다리고 수적되어 사람을 살해하였나이다."
원수 또 물어 가로되,
"아모 연분에 엄자능 조대에서 홍시랑 부인을 비단으로 동여매고 그 품에 안은 유아를 자리로 싸서 강물에 넣은 일이 있느냐? 사실대로 알리라."
맹길이 그 말을 듣고 꿇어앉으며 가로되,
"이제는 죽게 되었사오니 어찌 기만하오리까. 과연 그러하였나이다."

원수 대질하여 가로되,

"나는 그 때 자리에 싸여 물어 넣은 계월이로다."

하니 맹길이 그 말을 들으니 정신이 아득한지라, 원수 친히 내려 맹길이 상투를 잡고 모가지를 동여 배나무에 매여 달고,

"너 같은 놈은 점점이 깎아 죽이리라."

하고 칼을 들어 점점이 외려놓고 배를 갈라 간을 내어 하날께 표백하고 천자께 아뢰되,

"폐하의 넓으신 덕택으로 평생 소원을 다 풀었사오니 이제 죽어도 한이 없나이다."

천자 칭찬하며 이르되,

"이는 경의 충효를 하날이 감동하심이라."

하고 즐거워 하시더라.

이 때 천자 보국의 소식 몰라 염려하시거늘 원수 천자에게 아뢰되,

"신이 보국을 데려오리다."

하고 이날 떠나려 하였더니 문득 중군이 장계를 올렸거늘, 하였으되,

'원수가 황성을 구하러 간 사이에 소신이 한 변북을 쳐서 오, 초 양왕에게 항복을 받았나이다.'

천자, 원수를 보시고 이르시되,

"오, 초 양왕을 사로잡았다 하니 이런 기별을 듣고 어찌 앉아서 맞으리오."

하시고 천자 제신을 거느리고 거동하사, 평국은 선봉이 되고 천자는 스스로 중군이 되어 좌우에 옹위하야 보국의 진으로 갈새, 선봉장

평국이 갑주를 갖추고 백총마를 타고 수기를 잡아 앞에 나가니라.

이적에 보국이 오, 초 양왕을 앞에 세우고 황성으로 향하야 올새, 바라보니 한 장수가 사장에 들어오거늘, 살펴보니 수기와 칼빛은 원수의 칼과 수기로되 말은 준총마가 아니거늘, 보국이 의심하여 일변 진을 치며 생각하되 적장 맹길이 복병(伏兵)하고 원수의 모양을 변장하고 나를 유인함이라 하고 크게 의심하거늘, 천자 그 거동을 보시고 평국을 불러 가로되,

"보국이 원수를 보고 적장인가 하야 의심하는 듯하니 원수는 적장인 체하고 중군을 속여 오늘 재주를 시험하야 짐을 구경시키라." 하시니, 원수 엎드려 가로되,

"폐하 하교 신의 뜻과 같사오니 그리하사이다."

하고 갑옷 위에 검은 군복을 입고 사장에 나가서 수기를 높이 들고 보국의 진으로 향하니 보국이 적장인줄 알고 달려 들거늘 평국이 곽 도사에게 배운 술법을 베푸니, 경각에 태풍이 일어나며 흑운 안개 자욱하며 지척(咫尺)을 분별치 못할러라. 보국이 어떻게 할 줄 모르고 황겁하여 하는데 평국이 고함치며 달려들어 보국의 창검을 뺏아 손에 들고 삭멱을 잡아 공중에 들고 천자 계신 곳으로 갈새, 이 때 보국이 평국의 손에 매달려 소리를 크게 하여 원수를 부르며 가로되,

"평국은 어디 가서 보국이 죽는 줄을 모르는고?"

하며 우는 소리 진중에 요란하니, 원수 이 말을 듣고 웃으며 말하길,

"너는 어찌 평국에게 잡혀 오면서 평국은 무삼 일로 부르느뇨?"

하며 박장대소하니, 보국이 그 말을 듣고 정신을 차려보니 과연 평국이거늘, 슬픔은간데없고 도리어 부끄러워 눈물을 거두더라.

천자 대소하시고 보국의 손을 잡으시고 위로하여 가로되,
"종군은 원수에게 욕봄을 추호도 과념치 말라. 원수 자의로 함이 아니라 짐이 경 등의 재주를 보이려 시킨 바라. 지금은 전장으로 하야금 욕을 보았으나 평정 후 돌아가면 예로써 중군을 섬길 것이니 용서할지라."
하시고 재주를 칭찬하시고 보국을 위로하시니 보국이 그제야 웃고 여쭈어 가로되,
"하교 지당하여이다."
하고 행군하야 황성으로 향할새, 오, 초 양왕에게 행군복을 지우고 무사로 하야금 울리며 평원광야에 덮여 별사곡을 지나 황성에 다달아 종남산하에 들어가, 천자 황화정에 전좌하시고 무사를 대령하야 오, 초 양왕을 결박하야 계하에 꿇리고 꾸짖어 가로되,
"너희 등이 반심을 두어 황성을 침범하다가 천도 무심치 아니 하사 너희를 잡았으니 너희를 다 죽여 일국에 빛내리라."
하시고 무사를 명하여 문 밖에 내어 효시하고 처참하니라.
 천자 인하야 황후와 태자를 위하여 제문지여 제하시고 군사를 호군한 후에 제장을 차례로 공을 주시고 새로 국호를 고쳐 즉위하시고 조서를 내려 만관을 뵈어 조정위를 정하시고 보국으로 좌승상을 봉하시고 평국으로 대사마대도독 위왕 직첩을 주시고 못내 기꺼워 하시더라.
 평국이 주왈,
"신첩이 외람하와 폐하의 넓으신 덕택으로 봉작을 있삽고 천하를 평정하였음은 폐하의 하해 같은 덕이옵거늘 어찌 신첩의 공이라 하오리까. 하물며 친부모와 시모를 잃었사오니 신첩이 팔자 기박하

와 이러하오니 이제는 여자의 도리를 차려 부모 영위를 지키옵고자 하옵나이다."
하고 병부 열둘과 원수의 인신이며 수기를 바치고 체읍하거늘, 천자 비감하사 가로되,
"이는 다 짐의 박덕한 탓이오매 경을 보기 부끄럽도다. 그러나 위공 부부며 공열 부인이 어느 곳에 피난을 하였는지 소식이 있을 것이니 경은 안심하라."
하시고 또 가로되,
"경이 규중(閨中)에 처하기를 칭하고, 병부 인신을 다 바치니 다시는 물리지 못할지로다. 그러나 군신지의(君臣之義)를 잊지 말고 일 삭에 일 차씩 조회하야 짐의 울요지경을 덜라."
하시고 인신과 병부를 도로 내어 주시니 평국이 돈수(豚首) 복지하야 여러 번 사양하다가 마지 못하야 인신을 가지고 보국과 한가지 나오니 뉘 아니 칭찬하리오.
평국이 돌아와 여복을 입고 그 위에 조복을 입고 여공께 뵈오니 여공이 대희하야 일어나 피석 대좌하니 원수 마음에 미안하야 하더라.
평국이 여공을 모시고 제신을 다 정한 후에 부모 양위와 시모 신위를 배설하고 승상 보국과 더불어 발상통곡하니 보는 사람이 모두 낙루하였더라. 이후부터는 예로써 승상을 섬기니 일변 기쁘고 두려워하더라.
이 때, 위공은 피난하야 가다가 한 물가에 다다라 보니 시녀가 황후와 태자를 모시고 강가에 앉아 건너지 못하고 서로 붙들고 통곡하거늘, 위공이 급히 나가 복지한대 황후와 태자 보시고 못내 기꺼워

하시며 눈물을 흘리시더니, 문득 남쪽에서 사람의 소리 나는 듯하거늘, 놀래어 살펴보니 태산이 있어 하날에 닿은 듯한지라. 위공이 황후와 태자를 모시고 그 산중으로 들어가니 천봉만학(千峰萬壑)은 눈앞에 둘렀는데 발섭 도도하야 들어가며 눈을 들어보니 한 초당이 뵈이거늘, 위공이 들어가 주인을 청하니 도사 초당에 앉았다가 위공을 보고 급히 나와 손을 잡고,

"무삼 일로 이 산중에 오셨소이까?"

위공 가로되,

"국운이 불행하야 이외에 난시(難時)를 당하오매 황후와 태자를 모시고 왔나이다."

하니 도사 경문을 외우며 가로되,

"어디 계시이까?"

"문밖에 계시니다."

도사 가로되,

"황후와 모든 부인은 안으로 모시고, 위공과 재자는 초당에 계시다가 평정 후에 황성으로 가시게 하옵소서."

하니, 위공이 나와 황후와 모든 부인은 안으로 모시고 태자왕 위공은 외당에 머물며 주야 비감하시더니, 일일은 도사 산상에 올라가 천지를 보고 내려와 위공더러 가로되,

"이제 평국과 보국이 도적을 소멸하고 돌아와 여공을 섬기며 상공과 부인 위령을 배설하고 주야 애통으로 지내며 황상(皇上)께옵서 황후와 태자의 존망을 알지 못하야 눈물로 지내오니 급히 나가옵소서."

위공이 놀라 외치되,

"북이 평국의 아비되는 줄을 어찌 아니이까."
도사 가로되,
"자연 알만 하여이다."
하고 한장 봉서를 주며 가로되,
"이 봉서를 평국과 보국을 주소서."
하고 길을 채촉하니, 위공 대회하며 가로되,
"준공의 덕택으로 수다 목숨을 보존하야 돌아가오니, 은혜 난망(難忘)이거니와 이 땅의 지명은 무엇이라 하나이까."
도사 가로되,
"이 땅 지명은 익주이옵고 산명은 천명산이라 하옵거니와 생은 정처없이 다니는 사람이라 산수를 구경하러 다니옵다가 황후와 태자와 위공을 구하려고 이 산중에 왔삽더니, 이제는 생도 떠나 촉중 명산으로 가려하오니 차후는 다시 뵈올 날이 없사오매 부디 조심하야 평안히 행차하옵소서."
하며 길을 재촉하니, 위공이 하직하고 황후, 태자와 여러 부인을 모시고 절벽 사이로 내려와 백운동 어귀에 나오니 전에 보던 황하강이 있거늘 강가로 오며 전일을 생각하고 눈물을 흘리며 백사장을 내지 소봉재를 넘어 보춘동을 지나, 오경루에 와 일야를 머무르고 이튿날 발행하야 파주 성문 밖에 다다르니 수문장이 물어 가로되,
"너희는 행색이 미미하니 어떤 사람들이뇨? 바로 일러 실정을 아뢰어라."
하고 문을 열지 아니하니 시녀와 위공이 크게 외쳐 가로되,
"우리는 이번 난에 황후와 태자를 모시고 피난하였다가 지금 황성으로 가는 길이니 너희는 의심치 말고 성문을 바삐 열라."

하니 군사 이 말을 듣고 관수께 고하니 관수 놀래 급히 나와 성문을 열고 복지하야 가로되,

"과연 모르옵고 문을 더디 열었사오니, 죄를 당하야 마땅할 지이다."

태자와 위공이 가로되,

"사세 그러할 듯하니 관념치 말라."

하고 관으로 들어갈새, 관수 일행을 다 모시고 관대하야 일변 황성 장문하니라.

이적에 천자는 황후와 태자 죽은 줄을 알고 궐내에 신위를 배설하고 제하시며 체읍하시더니, 이 때 남관장이 장무을 올렸거늘, 떼어보니 '위공 홍무, 황후와 태자를 모시고 남관에 와 유하나이다' 하였거늘, 천자 보시고 일희일비(一喜一悲)하사 즉시 계월을 알게 하니 계월이 이 말을 듣고 대희하야 즉시 조복을 입고 궐내에 들어가서 복지 사은한대, 천자 반기사 가로되,

"경의 부와 경은 하날이 짐을 위하야 내셨도다. 이번도 위국공이 황후와 태자를 보호하야 목숨 보존케 하였으니 은혜를 무엇으로 갚으리오."

하시니, 계월이 돈수 주 왈,

"이는 다 폐하의 넓으신 덕으로 하날이 감동하심이니 어찌 신의 아비 공이라 하오리까."

하고 즉시 위의를 갖추어 승상 보국으로 하야금 보내니라. 천자 제신을 거느리고 오지원에 거대하시고 계월은 대원수 위의를 차려 낙성관까지 영접하라 하고 나가니라.

이 때 보국이 남관에 다달아 위공 양위와 모부인을 모시고 복지

통곡한대 위공이 승상의 손을 잡고 체읍하여 가로되,
"하마트면 너를 보지 못할뻔 하였도다."
하고 비창함을 마지 아니하더라.
 이튿날 황후와 태자를 옥전에 모시고 부인은 금정을 타시고 춘낭, 양윤이며 모든 시녀는 교자를 태와 좌우에 시위하고, 위공은 금안준마에 뚜렷이 앉았으며 삼천궁녀 녹의 홍상하야 촉불을 들고 연좌정으로 옹위하고, 좌우에 풍류를 세우고 승상은 뒤에 군사를 거느려 오니 그 찬란함이 측량없더라.
 떠난 지 삼 일만에 낙성관에 다다르니 이 때 계월이 낙성관에 와 대후하였다가 황후 행차 오심을 보고 급히 나가 영접하야 모시고 평안히 행차하심을 문후하고 물러나와 시모전에 복지 통곡하니, 위공과 두 부인 계월의 손을 잡고 체읍하며 가로되,
"하마트면 상면치 못할뻔 하였도다."
하며 일희일비 하더라.
 밤새 설좌하고 이튿날 길을 떠나 청운관에 다다르니 천자 대상에 좌기하시고 황후를 맞을새, 상하 일행이 대하에 이르러 복지한대 천자 눈물을 흘려 피난하던 사연 물으시니, 황후와 태자 전후 고생하던 사연을 낱낱이 고갈하며 위공을 만나던 일을 다 고하니, 천자 들으시고 위공께 치사하여 가로되,
"경이 곧 아니었던들 황후와 태자를 어찌 다시 보리오."
하시며 무수히 사례하시니 위공 부부 칭사하고 물러나오더라. 이날 떠나 천자 선봉이 되어 환궁(還宮)하시고 궁궐을 다시 지어 옛날과 같이 번화하며 무수히 즐겨하시더라.
 일일은 위공이 계월과 보국을 불러 도사의 봉서를 주거늘, 떼어보

니 선생의 필적이라. 그 글에 하였으되, '일편 봉서를 평국과 보국에게 부치나니 슬프다 영혁동에서 한가지로 공부하던 정이 백운같이 중하도다. 한번 이별한 후로 정처 없이 바린 몸이 산야 적막한데 처하야 다니면서 너희를 생각하는 정이야 어찌 다 측량하랴마는 오인의 갈 길이 만대에 막혔으니 슬프다 눈물이 학창에 젖었도다. 이후는 다시 보지 못할 것이니 우위로 천자를 섬겨 충성을 다하고 아래로 부모를 섬겨 효성을 다하야 그리던 유한을 풀고 부디 무량히 지내라' 하였거늘, 평국과 보국이 보기를 다하매 체읍하며 그 은혜를 생각하야 공중을 향하야 무수히 치하하더라.

이때 천자 위공에 벼슬을 승품하실새, 홍무로 초왕을 봉하시고 여공으로 오왕을 봉하시고 채단을 많이 상사하시며 가라사대,

"오, 초 양국이 정사(政事) 폐한지 오래매 급히 행하야 국사를 다스리라."

하시고 길을 재촉하시니 황은(皇恩)을 축수하고 물러나와 치행을 차려 떠날새, 부사 불러 서로 이별하는 정이 비할데 없더라.

이적에 승상 보국이 나이 사십오 세라. 삼남 일녀를 두었으니 영민 총혜한지라 장자로 오국 태자를 봉하야 보내고 차자 은성을 홍이라 하야 초국 태자를 봉하야 보내고, 삼자는 공문 거족에 성취하야 벼슬할새, 충성으로 인군(仁君)을 섬기고 백성을 인의로 다스리는지라, 이 때 천자 성덕하사 시화 년풍하고 백성이 격양가를 부르고 함포고복(含哺鼓腹)하니 산무도적(山無盜賊)하고 도불습유(道不拾遺)하야 요지월일이요 순지 건곤이라, 계월의 자손이 대대로 공후 작록을 누리고 지우만세 하야 전지 무궁하니 이런 장하고 기이한 일이 또 있으리오. 대강 기록하야 세상 사람을 뵈이게 함일러라.

판 권
본 사
소 유

인현왕후전

2004년 3월 20일 인쇄
2004년 3월 30일 발행

엮은이 • 황 국 산
펴낸이 • 최 상 일
펴낸곳 • 태을출판사

주 소 • 서울특별시 강남구 도곡동 959-19
등 록 • 1973 1.10(제4-10호)

ⓒ1999. TAE-EUL publishing Co.,printed in Korea
※파본 낙장본은 교환해 드립니다.

■ 주문 및 연락처
우편번호 100-456
서울 특별시 중구 신당 6동 제52-107호(동아빌딩내)
전화 • 2237-5577 팩스 • 2233-6166

ISBN 89-493-0244-6   03810